ÉTUDES EN NOIR

ARTHUR CONAN DOYLE

ÉTUDES EN NOIR

Textes rassemblés par
Peter Haining

Avant-propos et notes de
Thierry Saint-Joanis

l'Archipel

Ce livre a été publié sous le titre
The Final Adventures of Sherlock Holmes
par W.H. Allen, 1981.

Six textes de ce recueil ont été publiés *in* Conan Doyle, *Sherlock Holmes*, coll. « Bouquins », Robert Laffont. *L'Homme aux montres* et *On a perdu un train spécial*, dans le tome I, 1987. *La Kermesse sportive, Le Diamant de la couronne, Comment Watson apprit le truc* et *Les Quatorze Enquêtes préférées de l'auteur*, dans le tome II, 1988.

En couverture, les holmésiens auront reconnu le profil de Ronald Howard qui, en 1954 et 1955, interpréta à trente-neuf reprises le rôle du détective pour une série télévisée.

Si vous souhaitez recevoir notre catalogue et être tenu au courant de nos publications, envoyez vos nom et adresse, en citant ce livre, aux Éditions de l'Archipel,
34, rue des Bourdonnais, 75001 Paris.
Et, pour le Canada, à
Édipresse Inc., 945, avenue Beaumont,
Montréal, Québec, H3N 1W3.

ISBN 2-84187-628-4

« Des débats ont été soulevés autour d'un prétendu déclin des aventures de Sherlock Holmes ou des qualités de conteur de Watson. La mélodie peut être infiniment variée, mais si l'on joue trop les mêmes accords, la musique devient monotone. L'esprit du lecteur est moins frais, moins réceptif, si bien qu'il est tenté d'incriminer le talent de l'auteur. Dans son autobiographie, Walter Scott rappelle que l'on accusa Voltaire de se répéter dans ses derniers pamphlets qui, une fois ses œuvres complètes rassemblées, furent pourtant comptés au nombre de ses plus brillantes réussites. Les textes les plus aboutis de Scott furent, eux aussi, sévèrement jugés lors de leur publication. À l'aune de ces illustres exemples, je garde bon espoir que celui qui lira à rebours ma série en tirera une impression en tous points semblable à son voisin qui l'aura découverte dans son ordre chronologique. »

Extrait de « M. Sherlock Holmes à ses lecteurs » paru dans le Strand Magazine *de mars 1927 et supprimé par Sir Arthur Conan Doyle lors de la réutilisation de cet article en guise de préface aux* Archives de Sherlock Holmes.

Avant-propos

Cet ouvrage va rendre un fier service à tous les amateurs de Sherlock Holmes et sans doute surprendre les lecteurs moins avertis, avant de les ravir.

En effet, voilà pour la première fois réunis en un seul volume une série de textes qui ne devraient jamais être dissociés d'une édition dite « intégrale » des aventures de Sherlock Holmes, ces soixante récits qui forment ce que l'on appelle depuis longtemps le Canon. Ce terme désigne les textes écrits par Sir Arthur Conan Doyle consacrés à Sherlock Holmes. Or, vous le verrez, la plupart des textes de ce recueil sont signés Conan Doyle et sont consacrés à Sherlock Holmes. Pourquoi n'entreraient-ils pas dans le Canon ?

Les amateurs les connaissent pour la plupart, mais ils devaient jusqu'à aujourd'hui aller les dénicher à la fin d'une compilation de récits holmésiens, dans la préface d'une autre, ou dans quelques revues spécialisées. Et la quête n'était jamais terminée, soit parce que certains textes restaient introuvables en français, soit parce que la fantaisie d'un traducteur avait annihilé toute chance de les retrouver à la lecture d'un sommaire. Par exemple, *The Mystery of Uncle Jeremy's Household*, que vous trouverez ici sous le titre *Mystère chez l'oncle Jeremy*, se cache depuis 1910 sous celui de *Notre-Dame de la mort*, dans la traduction d'Albert Savine. Vous pouvez me croire, nombre d'holmésiens en herbe ont souvent considéré cette « Dame de la mort » comme un inédit de Sir Arthur Conan Doyle, alors qu'ils cherchent encore le texte français de ce fameux *Mystery of Uncle Jeremy's Household*.

Bref, errance et frustration sont derrière nous. Cet ouvrage, j'oserais même dire ce « compagnon de l'holmésien », va trouver sa place dans nos bibliothèques juste après notre intégrale des aventures de Sherlock Holmes. Tout l'évangile holmésien sera ainsi réuni en un minimum de place. Là s'arrêtera la partie dite « canonique » de notre collection. Le reste de nos livres « holmésiens » formeront la partie dite « non-canonique », composée d'études, de parodies, de pastiches, d'albums, etc.

Les non-initiés à l'holmésologie, eux, vont peut-être se demander ce qu'ils ont entre les mains. S'agit-il d'une série de nouvelles aventures « inédites » du maître des détectives ? Ou d'un ouvrage savant décortiquant les mélanges de tabac fumés par Holmes, ou bien tranchant définitivement, après douze chapitres d'une démonstration imparable, sur le choix fait par ce bon docteur Watson de passer ses nuits vêtu d'un pyjama plutôt que d'une chemise de nuit (ne souriez pas, tout cela existe, et de la main d'auteurs honorables, parfaitement sains d'esprit, bardés de références culturelles, occupant de hautes fonctions dans la société, et ce, aux quatre coins du monde) ? Ou alors avons-nous là une compilation de curiosités littéraires, de pièces de théâtre, de poésies, de souvenirs, d'extraits de presse, etc. ?

Ce livre contient tout cela à la fois. Incroyable, mais vrai !

Mais ce n'est pas un fourre-tout. Non, tous ces textes sont les chaînons qui nous manquaient pour connaître et comprendre le héros, sa vie, son œuvre et ce que son créateur en pensait. Pour simplifier, et utiliser une image qui nous devient familière aujourd'hui : le contenu de cet ouvrage sera, aux soixante aventures de Sherlock Holmes, ce que les bonus d'un DVD sont à un classique du cinéma.

Thierry SAINT-JOANIS
Président fondateur de la Société Sherlock Holmes de France, membre des Baker Street Irregulars de New York.

Introduction*

> « Quelque part sous les voûtes de la banque Cox & Co, à Charing Cross, il y a une malle en fer-blanc cabossée qui a beaucoup voyagé et qui porte sur le couvercle mon nom : "John H. Watson, docteur en médecine, démobilisé de l'armée des Indes." Elle est bourrée de papiers, de notes, de dossiers concernant les divers problèmes qu'eut à résoudre M. Sherlock Holmes. »

Ainsi s'exprime le Dr Watson dans *Le Problème du pont de Thor*, et c'est depuis longtemps un des plus ardents désirs des holmésiens[1]** du monde entier que de voir enfin publiés ces mystérieux documents. Bien sûr, en dehors du révéré Sir Arthur Conan Doyle, nombre d'écrivains ont tenté de redonner vie au maître des détectives et au fidèle chroniqueur de ses aventures – plusieurs de leurs histoires font d'ailleurs explicitement référence à tel ou tel élément de la série originale – mais, comme c'est toujours le cas avec les grandes créations (parmi lesquelles figure Sherlock Holmes, indéniablement), l'imitation ne surpasse jamais le modèle[2]. Car qui oserait nier qu'en moins d'un siècle Sherlock Holmes est devenu l'un des trois plus fameux personnages de la littérature anglaise, les deux autres étant Hamlet et Robinson Crusoé ?

---

* Traduite par Thierry Beauchamp et Romain Rabier.

** Les notes sont présentées en fin d'ouvrage, page 275 et suivantes.

Selon l'avis général, les aventures complètes de Sherlock Holmes comprennent soixante textes : cinquante-six nouvelles et quatre romans. Mais, comme ce livre va le montrer, et comme plus d'un expert holmésien l'a déjà proclamé, il existe en fait douze autres pièces impliquant, de près ou de loin, Sherlock Holmes, qui mériteraient d'être ajoutées au Canon[3]. En réalité, Sir Arthur Conan Doyle nous a bel et bien légué soixante-douze textes qui sont tous essentiels à une pleine compréhension du génie de son immortel détective. Les raisons pour lesquelles ces douze pièces ont été omises jusqu'à aujourd'hui seront détaillées, pour chacune d'entre elles, plus loin. Elles sont réunies en un seul volume pour la première fois, et constituent en tant que tel un complément indispensable au Canon. Rassembler ces textes rares et difficiles à trouver a nécessité un vrai travail d'enquête, tant restent obscures leurs origines. Des amis holmésiens de Grande-Bretagne et des États-Unis m'ont heureusement prêté leur concours pour que le « Canon complet » des aventures de Sherlock Holmes voie enfin le jour.

Détaillons d'abord ces douze documents « oubliés » :

• Deux commentaires de Conan Doyle sur son fameux détective : *La Vérité sur Sherlock Holmes* et *Quelques renseignements personnels sur Sherlock Holmes.*

• Deux parodies où Sherlock Holmes apparaît, signées Conan Doyle : *La Kermesse sportive* et *Comment Watson apprit le truc.*

• Deux affaires holmésiennes : *L'Aventure du grand homme* (achevée par un autre auteur) et *Sur la piste du faussaire* (dont l'authenticité est l'objet d'une controverse).

• Deux nouvelles de Conan Doyle, dans lesquelles un personnage anonyme, qui semble être Sherlock Holmes, adresse à la presse des lettres qui permettront de résoudre des énigmes restées sans solution.

• Une pièce de théâtre en un acte, *Le Diamant de la couronne,* et une saynète comique, *Sherlock Holmes en fâcheuse posture*, dont tout ou partie de la rédaction est peut-être de la main du comédien William Gillette[4].

• Un des premiers écrits de Conan Doyle : *Mystère chez l'oncle Jeremy*[5] où se dessine déjà le couple détective-biographe qui sera repris avec Sherlock Holmes et Watson ; et un poème, *Le Détective de second ordre,* qui permet à Conan Doyle de donner, sur les autres détectives de littérature, un jugement à l'opposé de celui, très sévère, porté par Sherlock Holmes dans sa première aventure (*Une étude en rouge*).

Quand bien même les plus fervents holmésiens contesteraient la présence de deux des documents cités, à savoir *Sur la piste du faussaire* et *Sherlock Holmes en fâcheuse posture*, ils ne pourraient nier le fait qu'il y a bien douze pièces supplémentaires puisque Conan Doyle a écrit deux autres pièces de théâtre holmésiennes : *Sherlock Holmes* et *La Bande mouchetée*. Il est acquis que Conan Doyle est l'auteur de la première, même si le comédien William Gillette, qui l'a rendue célèbre, en a probablement modifié certains passages. Quant à *La Bande mouchetée*, il s'agit d'une pièce en trois actes adaptée de la nouvelle du même nom par Sir Arthur lui-même. Elles ne figurent pas dans ma liste, bien qu'elles fassent partie du Canon, car elles auraient considérablement augmenté la longueur de cet ouvrage. Comme vous le découvrirez, j'ai préféré inclure, en guise d'appendice, trois autres documents, tous signés de la main de Conan Doyle. Chacun d'eux apporte des renseignements qui complètent notre connaissance du grand détective.

Il me faut aussi mentionner un ou deux autres documents retrouvés dans les archives de Conan Doyle par un de ses biographes, John Dickson Carr, à l'époque où il travaillait à sa *Vie de Sir Arthur Conan Doyle* (1949). Je tiens tout de même à préciser qu'aucun ne m'a paru digne de figurer dans ce livre. Dans un paquet sur lequel était marqué « Enveloppe XXIX », nous dit Carr, il trouva un « Plan de bataille de Holmes et Watson avec leurs ennemis », mais, avant que quiconque ait eu le temps de se réjouir d'une si importante nouvelle, il ajoute : « C'est une blague sans le moindre intérêt. » Plus prometteurs étaient les trois cahiers cartonnés qu'il découvrit parmi un ensemble de plus de cinquante carnets et autres blocs-notes de Conan Doyle. Ils contenaient une pièce en trois actes intitulée *Les Anges des ténèbres*[6] rédigée à la main par l'auteur de son écriture nette. Voici ce que Carr en dit :

« Il avait écrit les deux premiers actes à Southsea en 1889, le troisième en 1890, quand Sherlock Holmes ne semblait plus devoir reparaître. *Les Anges des ténèbres* est principalement une reconstruction des scènes d'*Une étude en rouge* se déroulant dans l'Utah. Toute l'action se passe aux États-Unis. Sherlock Holmes n'y apparaît pas. Mais le Dr John H. Watson[7] est au centre de l'intrigue.

« *Les Anges des ténèbres* pose un problème au biographe. Celui-ci, en théorie du moins, doit s'imposer des règles strictes ; il ne devrait pas se préoccuper de ces glorieuses spéculations sur Holmes et Watson qui ont provoqué tant de controverses des deux côtés de l'Atlantique. Mais le démon de la tentation aiguillonne sans merci. Quiconque a tourné les pages des *Anges des ténèbres* sera stupéfié d'apprendre que Watson nous a caché nombre d'épisodes importants de sa vie.

« À une certaine époque, Watson a exercé la médecine à San Francisco. Et la discrétion dont il a fait preuve sur ce sujet est bien compréhensible ; il ne s'y est pas conduit de manière très honorable. Ceux qui ont parfois soupçonné Watson de ne pas tout nous avoir dit sur sa vie sentimentale et ses relations avec les femmes trouvent ici du grain à moudre... Soit il compte déjà un premier mariage avant de rencontrer Mary Morstan, qu'il faut alors considérer comme sa "deuxième épouse", soit il a finalement abandonné la malheureuse fille qu'il tient dans ses bras au moment où le rideau tombe sur *Les Anges des ténèbres.*

« Le nom de la jeune fille ? C'est ici que le bât blesse. Donner son nom, qui est célèbre, reviendrait à trahir l'auteur aussi bien que le personnage[8]. Dans le meilleur des cas, Watson se trouverait accusé d'avoir des relations extraconjugales ; dans le pire, cela nuirait à toute la saga et poserait un problème que la force de déduction des Baker Street Irregulars[9] ne suffirait pas à résoudre.

« Conan Doyle savait qu'il devait écarter définitivement cette pièce de théâtre. Elle contenait de bonnes choses, en particulier des scènes comiques qui sont absentes d'*Une étude en rouge* ; mais une pièce de théâtre sur Watson sans Sherlock Holmes risquait de troubler le public. Elle n'a donc jamais été publiée. »

Ce jugement de Carr, je suis convaincu que tous les holmésiens le partagent[10] !

Mais je me suis déjà trop attardé sur des documents qui n'ont pas leur place ici ; je vais à présent vous présenter les douze textes qui complètent le Canon. Je les ai classés par ordre chronologique de publication, depuis *Mystère chez l'oncle Jeremy*, paru en 1887, à *Comment Watson apprit le truc*, daté de 1924 (en excluant *La Vérité sur Sherlock Holmes*, bien sûr, que Conan Doyle écrivit en 1923, mais qu'il m'a semblé plus légitime de faire apparaître au début de cet ouvrage), ce qui couvre une période plus large que celle de publication du Canon, qui commence en 1887 par *Une étude en rouge* et se termine en 1917 avec *Son dernier coup d'archet*[11]. En ajoutant ces textes aux soixante aventures du Canon, nous possédons désormais toutes les pièces d'un puzzle permettant de reconstituer la biographie et les affaires du Maître des détectives.

La Vérité sur Sherlock Holmes (1923)

Je pense qu'il serait difficile de trouver plus adapté que cet essai de Conan Doyle pour ouvrir le recueil de ses « addenda » au Canon holmésien, à moins, bien sûr, d'obtenir une préface de sa main qui nous parviendrait de l'au-delà[12]... Ce texte fut écrit en 1923 pour les éditions américaines Collier's (qui publièrent de nombreuses aventures de Sherlock Holmes), et il parut dans le numéro du 29 décembre 1923 de leur journal *The National Weekly*. Dans cet article, Sir Arthur décrit comment il créa le personnage de Sherlock Holmes, ses difficultés pour trouver un éditeur, et sa surprise que le public réserve un aussi bon accueil à son détective. Il évoque les conséquences de ce succès et reconnaît franchement qu'il perturba le déroulement de sa carrière littéraire ultérieure. Sir Arthur utilisa les faits énoncés ici dans son autobiographie *Ma vie aventureuse*[13] (1924).

Mystère chez l'oncle Jeremy (1887)

Comme Conan Doyle l'a lui-même admis, les personnages de Holmes et Watson n'ont pas jailli spontanément de son imagination, mais il a pris comme modèles son vieux professeur d'université, le Dr Joseph Bell, et les premiers détectives de la littérature policière (les héros de Poe et de Gaboriau). Leur première apparition sous l'aspect que nous connaissons et apprécions remonte, bien entendu, au roman *Une étude en rouge*, publié dans le *Beeton's Christmas Annual* de 1887. Mais, en réalité, ils avaient déjà pris forme avant cette date et l'on assiste aux premiers pas de leurs prototypes dans un récit intitulé *Mystère chez l'oncle Jeremy*, publié dans le *Boy's Own Paper* presque douze mois avant la parution du *Beeton*. Dans son essai *La Vérité sur Sherlock Holmes*, Conan Doyle indique qu'il écrivit plusieurs textes « de jeunesse » pour différents journaux, dont le *Boy's Own Paper*, mais il juge sévèrement toutes ces tentatives « qui resteront pour toujours dans l'oubli ». *Mystère chez l'oncle Jeremy* est publié en sept épisodes en janvier et février 1887. Nous avons là un récit qui est l'ébauche des aventures d'un détective intelligent et ingénieux, aidé par un ami, dénouant une énigme apparemment inextricable, identique à celui qui trouvera aboutissement et succès avec

Sherlock Holmes et Watson. Aujourd'hui que tous les textes de Conan Doyle sont au jour, on constate qu'il a repris plusieurs fois le thème de ses premiers écrits dans ses œuvres maîtresses : *Le Mystère de la vallée de Sasassa*, par exemple, met en scène « un monstre effrayant aux yeux luisants » qui s'avérera être bien banal. Le parallèle avec *Le Chien des Baskerville* semblera évident au lecteur.

Mon opinion sur *Mystère chez l'oncle Jeremy* est partagée par un éminent holmésien, James Edward Holroyd[14], qui a également eu la chance de lire les numéros devenus extrêmement rares et convoités du *Boy's Own Paper* dans lesquels parut l'histoire policière de Conan Doyle. Dans l'édition du printemps 1967 du *Sherlock Holmes Journal*[15], il dit du récit qu'il est « remarquable en ce qu'il contient plusieurs éléments caractéristiques de Sherlock Holmes et Watson antérieurs à la publication de leur première aventure ». Il poursuit : « Dans l'histoire, Hugh Lawrence, le narrateur, réside dans Baker Street. Son ami s'appelle John H. Thurston. Je n'ai pas besoin de rappeler aux holmésiens que les prénoms de Watson sont John H. et que Thurston est le nom de l'homme avec lequel il joue au billard à son club[16]. Lawrence, comme Watson, étudie la médecine, tandis que Thurston, comme Holmes, se consacre à la chimie et "passe joyeusement son temps parmi les tubes à essai et les solutions" et a même "le doigt taché d'acide"... Si *Mystère chez l'oncle Jeremy* a bien été écrit – ou conçu – avant *Une étude en rouge*, alors tous les points en commun que j'ai cités seraient des signes précurseurs de la saga qui répondraient à la question : Sherlock Holmes a-t-il vu le jour dans le *Boy's Own Paper*? »

En lisant cette fascinante histoire, vous trouverez d'autres points communs que ceux cités par Holroyd. Comme Holmes, Hugh Lawrence a l'habitude d'observer les gens pour connaître leur personnalité, il excelle dans l'art d'interroger, et se montre indifférent au charme féminin. Il est également fort, brave, ingénieux, et préfère affronter lui-même le danger plutôt que de faire appel à la police. Le lecteur dénichera, j'en suis sûr, d'autres éléments dans *Mystère chez l'oncle Jeremy* qui réapparaissent dans *Une étude en rouge* et d'autres aventures postérieures de Holmes, ce qui fait de ce récit un légitime précurseur de la saga et justifie sa place dans le Canon holmésien.

La Kermesse sportive (1896)

La Kermesse sportive, que Conan Doyle écrivit en 1896, n'est pas seulement une authentique aventure holmésienne, mais aussi une des premières parodies de Holmes et Watson – du type de celles qui connaîtront un grand succès sous la plume de J. M. Barrie, Bret Harte, O. Henry, Stephen Leacock, R. C. Lehmann, A. A. Milne et Mark Twain[17] pour n'en citer que quelques-uns. C'est l'une des deux que Conan Doyle nous a laissées, l'autre s'intitulant *Comment Watson apprit le truc,* qui figure aussi dans le présent recueil. *La Kermesse sportive* est un amusant texte en forme de conversation entre Holmes et Watson à l'heure du petit déjeuner, qui a été écrit par Conan Doyle pour obtenir des fonds en faveur de l'université d'Édimbourg où il étudia la médecine de 1876 à 1881 (l'argent récupéré devait permettre d'agrandir le terrain de cricket de l'université, car Conan Doyle, comme chacun le sait, était un grand amateur de ce sport). Il fut publié dans l'édition du 20 novembre 1896 du magazine de l'université, *The Student,* et a été décrit, en raison de son caractère inclassable, comme une « aventure perdue ».

L'Homme aux montres (1898)
On a perdu un train spécial (1898)

Ces deux récits policiers de Conan Doyle, qui apparurent dans le *Strand* à moins d'un mois d'intervalle (juillet et août 1898), ont échauffé les esprits des holmésiens pendant presque cinquante ans. Déjà, en 1936, Christopher Morley[18], une autorité en la matière, les présentait comme « deux épisodes supprimés de Holmes ». Et depuis, la querelle sur la place à leur accorder dans le Canon s'est régulièrement rallumée. Je n'ai moi-même jamais eu le moindre doute, et cette opinion est fortement soutenue par le plus grand expert de la saga, l'Américain Edgar W. Smith, directeur du *Baker Street Journal*[19], qui, en 1956, écrivit : « À mon avis, *On a perdu un train spécial* et *L'Homme aux montres* méritent à coup sûr de figurer dans le Canon. Je suis convaincu que ces comptes rendus furent rédigés par Holmes, tout comme *La Crinière du lion* et *Le Soldat blanchi*. Le style n'est certainement pas celui de Watson, mais il me rappelle beaucoup celui de *Son dernier coup d'archet* dont nous sommes aujourd'hui nombreux à penser qu'il a été écrit par Holmes. »

Connaissant le plaisir des holmésiens à discuter le moindre détail litigieux à propos du Maître, il n'est pas surprenant de constater qu'au fil du temps un grand nombre d'articles ont été publiés sur ce sujet, mais, à une exception près, tous les auteurs sont d'accord pour affirmer que les deux récits font partie du Canon. Un éminent holmésien anglais, Lord Donegall, plaide pour la théorie majoritaire en pointant deux phrases extraites des textes qui, selon lui, permettent de clore définitivement le débat. Intervenant dans les colonnes du *Sherlock Holmes Journal* (hiver 1969), il aborde d'abord le cas de *On a perdu un train spécial* : « Il n'y a aucun doute, malgré le silence de Watson, que "le raisonneur amateur d'une certaine notoriété" (auquel il est fait référence dans l'histoire), qui propose une solution à l'affaire dans une lettre publiée par le *London Times* du 3 juillet 1890, n'est autre que le sage de Baker Street. Sur ce point, la première phrase de la lettre telle qu'elle nous est parvenue fournit une preuve définitive. » Lord Donegall se penche alors sur l'autre récit : « Il ne peut pas non plus y avoir de doute sur l'identité de "l'enquêteur criminel bien connu" (mentionné dans l'aventure) qui élucide le mystère de *L'Homme aux montres*, deux ans plus tard : il s'agit bien sûr de Sherlock Holmes. Ici encore, l'explication donnée – dans une lettre adressée à la *Daily Gazette*, probablement écrite fin mars ou au début du mois d'avril 1892 – ne s'accorde pas exactement avec les faits tels qu'ils seront exposés plus tard ; ici encore, la discrétion de Watson peut être excusée à ce titre ou par l'engagement de Holmes dans des affaires plus brûlantes. Cependant, la lettre en elle-même sonne juste. La logique froide et implacable, la méthode synthétique employée, le ton didactique et condescendant, tout indique sans ambiguïté qu'elle a été écrite de la main du Maître. »

À la lumière d'arguments aussi convaincants, il me semble impossible de nier que ces deux histoires méritent de figurer en bonne place dans le Canon holmésien. (À titre d'information, précisons que ces deux histoires sont présentes depuis des années dans toutes les éditions françaises des aventures complètes de Sherlock Holmes.)

L'Aventure du grand homme (vers 1900)

C'est là un document peu commun et particulièrement intéressant en ce sens qu'il s'agit du synopsis d'une aventure de Sherlock Holmes que Conan Doyle n'a jamais achevée. Il a été exhumé par un autre biographe de Conan Doyle, Hesketh Pearson[20], alors qu'il explorait les volumineuses archives de l'auteur au début des années 40. De manière très appropriée, il choisit d'annoncer sa découverte dans le *Strand Magazine*, en août 1943 : « Parmi les archives de Conan Doyle, j'ai trouvé le scénario d'une histoire de Sherlock Holmes jamais écrite, dans laquelle le détective, déconcerté par la ruse du criminel, imagine un stratagème pour l'effrayer et lui faire ainsi avouer sa culpabilité. Le tour est joué avec la complicité d'un acteur, qui se donne l'apparence de l'homme assassiné et crie son nom d'une "horrible voix d'outre-tombe". Le meurtrier, terrassé par la peur, confesse son crime et l'affaire est résolue. »

Quand cette révélation fut faite par Pearson, des doutes s'élevèrent immédiatement sur l'authenticité du synopsis, mais ils furent vite balayés par l'intervention d'Edgar W. Smith, qui déclara dans *The Baker Street Journal* : « Je pense que ce document est authentique : ma certitude vient de la malle de la succession Watson conservée dans les caves de la banque Cox & Co[21] ! » Le texte est ici réimprimé tel que Conan Doyle nous l'a laissé. Et, en dehors de la valeur intrinsèque que l'on peut accorder à une nouvelle démonstration du génie déductif du Maître, il nous fournit aussi des informations fascinantes sur la manière dont l'auteur écrivait ses histoires, en prenant soin de définir ses personnages et d'échafauder son intrigue avec sa chute, avant de se lancer dans la rédaction. En 1947, un autre célèbre holmésien américain, Robert A. Cutter, entreprit la difficile tâche de donner une enveloppe de chair à ce squelette littéraire : son récit, qui est inclus ici, aurait, je crois, reçu l'approbation de Conan Doyle.

Sherlock Holmes en fâcheuse posture (1905)

Voici un autre document aussi troublant qu'introuvable, une pièce en un acte dans laquelle Holmes réussit à élucider un mystère sans prononcer un seul mot ! Elle est introuvable parce qu'en un peu plus d'un demi-siècle les copies sont devenues très rares, et troublante parce que nous ne savons pas qui en est l'auteur de Conan Doyle ou de William Gillette, le comédien américain qui, le premier, interpréta le rôle de Sherlock Holmes sur la scène théâtrale, à New York, en 1899. De ce drame original en quatre actes, auquel j'ai fait référence un peu plus haut, Peter Richard[22] nous dit : « En 1897, Conan Doyle écrivit sa pièce *Sherlock Holmes*. Henry Irving[23] et Beerbohm Tree[24] songèrent tous deux à la produire, mais le projet fut finalement abandonné jusqu'à ce que Charles Frohman[25] en rachetât les droits pour le comédien américain William Gillette. Elle eut une longue et glorieuse carrière, Gillette interprétant le rôle dans les nombreuses reprises qui furent montées pendant trente-cinq ans, y compris à Londres, au Lyceum Theatre, en 1901. »

Ce fut en 1905, quand la pièce *Sherlock Holmes* était déjà un immense succès populaire, que *Sherlock Holmes en fâcheuse posture* fut pour la première fois représenté à Londres, avec Gillette dans le rôle-titre. L'acteur américain, qui jouait alors dans une comédie intitulée *Clarice*, recherchait un court intermède pour amuser le public. Selon un article de presse de l'époque, il avait prévu d'utiliser un sketch humoristique intitulé *Le Système silencieux*, mais la chose n'avait finalement pas pu avoir lieu et il lui fallait trouver quelque chose à la place. Gillette décida de faire appel une fois de plus au personnage qui l'avait rendu célèbre : Sherlock Holmes. Et c'est à ce stade que commence la spéculation. Certains holmésiens pensent que c'est à Gillette lui-même que l'on doit *Sherlock Holmes en fâcheuse posture*, bien qu'il n'existe aucun manuscrit pour le confirmer ; d'autres estiment, en particulier Edgar W. Smith, que le comédien a très bien pu faire appel à Conan Doyle, avec qui il était déjà ami, pour qu'il lui écrive en vitesse une saynète. Nous savons avec certitude qu'à cette époque Conan Doyle composa plusieurs pièces et pastiches (comme, par exemple, *La Kermesse sportive* que nous avons déjà citée) et il ne paraît pas déraisonnable de penser qu'il aurait pu trousser ce léger divertissement en quelques jours, sinon en quelques heures. Il est aussi acquis que Holmes était protégé par la loi sur les copyrights en Angleterre et que Conan Doyle aurait obligatoirement dû être consulté. En tout cas, la pièce fut créée le 23 mars 1905, avec Gillette et une certaine Miss Barrymore[26] pour jouer le rôle de la cliente « bavarde » de Holmes. On peut se faire une idée de la vitesse à laquelle elle fut montée en lisant la critique qui parut dans le *New York Times* le jour suivant : « Miss Barrymore interpréta son rôle seulement vingt minutes après l'avoir découvert, ce qui montre qu'elle possède une mémoire remarquable, et elle ne se trompa qu'une seule fois dans son texte. M. Gillette n'ouvrit pas la bouche de toute la représentation, mais il s'employa de toute son énergie à noter des choses sur des feuilles de papier et à les transmettre à Miss Barrymore. Par ce moyen, il lui était possible de lui souffler ses répliques ! » Ajoutons, pour clore la présentation de cette pièce depuis longtemps oubliée, que l'acteur qui jouait le seul autre personnage important, le groom nommé Billy, allait devenir aussi célèbre que Sherlock Holmes. Son nom était Charles Chaplin[27].

Sur la piste du faussaire (vers 1914)

Il s'agit sans aucun doute du texte le plus controversé de ce recueil. Il fut trouvé dans les archives de Conan Doyle par Hesketh Pearson et publié plus tard avec la permission des exécuteurs testamentaires de Conan Doyle. Il semblerait pourtant que l'histoire ait été l'œuvre d'un architecte anglais, Arthur Whitaker, qui en aurait vendu l'intrigue à Conan Doyle pour la somme ridicule de dix livres ! Mais examinons plutôt les faits. Pearson révéla sa découverte en même temps que celle du synopsis de *L'Aventure du grand homme* dans le numéro du *Strand* du mois d'août 1943. Il écrivit alors : « Une autre de mes découvertes présente plus d'intérêt : une aventure complète du grand détective intitulée *Sur la piste du faussaire.* Au moment où la nouvelle de ma découverte atteignit l'Amérique, mes doutes sur l'identité de son auteur faillirent créer un incident diplomatique : un fan de Holmes alla jusqu'à suggérer que les relations futures entre les deux pays pourraient être mises en péril si le Canon holmésien ne s'enrichissait pas de ce nouvel élément. » En dépit de son manque d'enthousiasme pour la qualité de l'histoire, Pearson ajoute significativement : « La scène d'ouverture entre Holmes et Watson trahit la main du Maître… À l'époque où il écrivit ce récit, Conan Doyle commençait à se lasser de Sherlock Holmes. » John Dickson Carr[28] fait aussi référence à l'aventure dans sa *Vie de Sir Arthur Conan Doyle* : « Il n'essaya jamais de forcer une histoire. Il lui arriva ainsi de rejeter une aventure, *Sur la piste du faussaire.* Bien qu'elle n'ait pas été publiée, ceux parmi nous qui l'ont lue peuvent témoigner que son idée maîtresse – comment un homme peut disparaître d'un bateau sous l'œil de témoins – rappelle le problème sans solution évoqué par Watson dans *L'Aventure du pont de Thor*, évoquant la disparition mystérieuse de James Philimore… Mais le style dans lequel elle est écrite manifeste une certaine négligence, pour ne pas dire impatience, de la part de son auteur dont le cœur et l'esprit étaient alors tournés vers d'autres sujets. » Cependant Carr se trompait dans l'une de ses affirmations, car *Sur la piste du faussaire* avait été publié, mais seulement en Amérique. Depuis que la nouvelle de la découverte de Pearson s'était répandue, les éditeurs de magazines américains avaient tout tenté pour obtenir de Denis Conan Doyle[29], l'exécuteur testamentaire pour les droits de l'œuvre littéraire de son père, la permission d'imprimer cette « aventure oubliée ». Denis finit par succomber aux avances du puissant groupe Hearst installé à New York et, en août 1948, il autorisa le très populaire *Cosmopolitan* à la publier dans ses colonnes. Comme on pouvait s'y attendre, l'histoire fut annoncée à coups de formules chocs : « Le plus célèbre détective de tous les temps élucide sa dernière affaire ! Une nouvelle récemment exhumée et jusqu'à présent inédite de l'immortel Sherlock Holmes. » Depuis ce jour, le débat sur l'identité de l'auteur se poursuit, bien que la position des incrédules se soit renforcée après que les exécuteurs testamentaires eurent accepté de verser des droits d'auteur à M. Arthur Whitaker. En dépit de tout ce qui a été dit et écrit à propos de *Sur la piste du faussaire*, j'en suis toujours à me demander si Conan Doyle n'a pas participé à sa création d'une manière ou d'une autre. Malheureusement, Arthur Whitaker et Denis Conan Doyle ne sont plus là pour nous en apprendre davantage. Peut-être Sir Arthur a-t-il été à l'origine de l'histoire, peut-être en a-t-il écrit une partie (voir le commentaire de Hesketh Pearson). En tout cas, je me sens incapable d'affirmer qu'elle est fausse comme tant d'holmésiens l'ont fait. Il ne s'agit pas de nier le mystère qui entoure *Sur la piste du faussaire*, mais il me semble qu'elle mérite sa place ici. Et je suis sûr que vous serez d'accord avec moi.

Quelques renseignements privés sur Sherlock Holmes (1917)

Sherlock Holmes jouissait d'une renommée mondiale quand le directeur du *Strand*, Greenhough Smith, soucieux de garder le nom du détective attaché au magazine, persuada Conan Doyle d'écrire cet article sur la légende qu'il avait créée. L'essai insiste en particulier sur la croyance répandue selon laquelle Holmes put vraiment exister et cite à titre d'exemples un certain nombre de lettres d'admirateurs implorant le limier de Baker Street de venir les aider à résoudre des affaires criminelles bien réelles. Conan Doyle évoque également celles dans lesquelles il lui a été demandé d'endosser le rôle de Sherlock Holmes, avec des résultats aussi spectaculaires que ceux du grand détective ! *Quelques renseignements privés sur Sherlock Holmes* fut publié pour la première fois dans le numéro de décembre 1917 du *Strand* ; depuis lors, il est resté difficile à trouver.

Le Détective de second ordre (vers 1919)

Dans le premier livre mettant en scène Sherlock Holmes, *Une étude en rouge*, le détective dispense quelques commentaires peu amènes sur deux de ses prédécesseurs dans le genre policier : C. Auguste Dupin, créé en 1841 par Edgar Allan Poe, et M. Lecoq, le personnage inventé par l'écrivain français Émile Gaboriau en 1866. Conan Doyle admit bien sûr s'être en partie inspiré des œuvres de Poe et de Gaboriau pour créer Holmes. Il faut donc garder à l'esprit que c'est Sherlock Holmes qui prononce ces paroles dans sa première aventure :

« Sherlock Holmes se leva et alluma sa pipe.

— Vous pensez sans doute me faire un compliment en me comparant à Dupin ? dit-il. Eh bien ! à mon avis, Dupin était un type tout à fait inférieur ! Sa façon d'interrompre les réflexions de ses amis par une remarque au bout d'un quart d'heure de silence relève du théâtre, de l'artifice. Il avait incontestablement du génie pour l'analyse ; mais il n'était certes pas le phénomène auquel Poe semblait croire !

— Avez-vous lu les romans de Gaboriau ? demandai-je. Lecoq répond-il mieux à votre idéal de détective ?

Sherlock Holmes renifla en ricanant.

— Une misérable savate ! s'exclama-t-il. Lecoq n'a pour lui que son énergie. Un Gaboriau, entre autres, m'a positivement rendu malade. Il s'agissait d'identifier un prisonnier inconnu. J'aurais pu le faire en vingt-quatre heures. Lecoq y met au moins six mois ! Cela pourrait servir de manuel aux détectives : ils y verraient toutes les fautes à éviter. »

Watson ne fut apparemment pas le seul à être choqué par la dureté de ces propos à l'encontre de deux personnages de fiction qu'il admirait. En 1915, le poète et critique américain Arthur Guiterman adressa quelques vers à Conan Doyle en manière de protestation. Le pauvre Sir Arthur se rendit aussitôt compte que les mots qu'il avait mis dans la bouche de son détective lui étaient également attribués. Il prit sa plume pour se défendre dans le même ton. Ces deux poèmes constituent un document unique et important. Les vers de Conan Doyle sont les seuls qu'il ait jamais composés sur Sherlock Holmes et ils permettent à leur auteur de donner une fois pour toutes son opinion sur les prédécesseurs littéraires de Holmes. Le poème de Guiterman fut publié dans un recueil de poésie légère : *The Laughing Muse (La Muse rieuse)*, et la riposte de Conan Doyle parut quelques années plus tard dans le livre de souvenirs de Lincoln Springfield, *Some Piquant People*[30] *(Personnalités bien trempées)* (1924). C'est la première fois qu'ils sont réunis dans un recueil.

Le Diamant de la couronne: Une soirée avec Sherlock Holmes (1921)

Le Diamant de la Couronne est la seconde des saynètes de Conan Doyle mettant en scène Sherlock Holmes. Elle a ceci d'unique dans son œuvre qu'elle fut par la suite adaptée en récit sous le titre *La Pierre de Mazarin*. Le contraire eût été moins étonnant. Les archives nous apprennent que *Le Diamant de la couronne* a d'abord été représenté à l'Hippodrome de Bristol, le 2 mai 1921, puis au Coliseum de Londres à partir du 16 mai. Bien que la tournée se soit poursuivie, avec une interruption, jusqu'à la fin du mois d'août, rien n'indique qu'elle ait jamais été reprise en Angleterre. En tout cas, il est certain qu'elle n'a jamais été montée en Amérique. Tout nous porte à croire que Conan Doyle a astucieusement transformé la pièce en une histoire pour le *Strand* alors qu'elle était encore jouée au Coliseum : quoi qu'il en soit, elle a paru dans la livraison d'octobre 1921. Conan Doyle a alors procédé à quelques changements, le plus important concernant le méchant de la pièce, le sinistre colonel Sebastian Moran, qui devient le comte Negretto Sylvius dans le récit. Même si chacun sait que Conan Doyle n'était pas un grand auteur dramatique, ses pièces mettant en scène Holmes et Watson prouvent qu'il avait un certain sens du théâtre, et le spectacle méritait à coup sûr d'être vu. Alors pourquoi ne pas les remonter aujourd'hui ?

Comment Watson apprit le truc (1924)

Cette parodie des aventures de Holmes et Watson, que Conan Doyle écrivit à la fin de sa vie, est peut-être la plus curieuse histoire de toute la saga. En 1924, une remarquable maison de poupée appartenant à la reine Mary, épouse du roi George V, fut exposée à Londres. Le magnifique jouet, avec ses meubles et ses accessoires miniatures, possédait une petite bibliothèque avec ses rangées de livres. À l'époque, aucun de ces livres ne contenait de texte, et l'idée fut lancée de proposer aux personnalités littéraires les plus en vue de composer des nouvelles qui pussent être imprimées dans ces minuscules volumes. Comme on pouvait s'y attendre, Sir Arthur fut un des auteurs approchés. En bon patriote, il accepta la proposition, fournissant peu de temps après une histoire qu'il jugeait digne de l'occasion. Il s'agissait d'une courte démonstration de Sherlock Holmes intitulée : *Comment Watson apprit le truc.* Une fois réceptionnée, nous raconte un reportage de l'époque, l'histoire fut « imprimée et reliée dans un des livres miniatures de la bibliothèque de cette structure lilliputienne raffinée ». Bien qu'elle suscitât naturellement beaucoup d'intérêt pendant l'exposition, elle fut vite oubliée quand les portes de la maison de poupée furent fermées au public, et le texte est devenu extrêmement difficile à trouver depuis. Il sortit brièvement de l'ombre en avril 1951 lorsque le *Baker Street Journal* en publia une copie dactylographiée. Au-delà de sa rareté, *Comment Watson apprit le truc* confirme l'hypothèse selon laquelle Sherlock Holmes serait né dans le Surrey. Au moment où le récit commence, les deux amis sont en train de prendre leur petit déjeuner et Holmes se réjouit de la victoire du Surrey dans un match de cricket. Commentant ce point particulier dans son essai *Completing the Canon*[31], Peter Richard écrit : « Il est courant qu'un homme avouant une "connaissance limitée du jeu de cricket" (comme Holmes l'admet dans *La Kermesse sportive*) suive néanmoins les résultats de l'équipe de son comté d'origine avec intérêt, sinon avec enthousiasme. » Il semble donc probable que Holmes soit originaire du Surrey, et possible que ses ancêtres, qui étaient des propriétaires terriens, fussent les fameux « propriétaires de Reigate[32] » puisque cette ville se situe dans le Surrey ! À bien y réfléchir, il n'y aurait rien d'extraordinaire à ce que Conan Doyle, dans cette dernière aventure, ait voulu nous donner un indice sur le lieu de naissance de son immortel détective.

L'appendice de ce volume rassemble trois textes holmésiens aussi fascinants que les douze autres documents : ils sont tous de la main de Conan Doyle et nous aident à approfondir notre connaissance du grand détective et de son créateur.

Une mort spectaculaire : Conan Doyle révèle toute la vérité sur la fin de Sherlock Holmes (1900)

Cette partie du livre commence par un texte particulièrement rare qui a échappé à l'attention de nombreux holmésiens. Il parut en 1900 dans l'hebdomadaire britannique *Tit-Bits*, qui était, comme son nom le suggère, un pot-pourri d'histoires, d'articles, d'essais, d'interviews, de devinettes et d'informations présentés de manière vivante pour attirer le grand public. La société d'édition George Newnes Ltd possédait aussi le *Strand Magazine*. Pour fêter son numéro 1000, *Tit-Bits* désirait un scoop que n'importe quel autre journal aurait payé une fortune – une interview de celui dont la timidité était de notoriété publique, le Dr Conan Doyle.

Ayant précipité Holmes dans les chutes du Reichenbach en 1893[33], jusqu'à la parution de ce texte, Conan Doyle n'avait exprimé aucune envie de le ressusciter malgré la pression continuelle de ses lecteurs. D'où l'intérêt de cette interview-citation, qu'il a sans doute relue avant publication, dans laquelle, après avoir expliqué comment il a conçu la « mort de Sherlock Holmes », l'auteur ne repousse plus la possibilité de le voir revenir pour de nouvelles aventures. Ce document n'a plus été réimprimé depuis sa publication dans le numéro spécial de *Tit-Bits* du 15 décembre 1900.

Le Mystère de la vallée de Sasassa (1879)

J'ai déjà brièvement fait allusion à cette histoire, qui fut la première que Conan Doyle réussit à faire publier et qui lui rapporta la somme royale de trois guinées. Elle est plus importante qu'il n'y paraît à première vue parce qu'on y trouve en germe une idée qui deviendra centrale dans la plus fameuse de toutes les aventures de Sherlock Holmes, *Le Chien des Baskerville*. À la lumière de ce fait, il ne semble pas vraiment surprenant que Conan Doyle ne mentionne pas directement ce récit dans son autobiographie *Ma vie aventureuse*, écrite en 1924, se contentant de nous dire : « Durant les années qui précédèrent mon mariage, il m'était arrivé de composer des nouvelles qui étaient assez bonnes pour être achetées à très bas prix – quatre livres en moyenne – mais pas assez pour être rééditées. Elles sont dispersées dans les pages du *London Society*, de *All The Year Round*, du *Temple Bar*, du *Boy's Own Paper* et d'autres journaux. Qu'elles y reposent en paix. » En fait, *Le Mystère de la vallée de Sasassa* fut soumis au populaire *Chambers's Journal* au printemps 1879 et, après l'interminable délai habituel, le jeune docteur apprit avec satisfaction qu'il était accepté. La nouvelle parut anonymement dans le numéro du mois d'octobre, seules les signatures les plus connues figuraient alors dans le *Chambers's* – telle était la politique du journal. À l'époque, Conan Doyle n'aurait exprimé qu'un seul regret à propos de cette publication : que l'on eût supprimé l'interjection « damné » de plusieurs de ses dialogues ! Au fil du temps, cependant, il se réjouit sûrement de constater que l'histoire ne lui était pas attribuée. Comme vous le découvrirez, elle s'appuie sur une superstition à propos d'une créature démoniaque aux yeux luisants qui s'avère être... Vous ne croyez quand même pas que je vais vous révéler la fin ? Toutefois, la ressemblance avec le « chien démoniaque » de Dartmoor sautera aux yeux de quiconque a en tête l'histoire du chien des Baskerville.

Les Quatorze Enquêtes préférées de l'auteur (1927)

En mars 1927, quelques mois avant la publication du cinquième et dernier volume d'aventures de Holmes, *Les Archives de Sherlock Holmes*, Sir Arthur Conan Doyle prit une dernière fois sa plume pour évoquer son fameux détective. Comme on pouvait s'y attendre, ce fut pour le magazine qui avait vu naître le grand détective, le *Strand*, à l'occasion de l'annonce d'un concours proposant aux lecteurs de sélectionner leurs histoires préférées de Sherlock Holmes, dont Conan Doyle avait lui-même établi la liste de référence permettant le classement final. Apparemment, il ne put résister à l'opportunité d'envoyer une ultime pique au personnage qui l'avait rendu riche et célèbre, mais qui avait aussi éclipsé toutes les autres réussites de sa vie. « Je crains, écrit-il dans l'article intitulé "M. Sherlock Holmes à ses lecteurs", que M. Sherlock Holmes ne devienne pareil à ces ténors populaires qui, ayant fait leur temps, se sentent obligés de multiplier leurs adieux à leur indulgent public. Il faut en finir, et il doit disparaître comme toute chose sur cette terre. On se plaît à penser qu'il existe des limbes fantastiques pour accueillir les enfants de l'imagination, un endroit étrange et impossible où les élégants de Fielding[34] pourraient encore faire la cour aux belles de Richardson[35], où les héros de Scott[36] pourraient encore parader, où les joyeux cockneys de Dickens[37] feraient encore rire, et où les mondains de Thackeray[38] continueraient leur répréhensible carrière. Peut-être y a-t-il un humble coin dans un tel Walhalla où Sherlock et son ami Watson trouveront momentanément leur place, pendant qu'un limier encore plus avisé affublé d'un camarade encore plus bête occupera l'espace qu'ils auront laissé vacant. » S'il est vrai qu'à cette époque Sherlock Holmes voyait déjà des douzaines de rivaux lorgner sur sa couronne de roi des détectives, force est de reconnaître que la chose était déjà entendue au grand dam de son créateur : le couple de Baker Street avait fait son entrée au panthéon de la littérature, et il n'était pas près d'en sortir.

Dans la suite de l'article, Conan Doyle revient sur la carrière de Sherlock Holmes et l'impression de certains lecteurs qui regrettaient un déclin de la qualité des aventures au fil des années. Il conclut : « C'est pour tester modestement le goût du public que j'inaugure le petit concours annoncé ici. J'ai dressé une liste de douze nouvelles contenues dans les quatre volumes publiés[39] que je considère comme les meilleures, et j'aimerais beaucoup savoir jusqu'à quel point mes choix rejoignent ceux des lecteurs du *Strand*. J'ai déposé ma liste dans une enveloppe scellée, en présence du directeur du *Strand*. » Trois mois après la publication de cet article, dans le numéro de juin, Conan Doyle mit fin aux spéculations en dévoilant sa liste, ou peut-être serait-il plus juste de dire qu'il lança le débat, qui n'est toujours pas clos aujourd'hui, sur les mérites respectifs de ses histoires.

La même année, Sir Arthur utilisa son article « M. Sherlock Holmes à ses lecteurs » comme préface aux *Archives de Sherlock Holmes*, en supprimant la référence au concours. Avec la liste de ses douze nouvelles préférées, Conan Doyle en avait enfin terminé avec Sherlock Holmes : il n'allait plus jamais écrire une seule ligne sur le sujet au cours des trois années qui lui restaient à vivre. Peut-être n'y avait-il plus rien à dire, car le dernier paragraphe de son article adressé à ses lecteurs constitue une conclusion que tout auteur aimerait écrire à propos d'un personnage qu'il a créé et des ambitions qu'il a eues pour lui. C'est d'ailleurs pourquoi, en présentant cet ultime recueil de textes sur Sherlock Holmes écrits par Sir Arthur Conan Doyle, je ne vois pas d'autre moyen de conclure qu'en citant ses mots une dernière fois :

> *« Et donc, lecteur, adieu à Sherlock Holmes ! Je te remercie de ta constance et espère qu'en retour ces histoires t'ont apporté cette sorte de divertissement, qui nous change les idées et nous fait oublier les tracas de la vie, que l'on ne rencontre que dans le royaume enchanté de la fiction. »*

Peter Haining

La Vérité sur Sherlock Holmes*

Quand Sir Arthur Conan Doyle tua délibérément Sherlock Holmes, les protestations véhémentes qui s'élevèrent de toutes parts lui firent réaliser, à son grand étonnement, à quel point son détective avait marqué l'imagination de ses contemporains. Dans cet essai, Sir Arthur répond à toutes nos questions sur Holmes : sur sa naissance et son enfance et pourquoi il devint nécessaire de le faire disparaître. Il est amusant de lire ici que le Dr Bell, le prototype de Holmes, ne fut jamais en mesure d'aider Doyle à inventer ses histoires. Et Sir Arthur nous raconte cette tentative désastreuse que fut l'opéra créé en collaboration avec Sir James Barrie, dont résulta une seule chose positive : la délicieuse parodie de Sherlock Holmes que Barrie écrivit pour consoler Doyle et que l'on trouvera ci-après.

Collier's The National Weekly
29 décembre 1923

Ce fut en octobre 1876 que je commençai mes études de médecine à l'université d'Édimbourg. Le personnage le plus remarquable que j'y rencontrai fut un certain Joseph Bell, chirurgien à l'hôpital de la ville. Bell était un homme très particulier, tant par son esprit que par sa physionomie. Sec et nerveux, il avait le cheveu noir, le nez fin et long, le visage en lame de couteau, les yeux gris et pénétrants, les

---

* Titre original : *The Truth about Sherlock Holmes*, traduit par Thierry Beauchamp et Romain Rabier.

épaules anguleuses, et il marchait de manière saccadée. Il parlait d'une voix forte et discordante. Chirurgien de grand talent, sa spécialité était le diagnostic. Pour des raisons que je n'ai jamais comprises, il m'avait repéré parmi la foule des étudiants qui fréquentaient ses leçons et m'avait choisi comme assistant. Je devais prendre quelques notes sur les patients, puis les faire entrer, l'un après l'autre, dans une grande salle où Bell était assis, entouré de ses infirmières et de ses étudiants. J'avais eu ainsi tout loisir d'étudier ses méthodes et de remarquer qu'il en apprenait souvent bien plus sur ses patients en quelques brefs coups d'œil que je ne l'avais fait par mes questions. Les résultats étaient parfois très spectaculaires, bien qu'il lui arrivât aussi de se tromper. Lors de l'une de ses meilleures consultations, il dit à un patient :

— Eh bien, mon brave, vous avez servi dans l'armée ?

— Oui, monsieur.

— Libéré depuis peu, n'est-ce pas ?

— Oui, monsieur.

— Régiment écossais ?

— Oui, monsieur.

— Sous-officier ?

— Oui, monsieur.

— En garnison à La Barbade ?

— Oui, monsieur.

— Vous voyez, messieurs, expliqua-t-il, cet homme n'entendait pas nous manquer de respect, mais il n'a pas retiré son chapeau. Ça ne se fait pas dans l'armée, mais il se serait montré plus poli s'il avait retrouvé la vie civile depuis longtemps. À en juger par son air autoritaire, il est de toute évidence écossais. Quant à La Barbade, le mal dont il souffre, l'éléphantiasis, se contracte aux Antilles et non en Grande-Bretagne.

Pour l'auditoire, tout cela semblait tenir du prodige jusqu'à ce que des explications fussent données. Alors tout devenait plus simple. Il n'est pas étonnant qu'après avoir observé un tel personnage j'aie voulu utiliser et amplifier ses méthodes quelques années plus tard pour créer un détective scientifique qui résoudrait des affaires par ses propres moyens et non grâce aux erreurs du criminel. Bell s'intéressa vivement à ces énigmes policières et fit des suggestions, qui, je dois le confesser, étaient peu exploitables.

Le tonneau du bouquiniste

Dès le début, je m'efforçai d'assimiler les cours d'une année en six mois, de sorte qu'il me reste du temps pour gagner un peu d'argent. C'est à cette époque que je découvris que les shillings pouvaient être glanés autrement qu'en remplissant des flacons. Un ami me fit remarquer que mes lettres étaient très vivantes et que, si j'écrivais quelque chose, j'arriverais sûrement à le vendre. Je dois dire que mon intérêt pour la littérature était extraordinairement vif, et que mon esprit s'aventurait dans toutes sortes de directions. L'hôpital m'accordait deux pence pour mon déjeuner, ce qui correspondait au prix d'une tourte au mouton. Près du vendeur de tourtes se trouvait une librairie d'occasion avec un tonneau rempli de vieux livres portant l'inscription : « Tout à deux pence. » Je dépensais souvent le prix de mon repas dans un volume tiré du tonneau, et, tandis que j'écris ces lignes, j'ai encore à portée de main des exemplaires du *Tacite* de Gordon, des *Œuvres* de Temple, du *Homère* de Pope, du *Spectateur* d'Addison et des *Œuvres* de Swift, qui sortent tous de cet endroit.

Quiconque aurait observé mes actions et étudié mes goûts en aurait conclu qu'un printemps si ardent allait bientôt porter ses fruits, mais, pour ma part, jamais je n'avais imaginé pouvoir produire une prose décente, et la remarque de mon ami, qui n'était en aucun cas adepte de la flatterie, me troubla. J'écrivis alors un court récit d'aventure que j'intitulai : *Le Mystère de la vallée de Sasassa*. Et grandes furent ma joie et ma surprise d'apprendre qu'il avait été accepté par le *Chambers's Journal*, et qu'il allait même me rapporter trois guinées. D'autres tentatives échouèrent, mais cela m'importait peu. J'avais réussi une fois et je me réjouissais à la pensée que je pourrais recommencer.

En sortant diplômé de médecine de l'université d'Édimbourg en 1881, mes projets étaient d'une solidité à toute épreuve et j'étais prêt à m'engager dans l'armée, la marine ou le service des Indes. Mais, après avoir navigué à bord d'un cargo le long de la côte occidentale de l'Afrique, je décidai d'ouvrir un cabinet à Plymouth.

À cette époque, j'avais déjà fourni plusieurs nouvelles au *London Society*, un magazine aujourd'hui disparu, mais qui prospérait alors sous la direction éditoriale d'un certain M. Hogg. Il ne m'était pourtant jamais venu à l'esprit que je pourrais faire carrière dans la littérature ou que je pourrais en espérer autre chose qu'un peu d'argent de poche. Même si cela occupait une part essentielle de ma vie, je n'aurais pas pu m'en sortir : j'aurais dû choisir entre mourir de faim ou accepter les quelques livres que M. Hogg me versait.

Durant les années qui précédèrent mon mariage, il m'était arrivé de composer des nouvelles qui étaient assez bonnes pour être achetées à très bas prix – cinq livres en moyenne[1] – mais pas assez pour être rééditées. Elles sont dispersées dans les pages du *London Society*, du *All The Year Round*, du *Temple Bar*, du *Boy's Own Paper* et d'autres journaux. Qu'elles y reposent en paix. Elles remplirent leur tâche en me soulageant un peu du poids des dettes qui m'oppressaient sans relâche. Comme je ne gagnais probablement pas plus de dix ou quinze livres par an de cette manière, l'idée d'en faire mon unique source de revenus ne m'avait pas traversé l'esprit. Mais, si je n'étais pas encore lancé, je n'en demeurais pas inactif pour autant. Je possède encore des carnets remplis de toutes sortes de connaissances que j'ai acquises durant cette période. C'est une grave erreur que de vouloir faire naviguer un cargo à vide.

Entrée de Holmes et de Watson

À partir de 1884, je commençai à travailler sur un roman d'aventures que j'intitulai *La Firme de Girdlestone.* Il s'agissait là de mon premier long récit. En dehors de quelques passages, c'est un livre sans grande valeur. Je sentais à présent que j'étais capable de quelque chose de plus épuré, de plus tranchant, de plus professionnel. Les intrigues de Gaboriau me fascinaient par la netteté de leurs enchaînements, et M. Dupin, le maître détective de Poe, était l'un de mes héros préférés depuis l'enfance. Mais que pouvais-je apporter de plus ? Je songeai à mon vieux professeur Joe Bell, à sa tête d'aigle, à ses curieuses manières, à son extraordinaire aptitude à relever le moindre détail. S'il avait été détective, nul doute qu'il aurait réussi à faire de ce métier fascinant, mais sans méthode, quelque chose de semblable à une science exacte. Je n'aurais pas hésité à me lancer si j'avais pu obtenir cet effet. C'était sûrement envisageable dans la vie réelle, alors pourquoi ne le rendrais-je pas possible dans la fiction ? Dire d'un homme qu'il est intelligent ne suffit pas, le lecteur veut qu'on le lui démontre par l'exemple, comme s'y employait Bell lors de ses leçons quotidiennes à l'hôpital.

L'idée m'amusait. Comment allais-je appeler mon héros ? Je possède encore la page d'un carnet sur laquelle j'avais noté différentes suggestions. Je me refusais à céder à la facilité qui consiste à trouver un nom reflétant le caractère du personnage, comme M. Sharps ou M. Ferrets[2]. Ce fut d'abord Sherringford Holmes avant de devenir Sherlock Holmes[3]. Il ne pouvait pas raconter lui-même ses exploits, il devait donc avoir un ami qui lui servirait de faire-valoir, un homme d'action instruit qui pourrait se joindre à ses aventures tout en étant le narrateur. Il me fallait trouver à cet homme posé, sans ostentation, un nom rassurant. Watson ferait l'affaire[4]. J'avais mon projet en main ; il ne me restait plus qu'à écrire mon *Étude en rouge.*

Je savais que j'avais donné le meilleur de moi-même dans ce livre et j'en attendais beaucoup. Quand *Girdlestone* me revint avec la précision d'un pigeon voyageur, j'en fus peiné mais pas surpris, car j'approuvais la décision. Mais lorsque mon petit livre de Sherlock Holmes suivit le même chemin j'en fus blessé, car j'étais convaincu qu'il méritait un meilleur sort. James Payn[5] en dit du bien, mais il le trouva à la fois trop court et trop long, ce qui n'était pas faux. Arrowsmith[6] le reçut en mai 1886 et me le retourna en juillet sans l'avoir lu. Deux ou trois autres y jetèrent un coup d'œil et déclinèrent l'offre. Finalement je l'envoyai à Ward, Lock & Co. qui s'était spécialisé dans les livres bon marché et les romans populaires. Il me fut répondu :

30 octobre 1886

Cher Monsieur,

Nous avons lu votre histoire et l'avons appréciée. Il nous est impossible de la publier cette année car le marché est actuellement inondé de littérature de divertissement, mais si vous ne voyez pas d'objection à patienter jusqu'à l'année prochaine, nous vous donnerons vingt-cinq livres à titre de droits d'auteur.

Nous vous prions de recevoir, Monsieur, nos salutations distinguées.

Ward, Lock & Co.

La proposition n'avait rien d'alléchant et, tout pauvre que j'étais, j'hésitai à l'accepter. Il ne s'agissait pas seulement de la modestie de la somme proposée, mais encore de la date de publication, car j'espérais que ce livre me mettrait le pied à l'étrier. Cependant, toutes ces déceptions répétées m'avaient découragé, et j'en vins à me dire qu'une publication, même tardive, valait mieux que rien. Je décidai donc d'accepter, et mon histoire fut publiée dans le *Beeton's Christmas Annual* de 1887[7].

L'écriture du *Signe des quatre*, dans lequel Holmes apparut pour la deuxième fois, fut le résultat d'un dîner d'éditeurs auquel j'avais été convié. Le manuscrit demeura un certain temps sur une étagère car, encouragé par l'accueil favorable que *Micah Clarke*[8] avait reçu de la critique, j'étais à présent déterminé à me lancer dans quelque chose de plus audacieux.

J'écrivis ensuite *La Compagnie blanche*[9], en 1889, et *Sir Nigel*[10], quatorze ans plus tard. Le dernier cité est celui que je préfère, mais je peux affirmer sans l'ombre d'une hésitation que ces deux-là constituent l'aboutissement de mon œuvre et qu'ils donnent une image exacte et précise de cette grande époque. Je n'ai jamais rien produit de plus achevé, de plus gratifiant et de plus ambitieux. Il faut regarder les choses à leur échelle, mais je crois que si je n'avais jamais touché à Holmes, qui m'a poussé à délaisser mes travaux les plus exigeants, ma position dans la littérature serait à cette heure autrement plus élevée. Mon travail demandait beaucoup de recherches et je possède encore des carnets remplis de toutes sortes de notes. Je cultive un style simple et évite autant que possible les mots trop longs : peut-être cette apparence de facilité a-t-elle conduit le lecteur à sous-estimer la quantité de recherches que m'ont réclamées mes romans historiques ? Toutefois, je ne le prends pas mal, car j'ai la conviction que la justice finit toujours par triompher et que la valeur réelle de tout travail ne saurait être définitivement ignorée.

Je me souviens qu'au moment où j'écrivis les derniers mots de *La Compagnie blanche* je me sentis submergé par la joie et je m'écriai « C'en est fait ! » en jetant mon stylo à encre à travers la pièce. Il laissa une grosse tache noire sur le papier peint bleu-gris. Au fond de moi je savais que le livre survivrait et qu'il illuminerait nos traditions nationales. À présent qu'il a dépassé la cinquantième édition, je suppose que je peux déclarer en toute modestie que ma prévision s'est réalisée. Ce fut le dernier livre que j'écrivis alors que j'exerçais encore la médecine à Southsea. Il marque une époque charnière de ma carrière, et je vais donc revenir sur d'autres événements de ces dernières années passées à *Bush Villa*[11] avant que ma vie ne prenne un nouveau virage[12].

Un grand nombre de mensuels paraissaient à cette époque. Le *Strand*, que Greenhough Smith dirigeait déjà de main de maître, était l'un des plus remarquables. À bien étudier ces différents journaux, avec leurs courtes histoires sans suite, j'en vins à penser que si un personnage réapparaissait dans un feuilleton et qu'il parvenait à retenir l'attention du lecteur, il le fidéliserait à ce magazine.

Me mettant en quête de mon personnage central, je me dis que Sherlock Holmes, que j'avais déjà utilisé dans deux petits livres, se prêterait facilement à une série d'histoires courtes. Je profitais des longues heures d'attente que je passais dans mon cabinet de consultation pour m'atteler à la tâche. Smith les aima tout de suite et il m'encouragea à continuer.

C'est alors que je compris à quel point j'étais stupide de dilapider l'argent que me rapportaient mes écrits dans l'entretien de mon cabinet d'ophtalmologiste de Wimpole Street[13], et je me décidai à tout abandonner et à ne plus jamais douter de mes capacités. Ce fut donc d'un cœur résolu que je me lançai dans la réalisation d'un travail littéraire digne de ce nom. La difficulté que me posait la série des Holmes est que chaque histoire exigeait une intrigue aussi précise et originale qu'un long roman. Il est impossible de trouver des intrigues à une telle cadence sans se donner beaucoup de mal. Ou elles se révèlent trop minces ou elles s'effondrent. J'étais déterminé, à présent que je n'avais plus l'excuse de l'impérieux besoin d'argent, à toujours donner le meilleur de moi-même et, par conséquent, je m'interdisais d'écrire une histoire de Holmes si je n'avais pas une bonne intrigue et un problème qui excitât la curiosité de mon esprit. C'est en effet un minimum quand on a la prétention d'intéresser les autres. Si je me suis montré capable de faire vivre ce personnage pendant tant d'années, et si le public juge, comme j'espère qu'il continuera de le faire, que la dernière histoire est aussi distrayante que la première, c'est entièrement dû au fait que je n'ai jamais, ou presque jamais, forcé une histoire. Certains estiment qu'au fil des épisodes la qualité des aventures s'est émoussée, et cette critique me fut clairement exprimée par un batelier de Cornouailles qui me dit : « Monsieur, je veux bien admettre que Sherlock Holmes n'est pas mort après être tombé de cette falaise. Mais, ce qui est sûr, c'est qu'après ça il n'a plus jamais été le même. »

Mais j'étais fatigué d'inventer des intrigues et je me consacrai alors à un travail dont je savais qu'il serait certes moins rémunérateur mais autrement plus ambitieux d'un point de vue littéraire. J'étais depuis longtemps attiré par l'époque de Louis XIV et par ces huguenots qui étaient les équivalents français de nos puritains. J'avais une bonne connaissance des documents historiques et une multitude de notes déjà prêtes, ce qui explique que la rédaction des *Réfugiés* ne me prit pas beaucoup de temps.

Pourtant, c'était encore les histoires de Sherlock Holmes que le public réclamait et, de temps à autre, je m'efforçais de répondre à cette demande. Mais, au terme de la deuxième série[14], je sentis que je risquais de « me forcer la main » et d'être rangé dans ce que je considérais être un compartiment inférieur de la réussite littéraire. Comme preuve de ma résolution, je décidai donc de mettre fin aux jours de mon héros. L'idée me trottait dans l'esprit quand je partis en vacances en Suisse en compagnie de mon épouse. Au cours du séjour, nous marchâmes dans la vallée de Lauterbrunnen[15]. C'est là que je vis les merveilleuses chutes du Reichenbach, un endroit terrible qui ferait un tombeau parfait pour le pauvre Sherlock, me dis-je, même si je devais dire en même temps adieu à mon compte en banque. C'est donc là que je l'abandonnai, bien déterminé à le laisser reposer en paix. Et, en effet, la chose dura vingt ans.

La tristesse exprimée par le public m'étonna. Les gens disaient qu'un homme n'est jamais apprécié à sa juste valeur tant qu'il n'est pas mort, et la protestation générale contre mon exécution sommaire de Holmes m'apprit combien ses amis étaient nombreux. « Espèce de brute... », c'est ainsi que commençait une lettre de réprimande qu'une dame m'avait adressée, et je crois bien que sa colère était partagée par beaucoup. D'autres lecteurs pleuraient, me dit-on. Je ne fus pas, je le crains, sensible à leurs larmes.

James Barrie est un de mes plus vieux amis dans le monde des lettres, et je le connaissais depuis un ou deux ans lorsque nous nous installâmes en même temps à Londres. Lui et moi avons vécu ensemble une bien triste déconvenue. Voilà les faits : il avait promis à M. D'Oyly Carte[16] le livret d'une opérette pour le Savoy[17]. Je fus mêlé à l'affaire lorsque Barrie connut des problèmes de santé à la suite d'un deuil familial. Il m'envoya un télégramme urgent. Il s'était mis dans l'embarras à cause de ce contrat qu'il avait signé et qu'il ne se sentait pas en état d'honorer. Le livret devait se composer de deux actes. Il avait déjà écrit le premier et esquissé les grandes lignes du second. Accepterais-je de me joindre à lui et de l'aider à finir en qualité de coauteur ? Je fis de mon mieux et composai les chants du second acte ainsi qu'une grande partie des dialogues, mais l'ensemble devait conserver sa forme d'origine. Le résultat ne fut pas bon et, dès le premier soir, je fus tenté, comme Charles Lamb[18], de le siffler depuis ma loge. L'opérette, *Jane Annie*[19], fut un des rares échecs de la brillante carrière de Barrie. Nous fûmes massacrés par la critique, mais Barrie encaissa le coup avec un remarquable aplomb, et je possède encore le poème humoristique qu'il m'adressa le lendemain matin pour me consoler.

Voici une parodie de Sherlock Holmes qu'il a écrite sur les feuilles de garde d'un de ses livres :

L'aventure des deux collaborateurs
À Arthur Conan Doyle,
de la part de son ami, J. M. Barrie.

En mettant un terme aux aventures de mon ami Sherlock Holmes, je me suis souvenu, peut-être involontairement, qu'il n'a jamais, sauf en une occasion qui, comme vous allez l'apprendre, marqua la fin de sa singulière carrière, consenti à démêler un mystère impliquant des individus vivant de leur plume. « Je ne suis pas très regardant sur les personnes que mes activités professionnelles m'obligent à fréquenter, avait-il coutume de dire, mais ces gens de lettres, ça non ! Il y a des limites à tout ! »

Nous passions la soirée dans notre appartement de Baker Street. Je me souviens que j'étais occupé à rédiger *L'Aventure de l'homme sans jambe de liège* (qui avait stupéfié la Société royale et toutes les grandes institutions scientifiques d'Europe) sur la table du salon, tandis que Holmes s'amusait à manipuler un petit revolver.

Les soirs d'été, Holmes avait coutume de tirer des coups de feu dans ma direction, au ras de ma tête, jusqu'à ce qu'il eût dessiné mon portrait sur le mur. Que la ressemblance de beaucoup de ces portraits force encore aujourd'hui l'admiration de tous ne donne qu'une idée imparfaite de son talent.

À un moment, je jetai un coup d'œil par la fenêtre et, apercevant deux hommes qui avançaient à pas rapides dans Baker Street, je lui demandai de qui il s'agissait. Il alluma aussitôt sa pipe et, se tordant sur sa chaise, il forma le chiffre 8 avec son corps avant de répondre :

— Ce sont deux coauteurs d'une opérette, et leur spectacle n'a pas été un « triomphe ».

D'étonnement, je bondis de ma chaise jusqu'au plafond. Puis il m'expliqua :

— Mon cher Watson, de toute évidence, ces hommes traversent une mauvaise passe. D'ailleurs vous auriez pu vous en rendre compte par vous-même en examinant leur visage. Ces petits morceaux de papier bleu qu'ils agitent nerveusement sont des coupures de presse de l'agence Durrant[20]. Ils en ont certainement des centaines sur eux. Voyez le renflement de leurs poches. Ils ne les brandiraient pas de la sorte si elles étaient d'une lecture agréable.

Je bondis à nouveau jusqu'au plafond (qui est particulièrement endommagé) et m'écriai :

— Stupéfiant ! Mais s'il s'agissait de simples écrivains ?

— Non, dit Holmes, les simples écrivains ne reçoivent qu'une critique par semaine. Seuls les criminels, les dramaturges et les acteurs en recueillent par centaines.

— Alors ce sont peut-être des acteurs.

— Non, les acteurs se déplacent en fiacre.

— Que pouvez-vous me dire d'autre sur eux ?

— Beaucoup de choses. La boue qui recouvre les bottes du grand m'indique qu'il vient de South Norwood[21]. L'autre est évidemment un auteur écossais.

— Qu'est-ce qui vous le fait croire ?

— Il porte dans sa poche un livre intitulé (je le vois distinctement) *Auld Licht quelque chose*[22]. Qui, sinon un auteur écossais, oserait avoir sur lui un livre avec un pareil titre ?

Je dus admettre qu'il n'avait pas tort.

Il était à présent évident que les deux hommes (s'il est permis de les appeler ainsi) cherchaient où nous habitions. J'ai (souvent) dit que Holmes ne laissait que rarement transparaître ses émotions, mais, cette fois-là, il devint brusquement livide. Puis son visage arbora un étrange air de triomphe.

— Watson, dit-il, ce grand type s'est attribué depuis des années le mérite de mes exploits, mais je le tiens enfin. Enfin !

Je fis un saut jusqu'au plafond et, une fois que j'en fus redescendu, les étrangers étaient dans le salon.

— Je devine, messieurs, dit Sherlock Holmes, que vous venez d'apprendre une terrible nouvelle.

Étonné, le plus élégant de nos visiteurs lui demanda comment il le savait, mais le plus massif ne fit que se renfrogner.

— Vous oubliez que vous portez une bague à votre annulaire, répliqua calmement Holmes.

Je m'apprêtais à bondir de nouveau jusqu'au plafond quand la grosse brute s'interposa.

— Tout ce baratin est bon pour le public, Holmes, dit-il. Mais vous pouvez vous en passer avec moi. Et vous, Watson, si vous faites encore un saut jusqu'au plafond, je vous y laisse.

J'observai alors un curieux phénomène. Mon ami Sherlock rétrécit. Il devint minuscule. Je regardai le plafond avec envie, mais n'osai pas aller plus loin.

— Laissons tomber les préambules, dit l'homme massif, et parlons affaires. Je veux savoir pourquoi...

— Permettez-moi, dit Holmes avec ce qui lui restait de son courage. Vous voulez savoir pourquoi le public boude votre opérette ?

— Exactement, ironisa l'autre, comme vous le devinez au bouton de col de ma chemise.

Puis il ajouta d'un ton plus grave :

— Et comme il n'y a qu'un seul moyen pour vous de le savoir, j'insiste pour que vous assistiez à une représentation entière de la pièce.

Ce fut alors un grand moment d'angoisse pour moi. Je frissonnai car je savais que si Holmes s'y rendait je devrais l'y accompagner. Mais mon ami avait un cœur d'or.

— Jamais ! s'écria-t-il rageusement. Je ferai tout ce que vous voulez sauf ça !

— Votre survie en dépend, menaça l'homme massif.

— Je préfère encore me volatiliser dans l'air, répondit fièrement Holmes en prenant une autre chaise. Mais je peux vous dire pourquoi le public ne va pas voir votre pièce sans avoir besoin de m'y déplacer.

— Pourquoi ?

— Parce que, répliqua calmement Holmes, les gens préfèrent s'en tenir éloignés.

Un silence de mort accueillit cette singulière remarque. Pendant un moment, les deux intrus dévisagèrent avec un mélange de crainte et de respect l'homme qui venait de dénouer si merveilleusement ce mystère. Alors, tirant leurs couteaux...

Holmes rétrécit encore et encore jusqu'à ce qu'il ne reste plus rien de lui qu'un anneau de fumée qui s'éleva doucement vers le plafond.

Les derniers mots des grands hommes méritent souvent d'être notés. Voici ceux de Sherlock Holmes :

— Idiot, idiot ! Je t'ai fait vivre dans l'opulence pendant des années. Grâce à mon aide, tu n'as cessé de monter dans des fiacres où l'on n'avait jamais vu d'écrivain auparavant. Désormais tu monteras dans des omnibus !

La brute s'écroula dans un fauteuil, l'air hagard. L'autre auteur ne bougea pas un cil.

Terrain dangereux

Cette parodie, la meilleure de toutes celles que les histoires de Holmes ont inspirées, témoigne non seulement de l'esprit de l'auteur mais encore de son courage et de sa bonté, car elle a été écrite immédiatement après notre commun échec qui, sur le moment, nous causa beaucoup de peine à tous deux. Il n'y a en effet rien de plus pénible qu'un four au théâtre, car vous ressentez à quel point tous ceux qui vous ont soutenu peuvent en être affectés. Ce fut heureusement la seule expérience que j'en fis, et Barrie peut sans nul doute en dire autant.

Au sujet des nombreuses personnifications de Holmes, je dois confesser qu'aucune d'entre elles ne correspond vraiment à mon idée de départ. Je le voyais très grand, « près de 1,80 mètre, mais si sec qu'il paraît beaucoup plus grand » est-il écrit dans *Une étude en rouge*. Je l'imaginais avec un fin visage en lame de couteau, deux petits yeux rapprochés de chaque côté du grand bec de faucon qui lui servait de nez. Pourtant, le pauvre Arthur Paget[23] qui, avant sa mort prématurée, en dessina tous les portraits originaux, s'inspira de son frère, je crois qu'il s'appelait Harold[24]. Le bel Harold prit la place d'un Sherlock impressionnant mais laid, ce qui, du point de vue de mes lectrices, fut peut-être aussi bien. Le théâtre n'a fait ensuite que s'inspirer du type établi par les portraits.

Les gens m'ont souvent demandé si je connaissais la fin des histoires de Holmes avant de commencer à les écrire. Bien sûr que oui. Vous ne pouvez pas développer une intrigue si vous ne savez pas où vous allez. Il vous faut d'abord trouver l'idée. Supposons que cette idée soit la suivante : une femme, comme dans la dernière aventure de Holmes, est suspectée d'avoir mordu son enfant alors qu'en réalité elle a aspiré le poison injecté par quelqu'un d'autre. À présent que vous tenez votre idée directrice, l'objectif suivant consiste à la masquer et à mettre l'accent sur tout ce qui peut égarer Holmes sur d'autres pistes. Mais il réussit à les écarter les unes après les autres et parvient de manière plus ou moins spectaculaire à la bonne solution en décrivant et en justifiant chacune des étapes qui l'y ont mené.

Il démontre sa force par ce que les Sud-Américains appellent des « *Sherlocholmitos* », c'est-à-dire de brillantes petites déductions qui n'ont souvent rien à voir avec l'énigme centrale mais qui impressionnent le lecteur. Le même effet est obtenu par de brusques allusions à d'autres affaires. Dieu sait combien de titres j'ai inventés à l'emporte-pièce et combien de lecteurs m'ont demandé de satisfaire leur curiosité à propos de *Rigoletto*[25] *et son abominable épouse*, *Le Capitaine fatigué*[26] ou *La Curieuse Expérience de la famille Patterson sur l'île d'Uffa*[27]. Une fois ou deux, comme dans *La Deuxième Tache*, qui est à mon sens la mieux construite des aventures de Holmes, les titres avaient été trouvés des années avant que j'écrive l'histoire.

Certaines questions au sujet de telle ou telle histoire m'arrivent périodiquement des quatre coins du globe. Dans *L'École du Prieuré*, Holmes remarque dans son style direct qu'en observant les traces d'une bicyclette sur une lande humide, il est possible de savoir quelle direction elle a prise. Je reçus tant de remontrances sur ce point, variant de la pitié à la colère, que je sortis ma bicyclette pour tenter l'expérience. J'avais imaginé que l'analyse de la manière dont la trace de la roue arrière recouvre celle de la roue avant quand la machine n'avance pas en ligne droite indiquerait la direction. Je vis que mes correspondants avaient raison et que je m'étais trompé, car les traces restaient les mêmes quelle que soit la direction empruntée. D'un autre côté, la bonne solution était encore plus simple puisque, sur une lande accidentée, les roues s'impriment plus profondément à la montée qu'à la descente : l'interprétation de Holmes se trouvait donc confirmée.

Je me suis quelques fois aventuré sur des terrains dangereux, où j'ai pris des risques pour satisfaire mon envie de mieux connaître une atmosphère particulière. Je n'ai, par exemple, jamais été turfiste ; je me suis pourtant hasardé à écrire *Flamme-d'argent*, dont le mystère repose entièrement sur les règles de la course et les techniques d'entraînement. L'histoire tient debout, et Holmes s'y montre au sommet de sa forme, mais mon ignorance saute aux yeux. Je lus une critique de mon histoire aussi pertinente que destructrice dans une revue sportive, manifestement écrite par un homme qui connaissait son sujet, dans laquelle il expliquait les sanctions exactes dont auraient écopé les personnages s'ils avaient agi comme je l'ai raconté. La moitié d'entre eux aurait été jetée en prison, et les autres auraient été radiés à vie des hippodromes. Je ne me suis cependant jamais trop inquiété des détails, et il faut parfois savoir s'imposer. Un jour, un éditeur alarmé m'écrivit : « La voix de chemin de fer n'est pas double à cet endroit » et je lui répondis : « J'en pose une. » En revanche, il y a des cas où la précision s'avère essentielle.

Je ne souhaite pas me montrer ingrat envers Holmes qui a été pour moi un véritable ami, de différentes manières. Si j'ai parfois manifesté une certaine lassitude à son propos, c'est parce que son personnage ne supporte ni ombre ni lumière. C'est une machine à calculer, et tout ce que vous pouvez ajouter à cela ne fait qu'affaiblir les effets. Ainsi la variété des histoires doit dépendre du sujet de l'aventure et de la construction de l'intrigue. Je veux également dire un mot de Watson qui n'a jamais fait montre du moindre sens de l'humour ni fait la moindre plaisanterie tout au long des sept volumes. Pour bâtir un vrai personnage, il faut tout sacrifier à la vraisemblance et se rappeler ce que Goldsmith reprochait à Johnson[28] : « Il ferait parler les petits poissons comme des baleines. »

La critique et le serpent

Le sentiment que Holmes était un être de chair et de sang a peut-être été accentué par ses fréquentes apparitions au théâtre. Après que mon adaptation pour la scène de *Rodney Stone* eut prématurément quitté l'affiche, j'étais déterminé à me lancer dans quelque chose de plus audacieux et de plus stimulant, et, sur ce point, je ne fis certainement jamais mieux depuis. Quand je vis le tour que les événements prenaient, je m'isolai pour me consacrer à une adaptation spectaculaire de Sherlock Holmes. Je l'écrivis en une semaine et l'intitulai *La Bande mouchetée* d'après l'histoire du même nom. Je ne pense pas exagérer en disant que, quinze jours après l'arrêt de la première pièce, une autre compagnie répétait déjà la suivante. Ce fut un immense succès.

Nous avions un magnifique boa pour jouer le rôle titre, un serpent qui faisait ma fierté ; vous pouvez donc imaginer quel fut mon dégoût quand je lus un article désobligeant du *Daily Telegraph* qui se terminait par ces mots : « Le plus grand moment de la pièce reste l'apparition sur scène d'un faux serpent. » J'étais prêt à offrir une jolie somme au critique s'il acceptait de se mettre au lit avec lui. Nous avons eu plusieurs serpents, mais ils avaient tous tendance soit à se laisser pendre du trou dans le mur comme des cordons à cloche immobiles, soit à retourner dans le trou pour se venger du machiniste qui leur pinçait la queue dans l'espoir de les rendre un peu plus vivants. Nous avons fini par recourir à des serpents artificiels et tout le monde, y compris le machiniste, s'accorda pour dire que cela valait mieux.

J'ai aussi reçu de nombreuses lettres adressées à Holmes qui me priaient de les faire suivre à leur destinataire. Watson a également reçu beaucoup de courrier dans lequel on lui demandait l'adresse ou l'autographe de son brillant ami. Une agence de presse écrivit à Watson pour lui demander si Holmes accepterait ses services. Quand Holmes se retira, plusieurs vieilles dames proposèrent de s'occuper de son intérieur et l'une d'entre elles tenta de se mettre en avant en m'assurant qu'elle connaissait tout de l'élevage des abeilles et de la manière dont on « isole la reine ». Holmes était aussi très souvent invité à venir examiner ou élucider diverses énigmes familiales.

On m'a souvent demandé si je possédais moi-même les qualités que je décrivais ou si je n'étais que le Watson dont j'avais l'apparence. Bien entendu, je sais bien que se heurter à un problème concret est autrement plus difficile que d'en résoudre un dont vous avez fixé vous-même les conditions. En même temps, vous ne pouvez pas faire naître un personnage de votre imagination, lui donner une vraisemblance sans posséder vous-même certaines de ses aptitudes – ce qui est un dangereux aveu de la part d'un homme qui a créé autant de scélérats que moi.

Je ne crois pas avoir jamais réalisé à quel point Holmes était devenu réel dans l'esprit de mes lecteurs les plus naïfs jusqu'au jour où j'entendis cette histoire très plaisante de la bouche de deux écoliers français qui, lorsqu'on leur demandait ce qu'ils voulaient voir en priorité à Londres, répondirent d'une seule voix que c'était l'appartement de M. Holmes dans Baker Street. La question de sa localisation exacte m'a souvent été posée, mais c'est là un point sur lequel j'ai d'excellentes raisons de ne pas vouloir m'étendre.

Mystère chez l'oncle Jeremy*

Mon existence a été quelque peu mouvementée, et il m'est arrivé en plusieurs occasions de vivre des expériences singulières. Il en est une qui est même si étrange qu'à chaque fois que j'y repense je me dis que les autres paraissent bien insignifiantes en comparaison. Elle surgit des brumes du passé, ténébreuse et fantastique, rejetant dans l'ombre les années sans histoires qui l'avaient précédée et qui la suivirent.

Ce n'est pas une histoire que j'ai souvent racontée. Seuls quelques-uns qui me connaissent bien l'ont entendue. De temps à autre, ils m'ont demandé de recommencer mon récit pour un groupe d'amis, mais j'ai toujours refusé, car je n'ai nul désir de passer pour un Münchhausen amateur. J'ai néanmoins décidé d'exaucer leur souhait en couchant sur le papier cet exposé des faits liés à ma visite à Dunkelthwaite.

Voici la première lettre que John Thurston m'adressa. Elle est datée d'avril 1862. Je viens de la prendre dans mes dossiers et la recopie telle quelle :

> *Mon cher Lawrence,*
>
> *Si tu avais idée de mon complet isolement et de mon mortel ennui, je suis sûr que tu me prendrais en pitié et que tu viendrais partager ma solitude. Tu m'as*

---

* Titre original : *The Mystery of Uncle Jeremy's Household*, traduit par Thierry Beauchamp et Romain Rabier.

souvent fait la vague promesse de me rendre visite à Dunkelthwaite pour aller jeter un coup d'œil sur la lande du Yorkshire. Trouveras-tu jamais meilleure occasion que celle-ci ?

Bien sûr, je sais que tu travailles dur, mais puisqu'en ce moment tu n'as pas de cours, tu peux tout aussi bien étudier ici qu'à Baker Street. Emballe tes livres, comme un bon garçon, et accours ! Nous avons une petite chambre douillette, avec un bureau et un fauteuil, qui sera parfaite pour tes révisions. Fais-moi connaître la date et l'heure de ton arrivée.

Quand je dis que je suis seul, ça ne veut pas dire que la maison est inhabitée. Elle est au contraire plutôt bien remplie. Bien sûr, il y a d'abord et surtout mon pauvre oncle Jeremy, aussi volubile qu'idiot, qui va et vient dans ses pantoufles en composant d'innombrables mauvais vers. Je pense t'avoir déjà parlé de ce penchant lors de notre dernière rencontre. Il a atteint un tel degré que le malheureux vieillard a engagé un scribe dont le seul travail consiste à copier et à conserver ses précieuses effusions. Cet individu, qui a pour nom Copperthorne, lui est devenu aussi nécessaire que ses ramettes de papier ou le Dictionnaire universel des rimes. *Je n'irais pas jusqu'à dire que je me méfie de lui, même si j'ai toujours partagé le préjugé de César contre les hommes maigres, quoique la physionomie du petit Jules le fît plutôt entrer dans cette catégorie, à en croire les médailles. Il y a ensuite les deux enfants de mon oncle Samuel, que Jeremy a adoptés – ils étaient trois mais l'un d'entre eux a suivi la voie de toute chair – et leur gouvernante, une brunette à l'air distingué qui a du sang indien dans ses veines. En plus de ceux-là, il faut ajouter les trois domestiques et le vieux valet de chambre. Comme tu peux le constater, nous avons notre petit monde à nous dans ce coin perdu. Malgré cela, mon cher Hugh, je me languis d'un visage ami et d'une compagnie agréable. Je suis moi-même accaparé par la chimie ; je ne te distrairai donc pas de tes études. Réponds par retour de courrier à ton ami esseulé.*

John H. Thurston

À l'époque où je reçus cette lettre, j'habitais Londres et préparais activement l'examen final qui ferait de moi un médecin dûment qualifié. Thurston et moi étions devenus amis à Cambridge, avant que je n'entreprenne des études de médecine. J'éprouvais un vif désir de le revoir. D'un autre côté, je craignais que, malgré ses assurances, mes études n'eussent à pâtir de nos retrouvailles. Je me figurais le vieillard aux manies enfantines, le secrétaire malingre, la jolie gouvernante, les deux enfants, à coup sûr gâtés et bruyants, et j'en vins à la conclusion que, lorsque nous serions tous rassemblés dans cette maison de campagne, il ne me resterait que très peu de place pour lire en paix. Au bout de deux jours de réflexion, je m'étais presque résolu à refuser l'invitation quand une autre lettre du Yorkshire me parvint, encore plus pressante que la première.

Nous espérons recevoir ta réponse à chaque passage du facteur et, chaque fois que l'on frappe à la porte, je m'attends à ce qu'il s'agisse d'un télégramme nous annonçant l'heure d'arrivée de ton train. Ta chambre est déjà prête et je pense que tu la trouveras confortable. Oncle Jeremy me demande de te dire à quel point il se réjouit de te rencontrer. Il t'aurait bien écrit, mais il est absorbé par un grand poème épique d'environ cinq mille vers et il passe toutes ses journées à trottiner de pièce en pièce. Copperthorne, tel le monstre de Frankenstein, ne le lâche pas d'une semelle pour pouvoir noter sur son carnet ses paroles pleines de sagesse aussitôt qu'elles s'écoulent de ses lèvres. Au fait, je crois t'avoir déjà parlé de la gouvernante. Je pourrais te l'envoyer comme appât si tu as gardé ton goût pour les études ethnologiques. Elle est la fille d'un chef hindou dont l'épouse était anglaise. Il s'est mutiné et fut tué au cours d'un combat. Ses propriétés furent saisies par le gouvernement et sa fille, qui n'avait alors que quinze ans, se retrouva presque totalement démunie. Il semble qu'un négociant allemand de Calcutta l'ait prise en pitié et adoptée. Il l'a ramenée en Europe avec sa propre fille qui est morte peu après. C'est alors que Mlle Warrender – nous l'appelons par le nom de sa mère – a répondu à l'annonce de mon oncle ; et c'est ainsi que nous l'avons connue. À présent, mon cher ami, ne retarde pas davantage ton départ, viens immédiatement.

Cette seconde lettre comprenait d'autres passages qui m'empêchent de la citer entièrement.

Il n'y avait pas moyen de résister à l'insistance de mon vieil ami, alors, non sans pester intérieurement, j'empaquetai mes livres en vitesse et, ayant télégraphié le soir même, je pris le premier train du matin pour le Yorkshire. Je me souviens que la journée fut particulièrement maussade et que le voyage promettait d'être interminable au moment où je m'installai, l'esprit occupé par des questions de chirurgie et de médecine, dans un coin du wagon exposé à tous les vents. J'avais été informé que la petite gare d'Ingleton, située à quinze miles de Carnforth, était la plus proche de ma destination. Et je n'avais pas encore posé le pied à terre que je vis le véhicule de John Thurston dévaler la petite route de campagne dans ma direction. En m'apercevant, il leva joyeusement son fouet puis il arrêta son cheval en tirant sur les rênes d'un petit coup sec et me rejoignit en deux bonds sur le quai.

— Mon cher Hugh, s'écria-t-il, je suis si heureux de te voir ! C'est si gentil à toi d'être venu !

Il me serra la main si fort que j'en eus mal au bras.

— J'ai peur que ma compagnie ne te semble bien triste maintenant que je suis ici, répondis-je. J'ai du travail pardessus la tête.

— Bien sûr, bien sûr, dit-il avec sa bonne humeur coutumière. J'en tiens compte, mais nous aurons quand même le temps de tirer un ou deux lapins. Nous avons du chemin à faire et tu dois être gelé, alors partons tout de suite.

Nous bavardâmes le long de la route poussiéreuse.

— Je crois que tu vas apprécier ta chambre, déclara mon ami. Tu ne tarderas pas à t'y sentir comme chez toi. Tu sais, ce n'est pas si fréquent que je séjourne à Dunkelthwaite moi-même. Je commence seulement à m'installer et à préparer mon laboratoire. Je ne suis là que depuis quinze jours. Ce n'est un secret pour personne que j'occupe une bonne place dans le testament du vieil oncle Jeremy, alors mon père a pensé que je ferais bien de lui rendre une visite de courtoisie. Vu les circonstances, je peux difficilement faire moins que de montrer le bout de mon nez de temps en temps.

— Certainement, dis-je.

— D'ailleurs, c'est un très brave type. Notre petite communauté va t'amuser. Une princesse pour gouvernante, ça sonne bien, n'est-ce pas ? Je crois que notre imperturbable secrétaire est parti quelque part dans cette direction. Le vent est glacial, tu devrais remonter le col de ton manteau.

La route franchissait une succession de petites collines mornes et pelées, dépourvues de toute végétation à l'exception de quelques buissons de ronces et d'un mince tapis d'une herbe rêche et coriace. Un troupeau de moutons décharnés, à l'air affamé, y cherchait sa maigre pitance. Nous ne faisions que descendre au fond de cuvettes et remonter au sommet d'éminences d'où l'on voyait la route serpenter comme un fil blanc passant d'une colline à une autre plus éloignée. Çà et là, la monotonie du paysage était brisée par des escarpements dont les affleurements de granit gris offraient un spectacle particulièrement lugubre : c'était comme si la nature avait reçu une si terrible blessure que ses os fracturés transperçaient sa peau. Au loin s'élevait une chaîne de montagnes que dominait un grand pic dont la couronne de nuages reflétait la lumière rougeâtre du soleil couchant.

— C'est Ingleborough, déclara mon compagnon en désignant la montagne avec son fouet, et voici les collines du Yorkshire. Il n'y a pas un endroit plus sauvage et plus désolé dans toute l'Angleterre. Elle produit une race d'hommes valeureux. Les milices inexpérimentées qui vainquirent la chevalerie écossaise lors de la Journée de l'étendard venaient de cette partie du pays. Descends donc, camarade, et ouvre la barrière.

Nous nous étions arrêtés à un endroit où le mur couvert de mousse qui longeait la route faisait place à une porte cochère en fer délabrée. Elle était flanquée de deux piliers surmontés de statues en pierre représentant des animaux héraldiques, bien que le vent et la pluie les eussent réduits à l'état de blocs informes. Un cottage en ruine, qui avait dû autrefois servir de maison de gardien, s'élevait à côté. Je poussai la barrière et nous parcourûmes une avenue longue et sinueuse, au sol inégal et envahi par de hautes herbes, mais bordée de magnifiques chênes dont l'épaisse ramure, en nous privant des dernières lueurs du crépuscule, nous plongea brusquement dans l'obscurité.

— Je crains que notre allée ne t'impressionne pas beaucoup, dit Thurston en riant. C'est une des fantaisies du vieil homme que de vouloir laisser la nature agir à sa guise. Nous voici enfin arrivés à Dunkelthwaite.

Comme il parlait, nous contournâmes un chêne patriarcal qui dépassait largement tous les autres et nous nous trouvâmes devant une grande demeure carrée aux murs blanchis à la chaux. Sa pelouse et ses parties basses étaient déjà dans l'ombre mais, à son dernier étage, une rangée de fenêtres renvoyait la lumière rougeoyante du soleil couchant. En entendant le bruit des roues, un vieil homme en livrée se précipita dehors. Puis il empoigna la bride du cheval quand nous fîmes halte.

— Tu peux la rentrer à l'écurie, Elijah, dit mon ami lorsque nous mîmes pied à terre. Hugh, permets-moi de te présenter mon oncle Jeremy.

— Comment allez-vous ? Comment allez-vous ? s'écria une voix chevrotante et fêlée.

Levant les yeux, je vis un petit homme au visage rubicond qui nous attendait sous le porche. Il portait un morceau d'étoffe de coton noué autour de sa tête à la manière d'Alexander Pope et d'autres célébrités du XVIIIe siècle, et se distinguait également par sa paire d'énormes pantoufles. Cela faisait un contraste si étrange avec ses maigres jambes en tuyau de poêle qu'il paraissait porter des raquettes, ressemblance encore renforcée par le fait qu'il marchait en traînant les pieds pour ne pas perdre l'un ou l'autre de ces encombrants appendices.

— Vous devez être fatigué, monsieur. Oui, et transi de froid, monsieur, dit-il du ton saccadé qui lui était propre, en me serrant la main. Nous devons nous montrer accueillants, oui, tel est notre devoir. L'hospitalité est une des vertus du vieux monde à laquelle nous restons attachés. Voyons, quels sont ces vers ?

« *Le bras de l'homme du Yorkshire est fort*
et toujours prêt,
Mais, oh ! le cœur de l'homme du Yorkshire
est chaud et toujours vrai. »

— Net et précis, monsieur. C'est un extrait d'un de mes poèmes. De quel poème s'agit-il, Copperthorne ?

— « La Poursuite de Borrodaile », dit une voix derrière lui, et un grand homme au long visage s'avança dans le cercle de lumière que projetait la lampe suspendue en haut du porche. John nous présenta, et je me rappelle encore la froideur et la moiteur désagréable de sa main quand je dus la serrer.

La cérémonie terminée, mon ami me conduisit à ma chambre. Nous empruntâmes des passages et des couloirs nombreux reliés par de vieux escaliers aux marches irrégulières. Je remarquai l'épaisseur des murs mais aussi l'inclinaison et les angles bizarres des plafonds qui laissaient deviner des espaces mystérieux dans les combles. La chambre qui m'était destinée se révéla être, ainsi que John me l'avait dit, un agréable petit sanctuaire avec son feu de cheminée crépitant et sa bibliothèque bien fournie. Et, tout en enfilant mes pantoufles, je commençai à penser qu'au bout du compte, j'aurais eu tort de refuser cette invitation.

II

Quand nous descendîmes pour le dîner, tous les habitants de la maison étaient déjà attablés dans la salle à manger. Le vieux Jeremy, toujours coiffé de son couvre-chef saugrenu, était installé en bout de table. À côté de lui, sur sa droite, se trouvait une jeune femme à la peau mate, aux yeux et aux cheveux noirs, que l'on me présenta comme étant Mlle Warrender. Deux beaux enfants étaient assis près d'elle, un garçon et une fille, dont elle avait de toute évidence la responsabilité. Je l'avais pour vis-à-vis, avec Copperthorne à ma gauche, tandis que John faisait face à son oncle. Il me semble encore voir la grande lampe à huile qui projetait des ombres et des lumières dignes d'un tableau de Rembrandt sur ce cercle de visages dont certains n'allaient pas tarder à piquer ma curiosité d'une étrange façon.

Les mets servis étaient succulents et mon long voyage m'avait aiguisé l'appétit : le repas fut donc des plus agréables. L'oncle Jeremy se répandait en anecdotes et en citations, ravi d'avoir déniché un nouvel auditeur. Ni Mlle Warrender ni Copperthorne ne s'exprimèrent beaucoup, mais le peu que ce dernier dit me laissa penser qu'il s'agissait d'un homme réfléchi et cultivé. Quant à John, il était si occupé à me raconter ses souvenirs de lycée et ce qu'il lui était advenu par la suite que je crains qu'il n'ait fait maigre chère ce soir-là.

Quand la table eut été desservie, Mlle Warrender emmena les enfants, et l'oncle Jeremy se retira dans la bibliothèque d'où nous pouvions l'entendre dicter quelque chose à son secrétaire sur un ton monocorde. Mon vieil ami et moi restâmes un moment devant le feu de cheminée à évoquer nos vies respectives depuis notre dernière rencontre.

— Et que penses-tu de la maisonnée ? finit-il par me demander en souriant.

Je répondis que ce que j'en avais vu avait éveillé mon intérêt.

— Ton oncle, dis-je, est un sacré personnage. Il me plaît beaucoup.

— Oui, derrière ses bizarreries se cache un cœur d'or. Ta visite semble l'avoir ragaillardi, car depuis la mort de tante Ethel, il n'est plus tout à fait le même. Elle était la cadette des enfants de l'oncle Sam ; elle est arrivée avec les autres, mais, il y a un mois, elle a eu une crise d'apoplexie dans les massifs. Le soir, on y retrouva son corps sans vie. Ce fut un terrible choc pour le vieil homme.

— Pour Mlle Warrender aussi, j'imagine ?

— Oui, elle en fut très affligée. Elle n'habitait ici que depuis une semaine ou deux à l'époque. Ce jour-là, elle s'était rendue en voiture à Kirkby Lonsdale pour effectuer quelques emplettes.

— Ce que tu m'as dit à propos d'elle, dis-je, m'a beaucoup intrigué. Tu ne blaguais pas, j'espère ?

— Non, non, c'est la pure vérité. Son père s'appelait Achmet Genghis Khan, un seigneur plus ou moins indépendant des provinces du centre. Il avait tout d'un païen fanatique malgré son épouse chrétienne, et il se lia d'amitié avec Nana Sahib et fut mêlé aux événements de Cawnpore. C'est pourquoi le gouvernement lui est tombé dessus sans ménagement.

— Elle devait être une femme exceptionnelle avant de quitter sa tribu, dis-je. Quelle foi a-t-elle adoptée ? Celle de sa mère ou de son père ?

— Nous n'avons jamais abordé cette question, répondit mon ami. Mais, entre nous, je ne crois pas qu'elle soit très orthodoxe. Sa mère était certainement une femme de qualité car, en plus d'enseigner l'anglais, sa fille connaît bien le français et est une remarquable musicienne. Tiens, la voici qui s'y met !

Et, tandis qu'il prononçait ces mots, le son d'un piano nous parvint de la pièce à côté et nous nous interrompîmes pour l'écouter. Au début, la pianiste se contenta de faire résonner quelques notes isolées, comme si elle ne savait pas comment s'y prendre. Puis elle se mit à plaquer des accords puissants et plus ou moins harmonieux, jusqu'à ce que du chaos naquît brusquement une étrange marche barbare, avec beuglements de trompettes et éclats de cymbales. Elle retentit de plus en plus fort, se mua en une sorte de mélodie furieuse et sauvage qui fit bientôt place aux accords heurtés du début. Puis nous entendîmes le bruit du couvercle du piano que l'on refermait, et il n'y eut plus de musique.

— Elle fait ça tous les soirs, m'informa mon ami. Je suppose que c'est une réminiscence de son enfance indienne. Pittoresque, n'est-ce pas ? Mais ne te sens pas obligé de rester ici plus longtemps. Si tu veux te remettre au travail, ta chambre est prête.

Je pris au mot mon camarade et le laissai en compagnie de son oncle et de Copperthorne qui étaient revenus dans la pièce tandis que je montais les escaliers. Puis je me plongeai pendant deux bonnes heures dans la lecture de la jurisprudence médicale. Je pensais bien ne plus voir aucun des résidents de Dunkelthwaite, mais j'avais tort, car, vers 10 heures, l'oncle Jeremy passa sa petite tête rougeaude dans l'entrebâillement de la porte.

— Vous êtes bien installé ? demanda-t-il.

— Très bien, répondis-je.

— Parfait. Accrochez-vous. Sûr que vous allez réussir, hoqueta-t-il. Bonne nuit !

— Bonne nuit !

— Bonne nuit ! dit une autre voix dans le couloir.

Et quand j'y jetai un coup d'œil, je vis la longue silhouette du secrétaire glisser à la suite du vieil homme comme une ombre démesurée.

Je retournai à mon bureau et étudiai encore une heure. Puis une fois au lit, je ne tardai pas à m'endormir en songeant à cette curieuse communauté dont je faisais désormais partie.

III

Je me levai tôt le lendemain matin et, lorsque je sortis prendre l'air sur la pelouse, je trouvai Mlle Warrender en train de cueillir des primevères et d'en faire un petit bouquet pour décorer la table du petit déjeuner. Je m'approchai d'elle sans qu'elle s'en aperçût, et je ne pus m'empêcher d'admirer la merveilleuse souplesse de sa taille tandis qu'elle se baissait pour ramasser d'autres fleurs. La grâce féline qu'elle mettait dans le moindre de ses mouvements, je ne l'avais encore observée chez aucune femme auparavant. Je me remémorai les paroles de Thurston concernant l'impression qu'elle avait produite sur le secrétaire ; désormais, je ne m'en étonnai plus. En entendant mes pas derrière elle, elle se redressa et tourna son beau et sombre visage dans ma direction.

— Bonjour, mademoiselle Warrender, dis-je. Vous êtes du matin, tout comme moi.

— Oui, répondit-elle, je suis habituée depuis toujours à me lever avec le jour.

— Quel paysage étrange et désolé ! m'exclamai-je en contemplant le vaste horizon de collines. Moi aussi je suis un étranger dans cette région... Vous l'aimez ?

— Non, répondit-elle franchement. Je la déteste. Elle est froide, sinistre et s'étend à perte de vue. Regardez ça. (Elle me montra son bouquet de primevères.) Ils appellent ces choses des fleurs. Elles n'ont même pas d'odeur.

— Vous êtes habituée à un climat plus doux et à la végétation des tropiques, n'est-ce pas ?

— Oh, alors M. Thurston a dû vous parler de moi, dit-elle en souriant. Oui, j'ai été habituée à mieux que ça.

Nous étions debout côte à côte lorsqu'une ombre vint s'interposer entre nous. Me retournant, j'aperçus Copperthorne à quelques pas de nous. Il me tendit sa fine main blanche avec un sourire forcé.

— Vous semblez déjà avoir pris vos repères, dit-il en nous dévisageant tour à tour. Laissez-moi prendre vos fleurs, mademoiselle.

— Non merci, répondit-elle froidement. J'en ai cueilli assez, je rentre.

Elle passa devant lui sans un regard et traversa la pelouse en direction de la maison. Les sourcils froncés, Copperthorne ne la lâcha pas des yeux.

— Vous étudiez la médecine, monsieur Lawrence ? demanda-t-il en se tournant vers moi et en piétinant le sol avec nervosité.

— En effet.

— Oh, on en raconte de belles sur votre compte, à vous autres, les étudiants en médecine, s'écria-t-il avant d'émettre un petit rire moqueur. Vous êtes de sacrés numéros, n'est-ce pas ? Vous ne respectez aucune convenance.

— D'ordinaire, monsieur, répondis-je, un étudiant en médecine est un gentleman.

— Bien sûr, dit-il en changeant de ton. Bien sûr. Je plaisantais…

Cependant, je ne pus m'empêcher de noter que, pendant le petit déjeuner, il fixait avec insistance Mlle Warrender chaque fois qu'elle parlait, et, s'il m'arrivait de faire une remarque, il jetait aussitôt un coup d'œil vers elle comme pour essayer de lire sur nos visages ce que nous pensions l'un de l'autre. Selon toute évidence, il portait à la belle gouvernante un intérêt particulier, et il me semblait tout aussi certain que ses sentiments n'étaient pas partagés.

Ce matin-là, nous eûmes une illustration de la nature simple de ces habitants du Yorkshire. À ce qu'il semblait, la domestique et la cuisinière, qui dormaient ensemble, avaient été effrayées pendant la nuit par quelque chose que leurs esprits superstitieux avaient pris pour une apparition. Après le petit déjeuner, j'étais assis en compagnie de l'oncle Jeremy qui me récitait des poèmes des Borders dont son secrétaire lui soufflait la plus grande partie quand on frappa à la porte : la domestique se présenta suivie de la cuisinière, une femme solide à l'air timoré. Les deux s'encourageaient mutuellement à prendre la parole. Elles nous firent leur récit en une strophe et une antistrophe, comme un chœur grec. Jane parlait jusqu'à ce que son souffle s'épuisât, puis la cuisinière se lançait à son tour, puis elle était de nouveau relayée par la domestique. Ce qu'elles racontèrent me parut presque entièrement inintelligible en raison de leur extraordinaire jargon, mais je pus quand même en saisir l'idée principale. Au petit matin, quelque chose avait touché le visage de la cuisinière et l'avait réveillée en sursaut. Elle s'était redressée brusquement et avait vu une silhouette sombre au pied de son lit. L'instant d'après, l'apparition avait glissé sans un bruit hors de la chambre. Le cri de la cuisinière avait tiré la domestique de son sommeil, et elle soutenait avec véhémence avoir aperçu le fantôme. Toute tentative pour les interroger ou les raisonner se révéla vaine, et elles terminèrent en donnant leur préavis, ce qui était une manière concrète de montrer que leur peur était bien réelle. Notre incrédulité semblait les avoir indignées, et elles quittèrent précipitamment le salon, laissant l'oncle Jeremy à sa colère, Copperthorne à son mépris et moi, à ma franche hilarité.

Je passai presque toute la deuxième journée de mon séjour dans ma chambre et j'y abattis une belle somme de travail. Le soir, John et moi, nous nous rendîmes à la garenne pour tirer un ou deux lapins. Sur le chemin du retour, je lui parlai de la scène absurde à laquelle j'avais assisté dans la matinée, mais il ne sembla pas s'en amuser autant que moi.

— Le fait est, dit-il, que dans les vieilles demeures comme la nôtre, où les boiseries sont souvent gondolées quand elles ne sont pas vermoulues, des phénomènes curieux se produisent parfois et prédisposent l'esprit à la superstition. Depuis mon arrivée, j'ai moi-même entendu un ou deux bruits qui auraient suffi à effrayer un homme nerveux, et à plus forte raison une domestique inculte. Bien sûr, toutes ces histoires d'apparitions sont ridicules, mais une fois que l'imagination est excitée, il n'y a plus moyen de la retenir.

— Mais qu'as-tu donc entendu? demandai-je, intrigué.

— Oh, rien de bien important, répondit-il. Tiens, voici Mlle Warrender et les enfants. Mieux vaut ne pas évoquer ces choses devant elle, ou elle aussi risque de nous donner son préavis, et ce serait une lourde perte pour la maison.

Elle était assise sur un petit échalier situé à la lisière du bois qui entoure Dunkelthwaite, et les deux enfants, leurs visages joufflus tournés vers le sien, s'appuyaient contre elle en lui tenant chacun un bras. C'était un si joli tableau que nous nous arrêtâmes un instant pour le contempler. Mais elle nous avait entendus approcher et, d'un bond léger, elle sauta de sa marche et se dirigea vers nous, les deux petits trottinant derrière elle.

— Il faut que vous m'aidiez de tout le poids de votre autorité, dit-elle à John. Ces petits rebelles semblent goûter l'air du soir, et je n'arrive pas à les persuader de rentrer.

— On veut pas rentrer, dit l'aîné avec conviction. On veut entendre la fin de l'histoire.

— Oui, l'histoire, bredouilla la cadette.

— Vous entendrez la fin de l'histoire demain, si vous êtes sages. Voici M. Lawrence, il est docteur, il va vous expliquer pourquoi c'est mal pour les petits enfants de rester dehors à la tombée de la nuit.

— Alors, on vous a raconté une histoire? dit John tandis que nous retournions ensemble à la maison.

— Oui, une histoire formidable ! déclara le petit garçon avec enthousiasme. Oncle Jeremy nous en raconte aussi, mais c'est de la poésie et elles ne sont pas aussi bien que celles de Mlle Warrender. Celle-ci parlait d'éléphants…

— Et de tigres… et d'or…, dit la fillette.

— Oui, et de guerres et de batailles, et du roi « si pâle »…

— Des Cipayes, mon petit, dit la gouvernante.

— Et des tribus isolées qui se reconnaissent entre elles par des signes, et de l'homme qui a été tué dans la forêt. Elle connaît des histoires fantastiques. Pourquoi ne lui demandes-tu pas de t'en raconter, oncle John ?

— Mademoiselle Warrender, vous avez excité notre curiosité, déclara mon camarade. Vous allez devoir nous raconter une de ces merveilles.

— Elles vous paraîtront plutôt idiotes, répondit-elle en riant. Ce sont de simples souvenirs de ma vie d'autrefois.

Comme nous cheminions le long de l'allée qui traversait le bois, nous tombâmes sur Copperthorne qui venait de la direction opposée.

— Je vous cherchais, dit-il en essayant vainement d'apparaître aimable, je voulais vous avertir que le dîner va être servi.

— Nos montres nous l'avaient indiqué, dit John d'un ton peu amène.

— Vous êtes allés chasser le lapin ensemble ? reprit le secrétaire en nous emboîtant le pas.

— Pas du tout, répliquai-je. Nous avons rencontré Mlle Warrender et les enfants sur le chemin du retour.

— Ah, c'est Mlle Warrender qui s'est portée à votre rencontre quand vous rentriez ! dit-il.

Cette façon qu'il avait de déformer instantanément mes paroles, ajoutée à l'air méprisant qu'il prenait aussitôt qu'il ouvrait la bouche, me vexa au point que je n'eusse pas hésité à lui répondre vivement s'il n'y avait eu une dame parmi nous.

Comme, au même instant, je tournais les yeux dans la direction de la gouvernante, je vis qu'elle lui jetait un regard plein de colère et compris qu'elle partageait mon indignation. Aussi fus-je bien surpris, le même soir, quand, vers 10 heures, m'étant mis à la fenêtre de ma chambre, je les vis se promener ensemble, sur la pelouse, au clair de lune. Ils semblaient engagés dans une grande conversation. Je ne sais pas de quoi il retournait, mais cette vision me perturba tant qu'après plusieurs tentatives infructueuses pour reprendre mes révisions je repoussai mes livres et préférai m'arrêter là. Vers 11 heures, je jetai un nouveau coup d'œil par la fenêtre, mais ils étaient partis, et, peu de temps après, j'entendis le petit pas traînant de l'oncle Jeremy, et celui plus lourd et plus décidé du secrétaire, tandis qu'ils gravissaient l'escalier qui menait à leurs chambres à l'étage supérieur.

IV

John Thurston n'avait jamais été très observateur, et je crois bien qu'après trois jours passés sous le toit de son oncle j'en savais plus que lui sur ce qui s'y tramait. Mon ami se consacrait passionnément à la chimie, et, le cœur joyeux, il vivait le plus clair du temps au milieu de ses solutions et de ses tubes à essai. Son bonheur était parfait dès lors qu'il avait un bon compagnon sous la main, à qui il pouvait communiquer ses résultats. J'avais toujours eu un faible pour l'étude et l'analyse du caractère humain, et le microcosme dans lequel je me trouvais m'intéressait par bien des aspects. En fait, mes observations m'accaparaient tant l'esprit que je crains que mes révisions n'en aient sérieusement souffert.

Je découvris d'abord que le véritable maître de Dunkelthwaite n'était à coup sûr pas l'oncle Jeremy mais son secrétaire. Mon intuition de médecin me disait que cet amour absorbant de la poésie, qui n'avait été guère plus qu'une innocente excentricité dans la jeunesse du vieil homme, était désormais une véritable monomanie dont il ne parvenait plus à détourner son attention. Copperthorne avait réussi à se rendre indispensable à son employeur en encourageant sa folie littéraire. Et c'est ainsi qu'il avait pris le pouvoir sur lui dans tous les autres domaines. Il contrôlait ses dépenses et toutes les affaires domestiques. Il était assez avisé, cependant, pour exercer son autorité avec discrétion : ne froissant aucune susceptibilité, il ne suscitait pas d'opposition. Mon ami, absorbé par ses distillations et ses analyses, ne fut jamais en situation de réaliser qu'il comptait pour presque rien dans la maison.

J'ai déjà exprimé ma conviction que la gouvernante ne partageait pas les tendres sentiments que Copperthorne éprouvait pour elle. Au bout de quelques jours, j'en vins néanmoins à penser qu'il existait un autre lien entre eux que cette inclination non payée de retour. Je l'avais vu plus d'une fois adopter envers elle une attitude autoritaire. En deux ou trois occasions, je les avais également surpris en grande conversation sur la pelouse aux premières heures de la nuit. Je n'arrivais pas à deviner quelle était la nature de leur relation, et le mystère piquait ma curiosité. Chacun sait que l'on tombe facilement amoureux dans une maison de campagne, mais je n'ai jamais été d'un tempérament très sentimental, et mon jugement n'était en aucun cas altéré par un tel penchant envers Mlle Warrender. Au contraire, je me mis à l'observer de l'œil critique et impartial de l'entomologiste. Dans ce but, je m'arrangeai pour me libérer de mes études au moment où elle sortait prendre l'air avec les enfants. Nous eûmes ainsi plusieurs fois l'opportunité de nous promener ensemble, ce qui me permit d'explorer en profondeur sa personnalité.

Elle était cultivée, possédait des notions dans plusieurs langues et avait une grande passion pour la musique. Mais, sous ce vernis de culture, sa nature sauvage ne demandait qu'à refaire surface. Je ne pouvais toutefois pas m'en étonner quand je songeais qu'elle avait été femme avant même de quitter la tribu barbare que gouvernait son père.

Je me souviens d'un événement qui me sembla particulièrement caractéristique de ce qui se passait quand elle était rattrapée par les coutumes de son pays. Nous marchions le long de la route en parlant de l'Allemagne, où elle avait résidé quelques mois, lorsque tout à coup elle s'interrompit et posa son index sur ses lèvres.

— Prêtez-moi votre bâton ! dit-elle dans un souffle.

Je le lui tendis et, aussitôt, à ma grande surprise, elle s'enfonça sans un bruit, à pas de loup, à travers une ouverture dans la haie. Puis elle se baissa et se mit à ramper prestement à l'abri d'un petit tertre. Soudain un lièvre surgit devant elle et détala. Elle eut juste le temps d'abattre son bâton, mais l'animal réussit à s'enfuir bien qu'il eût reçu le coup sur une patte.

L'air triomphant et tout essoufflée, elle revint vers moi et déclara :

— Je l'ai touché !

— Oui, vous l'avez touché, répliquai-je plutôt froidement. Vous lui avez cassé la patte.

— Tu lui as fait mal ! cria le petit garçon, désemparé.

— Pauvre petite bête ! s'exclama-t-elle en changeant complètement d'attitude. Je suis désolée de l'avoir blessée.

L'incident sembla profondément l'affecter, car elle ne parla presque plus pendant le reste de la promenade. De mon côté, je ne pouvais pas vraiment lui en tenir rigueur. L'instinct primitif de la sauvage avait repris le dessus en elle, mais dans le cas d'une jeune femme vêtue à la dernière mode, flânant sur une route anglaise, la situation avait quelque chose d'incongru.

Un jour, John Thurston profita qu'elle était sortie pour me faire visiter son salon privé. Elle y entreposait mille babioles indiennes qui prouvaient qu'elle n'était pas venue les mains vides de son pays natal. Son goût pour les couleurs vives s'était manifesté d'une amusante façon. Elle s'était rendue au marché de la ville pour acheter un grand nombre de feuilles de papier rose et bleu qu'elle avait ensuite épinglées sur les murs sombres de la pièce. Des guirlandes étaient disposées dans les endroits les plus en vue. L'effet d'ensemble était pour le moins tape-à-l'œil ; néanmoins, je trouvai émouvante cette tentative de reproduction de l'éclat des tropiques dans une froide maison anglaise.

Dans les premiers temps de mon séjour, la curieuse relation qui existait entre Mlle Warrender et le secrétaire avait simplement excité ma curiosité, mais, au fil des semaines, mon intérêt pour la belle Anglo-Indienne crût et un sentiment plus personnel et plus profond commença à m'envahir. Je me torturais l'esprit pour savoir quel type de lien les unissait. Comment se faisait-il qu'elle lui exprimât la plus évidente hostilité au cours de la journée et que, dès le soir tombé, elle acceptât de se promener seule avec lui ? Se pouvait-il qu'elle feignît l'aversion qu'elle lui témoignait devant les autres pour cacher la vraie nature de ses sentiments ? Une telle hypothèse supposait qu'elle eût un fort penchant pour la dissimulation, ce que démentaient son regard franc et la fierté de son visage aux traits nets et bien dessinés. Et pourtant, quelle autre explication donner à l'indéniable emprise qu'il exerçait sur elle ?

Cette emprise se manifestait sous différentes formes, mais toujours d'une manière calme et silencieuse, si bien que seul un observateur attentif pouvait s'en rendre compte. Je l'avais vu la regarder avec un air si impérieux et – me sembla-t-il – si menaçant que, l'instant d'après, j'avais du mal à croire que ce faciès blanc et impassible avait pu prendre une expression aussi intense. Quand il la dévisageait ainsi, elle se crispait et frissonnait comme si elle éprouvait une douleur physique.

« C'est incontestablement la peur, pensai-je, et non l'amour, qui engendre de tels effets. »

J'étais si intrigué par cette énigme que j'allai trouver mon ami John dans son petit laboratoire pour lui en toucher un mot. Il était profondément absorbé par une série de manipulations et de distillations qui se terminèrent bientôt par la production d'un gaz pestilentiel. Toussant et suffoquant, nous nous précipitâmes à l'air libre. J'en profitai aussitôt pour l'interroger sur un ou deux points que j'avais besoin d'éclaircir.

— Depuis combien de temps m'as-tu dit que Mlle Warrender vit auprès de ton oncle ? demandai-je.

John me lança un regard espiègle et agita son doigt taché d'acide.

— La fille du regretté Achmet Genghis semble beaucoup t'intéresser, dit-il.

— Comment pourrait-il en être autrement? répondis-je en toute sincérité. Je crois que c'est une des personnes les plus romanesques qu'il m'ait été donné de rencontrer.

— Ne délaisse pas tes révisions, mon garçon, dit John d'un ton paternel, ces choses-là ne se font pas avant un examen.

— Ne sois pas ridicule ! protestai-je. À t'écouter parler, on croirait que je suis amoureux de Mlle Warrender. Je la vois comme un sujet d'étude intéressant du point de vue psychologique, rien de plus.

— Très bien, un passionnant sujet d'étude, rien de plus.

John paraissait encore affecté par les vapeurs du gaz, car son attitude m'irritait de plus en plus.

— Pour en revenir à ma question initiale, dis-je, depuis combien de temps vit-elle ici ?

— À peu près dix semaines.

— Et Copperthorne ?

— Plus de deux ans.

— À ton avis, est-ce qu'ils auraient pu se connaître avant?

— Impossible, dit John d'un ton catégorique. Elle est venue d'Allemagne. J'ai vu la lettre du vieux négociant dans laquelle il livrait des informations sur sa vie passée. En dehors de ses deux années d'études à Cambridge, Copperthorne a toujours habité dans le Yorkshire. Il a dû quitter l'université pour échapper à un scandale.

— Quelle sorte de scandale ?

— Je ne sais pas, répondit John. Le secret est bien gardé. J'imagine que l'oncle Jeremy est au courant. Il a toujours aimé remettre les mauvais sujets dans le droit chemin, leur donner une nouvelle chance. Un de ces jours, l'un d'entre eux ne sera pas aussi charitable avec lui.

— Donc, jusqu'à ces dernières semaines, Copperthorne et Mlle Warrender étaient de parfaits étrangers l'un pour l'autre.

— Exactement. Maintenant, je pense que nous pouvons retourner analyser le précipité.

— Au diable le précipité, m'écriai-je en le retenant. Il y a autre chose dont je veux te parler. Si ces deux-là ne se connaissent que depuis si peu de temps, comment a-t-il réussi à acquérir une telle emprise sur elle ?

John me dévisagea, les yeux ronds comme des billes.

— Son emprise ? s'étonna-t-il.

— Oui, le pouvoir qu'il exerce sur elle.

— Mon cher Hugh, dit gravement mon ami, je n'ai pas l'habitude de citer les Écritures, mais il y a un verset qui me vient irrésistiblement à l'esprit, le voici : « Trop de science les a rendus fous. » Tu es un peu surmené.

— Est-ce que tu veux me faire croire que tu ne t'es jamais aperçu qu'il existe un lien secret entre la gouvernante de ton oncle et son secrétaire ?

— Essaie le bromure de potassium, dit John. En dose de vingt granulés, l'effet calmant est garanti.

— Essaie de porter des lunettes, rétorquai-je, tu as l'air d'en avoir besoin.

Sur cette dernière réplique, je tournai les talons et le quittai de fort méchante humeur. Je n'avais pas fait vingt pas sur l'allée en gravier du jardin quand, à quelque distance de là, je vis le couple dont nous venions juste de parler. Elle s'appuyait contre le cadran solaire et lui, l'air grave, s'adressait à elle en faisant des gestes saccadés. À bien considérer cette haute et maigre silhouette qui se déployait devant elle, les mouvements spasmodiques de ses longs bras, on aurait pu prendre Copperthorne pour une chauve-souris géante battant des ailes au-dessus de sa proie. Je me souviens qu'à l'époque c'est l'image qui me vint à l'esprit, sans doute renforcée par l'impression que la belle Mlle Warrender avait peur et qu'elle avait rapetissé.

Cette petite scène illustrait si parfaitement les propos que je venais de tenir à John que j'eus presque envie de retourner chercher mon ami incrédule au laboratoire pour qu'il en fût témoin. Mais avant que j'aie eu le temps de me décider, Copperthorne m'aperçut : il se retourna et s'éloigna lentement dans la direction opposée, à travers un massif d'arbustes. Sa compagne marchait à ses côtés, décapitant au passage les fleurs avec son ombrelle.

Après ce bref épisode, je remontai dans ma chambre, fermement décidé à me replonger dans mes révisions. Mais, quels que fussent mes efforts, mon esprit vagabondait loin de mes livres pour spéculer sur ce mystère.

J'avais appris de John que les antécédents de Copperthorne n'avaient rien de glorieux mais il possédait une énorme influence sur son employeur presque gâteux. Je m'en étais rendu compte en notant avec quel dévouement il servait son vieux maître, et avec quel tact il encourageait et stimulait son étrange marotte poétique. Mais comment expliquer l'emprise tout aussi puissante qu'il avait sur la gouvernante ? Elle n'avait aucune passion qu'il pût encourager. S'ils s'aimaient, il n'y avait certes plus de mystère, mais mon instinct d'homme du monde et d'observateur de la nature humaine me disait qu'il n'en était rien. Si ce n'était pas l'amour, peut-être s'agissait-il de peur – une hypothèse que confirmait tout ce que j'avais vu.

Que s'était-il donc passé au cours de ces deux mois pour qu'une princesse aux yeux noirs et au tempérament de feu craignît un Anglais au teint blafard, à la voix feutrée et aux manières délicates ? C'était là le problème que je me proposai de résoudre avec un enthousiasme et une énergie qui éclipsaient mon ardeur à réviser et me faisaient oublier mes appréhensions liées à mes examens à venir.

Ce même après-midi, je m'aventurai à aborder le sujet avec Mlle Warrender, que je trouvai seule dans la bibliothèque, les deux enfants passant la journée chez un châtelain des environs.

— Vous devez vous sentir bien seule quand il n'y a pas de visiteurs, déclarai-je. Les distractions ne semblent pas très nombreuses dans cette région.

— Les enfants sont toujours de bons compagnons, répondit-elle. Même si, quand vous partirez, M. Thurston et vous-même, vous me manquerez beaucoup.

— Je serai également triste de partir. Je ne m'attendais pas à autant apprécier ce séjour. Mais il vous restera encore la compagnie de M. Copperthorne.

— Oui, il me restera la compagnie de M. Copperthorne, dit-elle d'une voix fatiguée.

— C'est quelqu'un d'agréable, lui fis-je remarquer, calme, cultivé et aimable. Je ne suis pas étonné que le vieux M. Thurston le tienne en si haute estime.

Tandis que je prononçais ces paroles, j'observai attentivement mon interlocutrice. Ses joues mates rougirent légèrement, et elle se mit à tambouriner avec ses doigts sur le bras de son fauteuil.

— Ses manières peuvent parfois apparaître un peu froides, insistai-je, mais elle m'interrompit en se tournant vers moi d'un air furieux. Ses yeux noirs jetaient des éclairs.

— Pourquoi voulez-vous me parler de lui ? m'interrogea-t-elle.

— Veuillez me pardonner, répondis-je d'un ton soumis, je ne savais pas que c'était un sujet proscrit.

— Je voudrais ne plus jamais avoir à entendre son nom, s'emporta-t-elle, il me hait et je le hais. Oh, si seulement quelqu'un m'aimait – je veux dire comme les hommes savent aimer au-delà des mers, dans mon pays natal – je saurais quoi lui dire.

— Que lui diriez-vous ? demandai-je, surpris par la violence de ses propos.

Elle se pencha vers moi jusqu'à ce que je pusse sentir son souffle chaud sur mon visage.

— Tue Copperthorne ! dit-elle. Voilà ce que je lui dirais. Tue Copperthorne ! Quand tu en auras fini avec lui, tu pourras venir me parler d'amour.

Rien ne pourrait décrire la férocité avec laquelle elle avait lâché ces mots entre ses dents blanches.

Elle m'apparut alors si méchante que j'eus un mouvement de recul involontaire. Cette pythonisse avait-elle le moindre lien avec cette jeune femme calme, modeste et un peu collet monté qui s'asseyait chaque jour à la table de l'oncle Jeremy ? J'avais espéré obtenir quelques informations sur sa personnalité grâce à ma question initiale, mais jamais je ne me serais attendu à découvrir une pareille furie. Elle avait dû remarquer ma surprise et mon horreur car son attitude changea du tout au tout et elle se mit à rire nerveusement.

— Vous devez me croire folle, dit-elle. Voyez-vous, ce sont mes origines indiennes qui réapparaissent. Nous ne faisons jamais rien à moitié, là-bas : nous aimons ou nous détestons.

— Et quelle raison avez-vous de haïr M. Copperthorne ?

— Eh bien, répondit-elle d'un ton repentant, peut-être que « haïr » est un mot trop fort, après tout... Disons plutôt que je ne l'aime pas. Il y a des gens pour lesquels on ne peut s'empêcher d'éprouver de l'antipathie, sans même qu'on puisse se l'expliquer.

Il était clair qu'elle regrettait son accès de colère et qu'elle cherchait à le justifier.

Comme je voyais qu'elle voulait changer de sujet de conversation, je l'y aidai en lui faisant un commentaire sur le livre de gravures indiennes qu'elle venait de sortir des rayons quand j'étais entré dans la bibliothèque et qu'elle avait toujours sur les genoux. L'oncle Jeremy possédait une importante collection d'ouvrages de ce type.

— Elles ne sont pas très exactes, dit-elle en feuilletant les pages multicolores. Celle-ci est bonne pourtant, poursuivit-elle en s'arrêtant sur l'image d'un chef habillé en cotte de mailles avec un pittoresque turban enroulé autour de la tête. Oui, c'est très bon. Mon père était vêtu ainsi le jour où, monté sur son cheval blanc, il a mené tous les guerriers du Doab se battre contre les Farangui. C'est mon père qui entre tous avait été choisi, parce que chacun savait qu'Achmet Gengis Khan était un grand prêtre en même temps qu'un grand soldat. Les hommes ne pouvaient accepter d'autre commandement que celui d'un Borka éprouvé. Il est mort à présent, et parmi tous ceux qui ont suivi sa bannière, il ne s'en trouve aucun qui n'ait fui ou n'ait été tué tandis que moi, sa fille, je suis une servante dans un lointain pays.

— Nul doute que vous finirez par revoir votre pays, dis-je pour essayer de la consoler.

Pendant quelques instants, elle tourna nonchalamment les pages sans me répondre. Soudain elle poussa un petit cri de joie en découvrant une des gravures.

— Regardez celle-ci, s'enthousiasma-t-elle. C'est un de nos guerriers. Un Bhuttotee. C'est très ressemblant.

La gravure qui l'avait tant excitée représentait un indigène à l'aspect peu engageant qui portait un petit instrument semblable à une minuscule pioche dans une main et un mouchoir à rayures dans l'autre.

— Le mouchoir s'appelle un *roomal*, dit-elle. Bien sûr, dans la réalité, il ne l'exposerait pas ainsi à la vue de tous, il ne porterait pas non plus la hache sacrée, mais, pour le reste, il est comme il doit être. Je me suis souvent trouvée avec eux par des nuits sans lune quand les Lughaees partaient en éclaireurs, et l'étranger insouciant entendait le *pilhaoo* au loin et n'avait pas idée de ce que c'était. Ah ! Cette vie-là valait la peine d'être vécue !

— Et que peuvent bien être ce *roomal*, ces Lughaees et tout le reste ? la questionnai-je.

— Oh, ce sont des noms indiens, répondit-elle en riant. Vous ne les comprendriez pas.

— Mais, dis-je, la légende indique qu'il s'agit d'un Dacoit, et j'ai toujours cru que les Dacoit étaient des voleurs.

— C'est parce que les Anglais n'ont pas trouvé mieux. Bien sûr, les Dacoits sont des voleurs, mais ils appellent ainsi un grand nombre de gens qui n'en sont pas vraiment. Cet homme est un saint homme et selon toute probabilité un gourou.

Elle aurait pu me donner beaucoup plus d'informations sur les us et coutumes indiens, car c'était là un sujet dont elle aimait parler ; mais, soudain, tandis que je l'observais, je vis son visage changer d'expression : elle regardait fixement la fenêtre derrière moi. Je tournai la tête et vis le secrétaire qui nous épiait. J'avoue que j'en fus quelque peu troublé, car il était d'une pâleur cadavérique, comme s'il avait été décapité. Il ouvrit le battant quand il s'aperçut que nous l'avions repéré.

— Je suis désolé de vous interrompre, dit-il en jetant un œil à l'intérieur, mais ne pensez-vous pas, mademoiselle Warrender, qu'il est dommage de rester enfermée dans une pièce par une si belle journée ? Et si vous sortiez faire une promenade ?

Bien que ses propos fussent courtois, ils furent prononcés sur un ton si sévère et si menaçant qu'ils résonnèrent plus comme un ordre que comme une invitation. La gouvernante se leva et, sans l'ombre d'une protestation, se retira pour prendre son bonnet. C'était là un nouvel exemple de l'autorité que Copperthorne exerçait sur elle. Il me regardait à travers la fenêtre ouverte, un sourire moqueur flottant sur ses lèvres minces, comme s'il se réjouissait de m'avoir ridiculisé avec cette démonstration de force. Le soleil, qui brillait derrière lui, le faisait ressembler à un démon avec une auréole. Il continua de me dévisager ainsi, avec cette expression malfaisante, pendant quelques instants. Puis j'entendis son pas lourd crisser sur le gravier de l'allée.

V

Plusieurs jours après l'entretien au cours duquel Mlle Warrender confessa sa haine pour Copperthorne, les choses évoluèrent doucement à Dunkelthwaite. J'eus quelques longues conversations avec elle à l'occasion de randonnées en forêt ou à travers champs que nous fîmes avec les deux enfants. Mais jamais je ne parvins à la faire revenir sur son brusque emportement dans la bibliothèque, et elle ne me dit rien de plus qui pût jeter quelque lumière sur le problème qui me passionnait tant. Chaque fois que je faisais une remarque qui aurait pu nous mener dans cette direction, elle répondait de manière évasive ou s'apercevait subitement qu'il était grand temps de faire rentrer les enfants, si bien que je commençai à désespérer d'apprendre quelque chose de ses lèvres.

Je n'arrivai plus à étudier que par à-coups. De temps à autre, le vieil oncle Jeremy entrait dans ma chambre en traînant des pieds avec le rouleau d'un manuscrit dans sa main, et il me lisait des extraits de son grand poème épique. Chaque fois que j'avais besoin de compagnie, je me rendais dans le laboratoire de John qui, en retour, venait me voir dans ma chambre quand il se sentait seul. Parfois, je brisais la routine de mes révisions en emportant mes livres sous la tonnelle au milieu des arbustes et je travaillais là toute la journée. Quant à Copperthorne, je l'évitais autant que possible et, de son côté, il ne semblait en aucun cas désireux de faire plus ample connaissance avec moi.

Un jour, dans le courant de la deuxième semaine de juin, John, l'air un peu abattu, vint me trouver, un télégramme à la main.

— En voilà une bonne ! s'écria-t-il. Le paternel veut me voir à Londres dans les plus brefs délais. Je suppose que c'est pour des histoires de succession. Il parle depuis longtemps de mettre de l'ordre dans ses affaires. À présent qu'il est en forme, j'imagine qu'il veut régler cette question une bonne fois pour toutes.

— Ton absence devrait être de courte durée, non? dis-je.

— Peut-être une semaine ou deux. Ça m'embête, ça arrive juste au moment où j'allais réussir à séparer cet alcaloïde.

— Il ne s'envolera pas d'ici ton retour, dis-je en riant. Je ne vois pas qui pourrait le séparer à ta place.

— Ce qui m'ennuie c'est de t'abandonner ici, continua-t-il. Ce n'est pas faire preuve d'un grand sens de l'hospitalité que d'inviter un camarade à séjourner dans un coin aussi reculé pour s'en aller et le laisser seul ensuite.

— Ne t'inquiète pas pour moi, répondis-je. J'ai beaucoup trop à faire pour me sentir seul. D'ailleurs, j'ai trouvé en ces lieux des distractions auxquelles je ne m'attendais guère. De toute ma vie, je n'ai jamais vu passer six semaines aussi rapidement.

— Tiens, elles passent vite ? dit John en s'esclaffant.

Je suis convaincu qu'il s'imaginait encore que j'étais profondément amoureux de la gouvernante.

Ce jour-là, il partit par le premier train du matin, promettant d'écrire et de nous donner son adresse en ville, car il ne savait pas encore dans quel hôtel son père descendrait. Je ne voyais pas quelle différence cela faisait, ni ce qui se tramait, tant que je n'eus pas posé les yeux une dernière fois sur mon ami. À ce moment précis, son départ ne me préoccupait pas le moins du monde.

Puisque nous n'étions plus que quatre à cohabiter, et que notre intimité allait se renforcer, cela semblait pouvoir favoriser la résolution du problème qui m'intéressait chaque jour un peu plus.

À environ un quart de mile de la maison de Dunkelthwaite, s'étalait un petit village du même nom, composé de vingt ou trente cottages au toit d'ardoise, d'une petite église aux murs couverts de lierre et d'un pub. L'après-midi du jour où John nous quitta, Mlle Warrender et les deux enfants se rendirent au bureau de poste, et je me portai volontaire pour les y accompagner.

Copperthorne aurait sans doute bien voulu pouvoir empêcher l'excursion ou, à tout le moins, venir avec nous. Mais, heureusement, l'oncle Jeremy se sentait d'humeur à composer, et les services de son secrétaire lui étaient donc indispensables. Je me souviens que la promenade fut agréable, car la route était bien ombragée par les arbres et les oiseaux chantaient joyeusement au-dessus de nos têtes. Nous cheminions côte à côte, abordant toutes sortes de sujets, tandis que le garçonnet et la petite fille couraient en avant, riant et s'ébattant bruyamment.

Avant d'atteindre le bureau de poste, il faut passer devant le pub. Comme nous descendions la rue principale du village, nous nous aperçûmes qu'un petit groupe de gens s'étaient rassemblés devant le bâtiment. Il y avait à peu près une douzaine de garçons en guenilles et de femmes mal vêtues dont quelques-unes ne portaient même pas de bonnet, et deux clients du bar. Sans doute s'agissait-il là de la foule la plus nombreuse qui se fût jamais réunie dans les annales de cette paisible bourgade. Nous n'arrivions pas à voir ce qui excitait ainsi leur curiosité, mais les enfants se glissèrent joyeusement dans la mêlée et revinrent bientôt avec des informations.

— Oh, mademoiselle Warrender, cria Johnnie, tout enthousiaste et excité après avoir remonté la rue à grandes enjambées, il y a un homme noir comme ceux dont vous nous avez raconté des histoires !

— Un gitan, je suppose, dis-je.

— Non, non, dit Johnnie d'un air décidé, il est plus foncé que ça, n'est-ce pas, May ?

— Plus foncé que ça, répéta la petite fille en écho.

— Il ne nous reste plus qu'à aller voir cette étonnante apparition, dis-je.

Et, tandis que je prononçais ces mots, je jetai un coup d'œil à ma compagne. Je vis avec surprise qu'elle était très pâle et que ses grands yeux noirs semblaient briller d'une agitation contenue.

— Vous ne vous sentez pas bien? demandai-je.

— Oh, oui. Venez! cria-t-elle en pressant le pas. Venez!

Ce fut une étrange vision qui se révéla à nous lorsque nous eûmes rejoint le petit cercle des badauds. La description que De Quincey fait du Malais mangeur d'opium dans la ferme écossaise me revint alors en mémoire. Au milieu du groupe de paysans du Yorkshire se trouvait un vagabond d'origine orientale, de grande taille, à l'allure souple et élégante. Ses vêtements de lin étaient maculés de boue et ses pieds bruns dépassaient de ses grossières chaussures. De toute évidence il voyageait depuis longtemps. Il s'appuyait sur un lourd bâton qu'il tenait dans sa main, et ses yeux sombres scrutaient pensivement l'espace, sans paraître se soucier des gens agglutinés autour de lui. Son accoutrement pittoresque, son turban coloré, son visage basané contrastaient bizarrement avec l'environnement prosaïque dans lequel il se trouvait.

— Pauvre bougre! me dit Mlle Warrender d'un ton précipité et presque haletant. Il est sans doute à bout de forces et affamé, et il ne peut pas s'exprimer dans notre langue. Je vais lui parler...

Elle s'approcha de l'Indien et lui adressa quelques paroles dans son dialecte natal.

Je n'oublierai jamais l'effet que ces quelques syllabes produisirent. Sans un mot, le vagabond tomba face contre terre sur la route poussiéreuse et rampa littéralement aux pieds de ma compagne. J'avais lu une ou deux choses sur les formes orientales de la soumission en présence d'un supérieur, mais jamais je n'aurais imaginé qu'un être humain pût s'abaisser d'une manière aussi abjecte.

Mlle Warrender reprit la parole d'une voix tranchante et autoritaire. Il se releva aussitôt et se tint les mains jointes, les yeux fermés, dans la position d'un esclave devant sa maîtresse. La petite foule, qui semblait croire que la soudaine prostration avait servi de prélude à un tour de prestidigitation ou à un spectacle d'acrobaties, l'observait avec amusement et intérêt.

— Auriez-vous l'amabilité d'aller poster les lettres avec les enfants ? me demanda la gouvernante. J'aimerais m'entretenir un instant avec cet homme.

J'acceptai et, quand je revins quelques minutes plus tard, ils étaient encore en pleine conversation. Selon toute apparence, l'Indien lui faisait un récit détaillé de ses aventures ou des raisons qui l'avaient poussé à entreprendre ce voyage. Il avait l'air très excité, ses mains s'agitaient en tous sens, ses yeux luisaient et il parlait d'une voix précipitée. Mlle Warrender l'écoutait avec attention, réagissant par des sursauts et des exclamations à ce qu'il lui racontait.

— Je dois m'excuser de vous avoir fait attendre aussi longtemps sous ce soleil, finit-elle par me dire en se tournant vers moi. Nous devons rentrer ou nous allons être en retard pour le dîner.

Après lui avoir adressé quelques mots qui retentirent comme des ordres, elle se sépara de son étrange relation qui resta plantée au milieu de la rue, et nous prîmes le chemin du retour en compagnie des enfants.

— Eh bien ? demandai-je avec une curiosité bien naturelle, quand nous fûmes à l'abri des oreilles indiscrètes. Qui est-il et que fait-il ici ?

— Il vient des provinces centrales, près du pays des Mahrattas. C'est l'un des nôtres. Ma surprise a été grande de rencontrer un compatriote de manière aussi impromptue. Je me sens embarrassée.

— Cette rencontre a dû vous faire plaisir, déclarai-je.

— Oui, très plaisir, dit-elle joyeusement.

— Et pourquoi s'est-il laissé tomber comme ça ?

— Parce qu'il sait que je suis la fille d'Achmet Genghis Khan.

— Et par quel hasard est-il arrivé ici ?

— Oh, c'est une longue histoire. Il a mené une vie errante. Comme il fait sombre sur cette promenade ! Avez-vous vu comme ces grosses branches passent au-dessus de nos têtes ? Si vous étiez allongé sur l'une d'entre elles, vous pourriez facilement vous jeter sur le premier passant venu, et le malheureux ne se rendrait compte de votre présence qu'au moment précis où vos doigts se refermeraient sur sa gorge.

— Quelle horrible idée ! m'exclamai-je.

— Les endroits sombres me donnent toujours des pensées sombres, dit-elle d'un ton léger. Au fait, pourriez-vous me faire une faveur, monsieur Lawrence ?

— Laquelle ?

— Quand nous serons rentrés, ne dites rien de mon pauvre compatriote. Ils pourraient le prendre pour un voleur ou un vagabond, vous savez, et ordonner qu'on l'expulse du village.

— Je suis sûr que M. Thurston ne ferait jamais une chose pareille.

— Non. Mais M. Copperthorne, oui.

— Comme vous voulez, dis-je. Mais vous imaginez bien que les enfants vont tout raconter.

— Non, je ne pense pas, répondit-elle.

Je ne sais pas comment elle réussit à leur faire tenir leur petite langue bien pendue, mais ils gardèrent le silence sur cet incident et, ce soir-là, il n'y eut aucune conversation sur l'étrange visiteur qui avait échoué dans notre petit hameau.

J'avais l'intime conviction que cet homme venu des tropiques n'était pas un vagabond, mais qu'il s'était rendu à Dunkelthwaite dans un but bien précis. Le jour suivant, en voyant Mlle Warrender, un panier rempli de victuailles sous le bras, emprunter l'allée du jardin, je compris qu'il était encore dans les parages. Elle avait l'habitude de porter ces restes de repas aux vieilles femmes des environs, et je lui proposai donc de l'accompagner.

— Est-ce pour Mme Venables ou pour Mme Taylforth, aujourd'hui ? m'informai-je.

— Ni l'une ni l'autre, me répondit-elle en souriant. Je vais vous dire la vérité, monsieur Lawrence, parce que vous vous êtes toujours comporté en ami avec moi, et je sens que je peux vous faire confiance. Ces restes sont pour mon malheureux compatriote. Je vais pendre le panier à cette branche et il le récupérera.

— Oh, il est toujours ici, alors, observai-je.

— Oui, il n'a pas quitté les environs.

— Vous croyez qu'il va le trouver ?

— Oh, pour ça, vous pouvez lui faire confiance, dit-elle. Vous ne m'en voulez pas de l'aider, n'est-ce pas ? Vous feriez de même si vous viviez parmi les Indiens et rencontriez un Anglais. Venez donc dans la serre chaude regarder les fleurs.

Nous fîmes un tour sous la véranda. Quand nous revînmes, le panier pendait toujours à sa branche, mais son contenu avait disparu. Elle le récupéra en riant et le plaça sous son bras.

Il me semblait que la conversation qu'elle avait eue avec son compatriote, le jour précédent, lui avait redonné le moral, qu'elle marchait d'un pas plus souple et plus léger. C'était peut-être le fruit de mon imagination, mais j'avais la nette impression qu'elle était moins crispée que d'habitude en présence de Copperthorne, qu'elle affrontait ses regards avec plus de courage et qu'elle était moins soumise à sa volonté.

J'en viens à présent à la partie de mon récit qui raconte comment j'ai découvert pour la première fois la nature des liens qui existaient entre ces deux étranges mortels, et comment j'ai appris la terrible vérité à propos de Mlle Warrender, ou plutôt la princesse Achmet Genghis, comme je devrais l'appeler, car elle tenait certainement plus de son père, le guerrier féroce et fanatique, que de sa douce mère.

Je n'oublierai jamais le choc que cette révélation fut pour moi. Il est possible que la manière dont j'ai narré cette histoire, en insistant sur les faits qui eurent un effet sur elle, en omettant ceux qui n'en eurent pas, ait donné à mes lecteurs une idée du sang qui coulait dans ses veines. En ce qui me concerne, j'affirme solennellement que je n'ai pas eu la moindre intuition de la vérité jusqu'au dernier moment. Je ne savais pas vraiment à quel type de femme j'avais affaire, dont je serrais la main en toute amitié, et dont la voix résonnait comme de la musique à mes oreilles. Quand j'y repense, je ne peux m'empêcher de croire qu'elle était bien disposée à mon égard et qu'elle n'avait aucune intention de me faire du mal.

La révélation me parvint ainsi. Je pense avoir déjà mentionné une certaine tonnelle au milieu des arbustes sous laquelle j'avais coutume d'étudier pendant la journée. Un soir, vers 10 heures, je m'aperçus, en me rendant dans ma chambre, que j'y avais oublié un livre de gynécologie, et, comme je désirais consacrer encore deux heures à mes révisions avant de me coucher, je décidai de retourner le chercher. L'oncle Jeremy et les domestiques s'étaient déjà mis au lit. Je descendis silencieusement les escaliers et tournai doucement la clé de la porte d'entrée. Une fois dehors, je m'empressai de traverser la pelouse et le massif d'arbustes avec l'intention de récupérer mon bien et de revenir le plus vite possible.

J'avais à peine dépassé la petite barrière en bois que j'entendis des voix : je sus aussitôt qu'il s'agissait de l'une de ces assemblées nocturnes que j'avais déjà observées depuis ma fenêtre. Les voix étaient celles du secrétaire et de la gouvernante, et il ne faisait aucun doute, à en juger par leur provenance, qu'ils étaient assis sous la tonnelle et qu'ils conversaient sans soupçonner un instant la présence d'une tierce personne. J'ai toujours considéré qu'écouter aux portes est une pratique peu honorable, et, curieux comme je l'étais de savoir ce qui se passait entre les deux, je m'apprêtais à tousser ou à signaler ma présence d'une autre manière. Mais j'entendis soudain Copperthorne prononcer de son ton incisif des mots qui me stoppèrent net dans mon élan et me glacèrent jusqu'au sang.

— Ils penseront qu'il est mort d'apoplexie.

Ce furent là les mots qui résonnèrent clairement et distinctement dans la tranquillité nocturne.

Je restai sans respirer, les oreilles aux aguets. Toute intention de manifester ma présence m'avait quitté. Quel était donc le crime que ces conspirateurs mal assortis ourdissaient en cette belle soirée d'été ?

Les douces et profondes modulations de la voix de Mlle Warrender me parvinrent, mais elle parlait si vite et si bas que je n'arrivais pas à comprendre le sens de ses paroles. Je pus toutefois deviner à son intonation qu'elle était sous l'emprise d'une forte émotion. Je m'approchai sur la pointe des pieds, à l'affût du moindre bruit. La lune n'était pas encore levée et, à l'ombre des arbres, l'obscurité était presque complète. J'avais peu de chances d'être repéré.

— Dès qu'il aura mangé son pain, en effet ! dit le secrétaire sur un ton plein de dérision. Tu n'es pas si sentimentale d'habitude. Tu ne t'es pas posé de question dans le cas de la petite Ethel.

— J'étais folle ! J'étais folle ! lâcha-t-elle d'une voix brisée. J'avais beaucoup prié le Bouddha et le grand Bhowani, et il me semblait que sur cette terre d'incroyants ce serait pour moi, une femme seule, une belle et glorieuse action que d'appliquer les enseignements de mon grand-père. Peu de femmes sont initiées aux secrets de notre foi, et ce fut par une sorte d'accident que cet honneur me revint. Pourtant, une fois que le chemin à suivre m'a été désigné, j'ai avancé tout droit et sans faiblir. Et le grand gourou Ramdeen Singh a dit que dès ma quatorzième année j'étais digne de siéger sur le tapis du Tupouni avec les autres Bhuttotis. Pourtant, je jure sur la pioche sacrée que j'ai ressenti une peine immense, car quelle faute avait commise cette pauvre enfant pour devoir être sacrifiée ?

— J'imagine que ta repentance s'explique moins par l'aspect moral de cette histoire que par le fait que je t'ai surprise en flagrant délit, dit Copperthorne d'un ton moqueur. J'avais déjà quelques soupçons avant, mais c'est uniquement quand je t'ai vue avec le mouchoir dans la main que j'ai acquis la certitude que nous étions honorés par la présence d'une princesse thug ! Un échafaud anglais serait une fin bien prosaïque pour un personnage si romanesque.

— Et depuis, tu as utilisé tout ton savoir pour écraser toute vie en moi, dit-elle amèrement. Tu as fait de mon existence un linceul.

— Un linceul ! dit-il d'une voix altérée. Tu connais mes sentiments pour toi. Si j'ai parfois menacé de te livrer, c'est uniquement parce que j'ai découvert que tu étais insensible à la douce persuasion de l'amour.

— L'amour ! s'écria-t-elle. Comment pourrais-je aimer un homme qui ne cesse de me rappeler un crime honteux. Mais revenons-en à l'essentiel. Me promets-tu une liberté sans conditions si j'accomplis cette chose pour toi ?

— Oui, répondit Copperthorne. Tu pourras aller où bon te semble quand ce sera fini. J'oublierai ce que j'ai vu ici dans le massif d'arbustes.

— Tu le jures ?

— Oui, je le jure.

— Je ferais n'importe quoi pour retrouver ma liberté, dit-elle.

— Une telle chance ne se représentera plus jamais, cria Copperthorne. Le jeune Thurston est parti, et son ami dort profondément. D'ailleurs, il est trop stupide pour avoir soupçonné quoi que ce soit. Le testament est établi en ma faveur, et si le vieux meurt, il n'y aura pas une pierre du domaine qui m'échappera.

— Pourquoi ne t'en charges-tu pas toi-même, alors ? demanda-t-elle.

— Ce n'est pas dans mes cordes, dit-il. De plus, je n'ai pas attrapé le coup de main. Ce *roumal*, ou quel que soit le nom que tu lui donnes, ne laisse aucune marque. C'est ce qui fait son intérêt.

— C'est une action maudite que d'étrangler son bienfaiteur.

— Mais c'est une grande action que de servir Bowhani, la déesse du meurtre. J'en sais assez sur ta religion pour être au courant de ça. Est-ce que ton père ne le ferait pas s'il était ici ?

— Mon père était le plus grand des Borkas de Jublepore, dit-elle fièrement. Il a étranglé plus d'hommes qu'il n'y a de jours dans une année.

— Je n'aurais pas accepté de le rencontrer pour mille livres, déclara Copperthorne en riant. Mais que dirait Achmet Genghis Khan, à présent, s'il voyait sa fille hésiter devant une pareille occasion de servir les dieux ? Tu t'es parfaitement comportée jusqu'ici. Il a même probablement souri quand l'âme innocente de la jeune Ethel a été offerte en sacrifice à votre Dieu assoiffé de sang. Peut-être n'en étais-tu pas à ton premier coup d'essai ? Qu'est-il donc arrivé à la fille de ce charitable négociant allemand ? Ah, je vois à l'expression de ton visage que je ne me suis pas trompé ! Comment peux-tu te poser des questions après de tels exploits : aujourd'hui tu ne cours aucun danger et tout t'a été rendu facile. De plus, cet acte te libérera de l'existence que tu mènes ici, qui ne doit pas être particulièrement agréable quand on porte une corde autour du cou toute la journée. Si cela doit être fait, il faut que ce soit maintenant. Il pourrait réviser son testament à n'importe quel moment, car il adore son neveu et change d'avis comme une girouette.

Il y eut un silence si long et si profond qu'il me sembla entendre les battements de mon cœur dans l'obscurité.

— Quand faudra-t-il agir ? finit-elle par demander.

— Pourquoi pas demain soir ?

— Comment parviendrai-je jusqu'à lui ?

— Je laisserai sa porte ouverte, dit Copperthorne. Il dort d'un sommeil de plomb, et je laisserai brûler une veilleuse pour que tu puisses te repérer.

— Et après ?

— Après tu retourneras dans ta chambre. Le matin suivant, on découvrira que notre malheureux employeur est décédé dans son sommeil. On découvrira aussi qu'il a légué tous ses biens terrestres à son fidèle secrétaire en récompense de son dévouement. Puis, comme les services de la gouvernante, Mlle Warrender, ne seront plus nécessaires, elle pourra retourner dans son pays bien-aimé ou n'importe où il lui plaira d'aller. Elle pourra partir avec M. John Lawrence, étudiant en médecine, si tel est son bon plaisir.

— Tu m'insultes, s'emporta-t-elle.

Elle se tut un moment puis déclara :

— Nous devrons nous revoir demain soir avant que je ne mette ton plan à exécution.

— Et pourquoi ? demanda-t-il.

— Parce qu'il pourrait y avoir des changements de dernière minute que j'aurai besoin de connaître.

— Alors retrouvons-nous ici, à minuit, dit-il.

— Non, pas ici. C'est trop près de la maison. Disons sous le grand chêne au bout du chemin.

— Où tu voudras, répondit-il d'un ton bourru. Mais tiens-le-toi pour dit, je ne serai pas avec toi quand tu le feras.

— Je ne te le demanderai pas, répliqua-t-elle, méprisante. Je pense que nous n'avons plus rien à nous dire ce soir.

Je les entendis se lever, et même s'ils continuaient à parler, je ne cherchai pas à en entendre davantage et me glissai en silence hors de ma cachette. Puis je traversai à grandes enjambées la pelouse sombre et franchis le seuil de la porte que je refermai à clé derrière moi. Ce ne fut qu'au moment où je regagnai ma chambre et m'enfonçai dans mon fauteuil que je réussis à retrouver mes esprits et à méditer sur la terrible conversation dont je venais d'être témoin. De longues heures durant je restai immobile, analysant chaque mot que j'avais entendu et m'efforçant de bâtir un plan d'action pour le lendemain.

VI

Les Thugs ! J'avais entendu parler de ces dangereux fanatiques qui vivent dans la partie centrale de l'Inde, et dont la religion dévoyée place le meurtre au plus haut rang des offrandes qu'un mortel peut faire au Créateur. Je me souvins de la description que le colonel Meadows Taylor avait donnée d'eux dans ses livres, de leur goût du secret, de leur organisation, de leur implacable résolution et du terrible pouvoir que leur folie homicide exerce sur toutes leurs facultés mentales ou morales. À présent, je me rappelais que le *roumal* – un mot que j'avais déjà rencontré plus d'une fois – était le mouchoir sacré avec lequel ils avaient coutume de réaliser leurs diaboliques desseins. Elle était déjà femme quand elle les avait quittés, et, étant la fille de leur principal leader, selon sa propre affirmation, il n'y avait rien d'étonnant à ce que le semblant d'éducation qu'elle avait reçu n'eût pas effacé les enseignements de sa jeunesse et ne pût empêcher ses explosions occasionnelles de fanatisme. C'est vraisemblablement au cours de l'une de ces crises qu'elle avait mis fin aux jours de la pauvre Ethel, non sans avoir pris soin de se constituer un alibi pour dissimuler son crime. Mais Copperthorne avait découvert le meurtre par hasard, ce qui lui avait permis de tenir son étrange associée sous son influence. De toutes les morts, la pendaison est considérée par ces tribus comme la plus impie et la plus dégradante, et, comme elle savait que ce serait le châtiment que lui réserverait la loi de ce pays, elle se trouvait dans l'obligation de se soumettre et de faire taire sa nature orgueilleuse en présence du secrétaire.

En ce qui concerne Copperthorne, lorsque je pensais à ce qu'il avait fait, un sentiment de haine et d'horreur s'emparait de mon âme tout entière. Était-ce là toute la reconnaissance qu'il avait pour le vieil homme qui l'avait traité avec tant de bonté ? Il l'avait déjà abusé en lui faisant signer un testament en sa faveur et, à présent, par crainte qu'il ne fût poussé par des remords à en modifier les termes, il avait décidé de l'empêcher à jamais d'y ajouter un codicille. Tout ceci était horrible, mais ce qu'il y avait sans doute de pire, c'est qu'il était trop lâche pour accomplir son forfait de ses propres mains : il s'était arrangé pour utiliser à son profit les conceptions religieuses de la jeune femme de telle sorte que le véritable coupable ne puisse pas être soupçonné du meurtre. Quel qu'en fût le prix, j'étais déterminé à tout mettre en œuvre pour que le secrétaire n'échappât pas à la punition que ses crimes méritaient.

Mais qu'allais-je faire ? Si j'avais su l'adresse de mon ami, je lui aurais télégraphié dans la matinée, et il aurait été de retour à Dunkelthwaite avant la tombée de la nuit. Malheureusement John était le pire des correspondants, et bien qu'il fût parti depuis plusieurs jours, nous n'avions aucune idée de l'endroit où il résidait. Il y avait trois servantes dans la maison, mais aucun homme, à l'exception du vieux Elijah ; et je n'en connaissais aucun sur qui je pusse compter dans le voisinage. Ceci n'était pourtant pas l'essentiel, car je me savais largement de taille à résister au secrétaire, et j'avais suffisamment confiance en moi pour penser que je parviendrais seul à déjouer leur complot.

La question qui se posait était la suivante : vu les circonstances, qu'avais-je de mieux à faire ? Ma première réaction fut d'attendre jusqu'au matin puis de gagner le poste de police le plus proche, ou d'y faire envoyer quelqu'un, pour obtenir l'aide d'un ou deux agents. Je pourrais alors traîner Copperthorne et sa complice devant la justice et rapporter la conversation que j'avais entendue. Après réflexion, je m'aperçus que ce plan était tout à fait irréalisable. Quelle preuve avais-je contre eux, en dehors de mon témoignage ? Lequel apparaîtrait improbable et même délirant à ces gens qui ne me connaissaient pas. Je m'imaginais sans peine le ton crédible et le calme imperturbable avec lesquels Copperthorne répondrait à mes accusations, et comment il les mettrait sur le compte de l'aversion que j'avais pour lui et sa compagne en raison de leur mutuelle affection. Comme il lui serait facile de faire croire à une tierce personne que j'avais inventé cette histoire pour salir la réputation d'un rival, et comme il me serait difficile de démontrer que cet homme respectable, aux allures de clergyman, et que cette jeune femme, élégamment vêtue, étaient en fait deux prédateurs qui chassaient en couple !

J'en conclus que ce serait une grave erreur d'abattre mon jeu avant d'être sûr d'emporter la partie.

L'alternative consistait à ne rien dire et à laisser les événements suivre leur cours, en me tenant prêt à intervenir aussitôt que les preuves contre les conspirateurs seraient suffisantes. C'est d'ailleurs la voie que ma nature jeune et aventureuse m'encourageait à prendre, et c'est celle qui garantissait les meilleures chances de succès. Quand je m'étendis enfin sur mon lit, l'aube se levait et j'avais décidé de garder pour moi ce que je savais et de me reposer entièrement sur ma capacité de déjouer le complot que j'avais surpris.

Le lendemain matin, après le petit déjeuner, le vieil oncle Jeremy était d'excellente humeur, et il insista pour nous faire une lecture à voix haute d'une scène des *Cenci* de Shelley, une œuvre pour laquelle il nourrissait une profonde admiration. Copperthorne, assis dans son coin, demeurait silencieux et insondable, sauf quand il faisait une suggestion ou poussait une exclamation d'admiration. Mlle Warrender semblait perdue dans ses pensées, et j'eus plusieurs fois l'impression de voir des larmes se former dans ses yeux de jais. L'étrangeté de la scène me saisit quand je les observai tous les trois en songeant aux liens véritables qui les unissaient. Mon cœur se réchauffa à la vue de mon petit hôte au visage rubicond avec son curieux turban et ses manières d'autrefois. Je me fis le serment qu'il ne lui serait fait aucun mal tant que j'aurais le pouvoir de l'empêcher.

Cette morne journée me parut interminable. Il m'était impossible de me mettre au travail, et j'errais sans relâche le long des couloirs de la vieille maison et dans le jardin. Copperthorne tenait compagnie à l'oncle Jeremy à l'étage, et je ne le vis presque pas. Alors que je me promenais dehors, j'aperçus en deux occasions la gouvernante avec les enfants. Chaque fois elle vint dans ma direction, mais je l'évitai en pressant le pas. J'avais le sentiment que je n'arriverais pas à lui parler sans lui révéler toute l'horreur qu'elle m'inspirait, et je ne voulais pas éveiller ses soupçons. Elle remarqua que je la fuyais, car, au déjeuner, lorsque nos yeux se croisèrent, je ne répondis pas au regard surpris et peiné qu'elle me lança.

Une lettre de John arriva par le courrier de l'après-midi dans laquelle il nous apprenait qu'il s'était arrêté au Langham. Je savais désormais que je ne pouvais plus compter sur lui, mais je crus néanmoins de mon devoir de lui télégraphier pour le faire revenir au plus vite. Il me fallut donc faire une longue marche jusqu'à la gare, mais cela me permit de passer le temps, et je me sentis soulagé d'un poids lorsque le cliquetis des aiguilles m'indiqua enfin que mon message partait vers sa destination.

À mon retour d'Ingleton, quand j'atteignis la barrière de la promenade, je rencontrai Elijah, le vieil employé de la maison, qui semblait très agité.

— On dit qu'un rat en attire d'autres, me dit-il en touchant le bord de son chapeau, mais on dirait bien que c'est la même chose avec ces noirauds.

Il n'avait jamais apprécié ce qu'il appelait les « manières hautaines » de la gouvernante.

— Que se passe-t-il donc ? demandai-je.

— C'est un de ces étrangers qui rôdent dans les parages, dit le vieil homme. Je l'ai vu ici dans les buissons et je l'ai chassé sans mâcher mes mots. Il en avait sûrement après les poules, ou peut-être bien qu'il voulait brûler la maison et nous assassiner tous. Je descends au village, monsieur Lawrence, et je vais voir ce qu'il a derrière la tête.

Il s'en alla précipitamment dans un accès de colère sénile.

Ce petit incident me fit une impression désagréable et me plongea dans une profonde réflexion tandis que je remontais la longue allée. Il était clair que l'Hindou errant n'avait pas quitté la région. C'était là un élément que j'avais omis de prendre en compte. Si son compatriote lui prêtait la main dans ses sombres desseins, la partie se compliquait sérieusement pour moi. Pourtant il me semblait improbable qu'elle en eût fait son complice car elle s'était donné beaucoup de mal pour cacher sa présence à Copperthorne.

J'avais été tenté de mettre Elijah dans la confidence, mais après y avoir pensé j'en vins à la conclusion que l'aide d'un homme de son âge pouvait s'avérer plus néfaste qu'utile.

Vers 19 heures, je montais dans ma chambre lorsque je croisai le secrétaire qui me demanda si je savais où se trouvait Mlle Warrender. Je répondis que je n'en avais aucune idée.

— C'est curieux, dit-il, que personne ne l'ait aperçue depuis le déjeuner. Les enfants n'en savent rien non plus. Il faut que je lui parle.

Il s'exprimait de manière précipitée et avait l'air agité et perturbé.

De mon côté, l'absence de Mlle Warrender ne me surprenait pas outre mesure. Elle s'était sans doute réfugiée dans le massif d'arbustes pour rassembler son courage dans la perspective de la terrible besogne qu'elle se préparait à accomplir. Je fermai la porte de ma chambre et m'assis pour lire un moment, mais j'étais si excité que je n'arrivais pas à me concentrer. Mon plan de campagne avait déjà été arrêté. J'avais décidé de me poster non loin de leur lieu de rendez-vous, de les suivre et d'agir au moment où mon intervention serait le plus efficace. J'avais choisi un bâton solide et noueux, cher à mon cœur d'étudiant, avec lequel j'aurais la maîtrise de la situation, car je m'étais assuré que Copperthorne ne possédait pas d'arme à feu.

Je ne me rappelle aucune période de ma vie où les heures me semblèrent aussi longues que celles que je passai dans ma chambre ce soir-là. J'entendis l'horloge de Dunkelthwaite sonner doucement huit coups, puis neuf, puis dix, après une interminable pause. Après cela, j'eus le sentiment que le temps avait cessé de s'écouler tandis que j'arpentais ma chambre de long en large. J'étais anxieux et impatient comme peut l'être un homme sur le point d'affronter une grande épreuve. Tout a une fin, cependant, et le premier coup de 11 heures retentit bientôt à travers le silence nocturne. Je me levai et enfilai mes pantoufles. Puis, après m'être emparé de mon bâton, je quittai ma chambre à pas de loup et descendis le vieil et grinçant escalier. Je pouvais entendre les ronflements de l'oncle Jeremy à l'étage du dessus. Je réussis à trouver mon chemin dans l'obscurité jusqu'à la porte, puis l'ayant ouverte, je m'enfonçai dans la nuit qui, cette nuit-là, était belle et étoilée.

Je devais prendre garde à tous mes mouvements, parce que la lune brillait tant qu'il faisait presque aussi clair qu'en plein jour. Je longeai l'ombre de la maison jusqu'à la haie du jardin. Je me glissai dessous pour me mettre à couvert. Quand je fus au milieu des arbustes où je m'étais caché la nuit précédente, je continuai d'avancer avec d'infinies précautions, en évitant de casser la moindre brindille sous mes pas, en direction des broussailles qui bordaient le massif. De cet endroit, j'avais une vue parfaitement dégagée sur le grand chêne qui se trouvait au bout de l'allée.

Quelqu'un se tenait à l'ombre de l'arbre. J'eus d'abord beaucoup de difficultés à identifier le personnage. Puis il se déplaça dans une zone que la lune éclairait faiblement entre deux branches. Il regarda avec impatience à droite et à gauche. Je vis alors qu'il s'agissait de Copperthorne et qu'il était seul. La gouvernante n'était apparemment pas à l'heure au rendez-vous.

Comme je désirais pouvoir entendre ce qui allait se passer, je rampai dans la direction du chêne. Je m'arrêtai à environ quinze pas du lieu où la haute et maigre silhouette du secrétaire se profilait, blafarde et sinistre, dans la lumière miroitante. Mal à l'aise, il ne tenait pas en place, tantôt disparaissant dans l'obscurité, tantôt resurgissant dans une de ces taches argentées que projetait la lumière de la lune à travers l'épaisse ramure des arbres. Il était évident, à en juger par son agitation, que c'était le retard de sa complice qui le plongeait dans cet état de perplexité et d'inquiétude. Il finit par s'immobiliser sous une grande branche qui le dissimulait entièrement. Depuis cette position, il lui était possible de surveiller l'allée de gravier qui menait à la maison et d'où il espérait voir arriver Mlle Warrender d'un instant à l'autre.

J'étais toujours étendu dans ma cachette, me félicitant d'avoir déniché un tel poste d'observation d'où je pouvais écouter sans risque d'être découvert, quand mon œil tomba soudain sur quelque chose qui fit faire un bond à mon cœur et faillit me faire pousser un cri qui aurait trahi ma présence.

J'ai dit que Copperthorne se tenait sous l'une des branches maîtresses du grand chêne. Là où il se trouvait, tout était plongé dans les ténèbres. Mais la partie supérieure de la branche était éclairée par un rayon de lune et, tandis que je balayais la scène du regard, je m'aperçus que quelque chose rampait le long de sa partie inférieure – quelque chose de vague et d'incertain, que j'avais du mal à différencier de la branche elle-même, mais qui progressait lentement et sûrement. Comme mes yeux commençaient à s'habituer à l'obscurité, ce quelque chose d'indéfini prit enfin forme et substance. C'était un être humain – un homme –, l'Indien que j'avais vu au village. Avec ses bras et ses jambes étroitement enlacés à la branche, il glissait aussi silencieusement qu'un serpent de sa terre natale.

Avant même que j'aie eu le temps de me demander ce qu'il faisait là, il était déjà juste au-dessus de l'endroit où attendait le secrétaire. Son corps sombre se découpait nettement sur le disque de la lune derrière lui. Je le vis porter la main à sa poitrine, hésiter un moment, comme s'il estimait la distance, puis se laisser tomber à travers le feuillage. Il y eut un bruit sourd au moment où les deux hommes s'écroulèrent sur le sol, puis un cri étranglé monta dans l'air nocturne, suivi d'une série de petits coassements dont le souvenir continuera de me hanter jusqu'à la fin de mes jours.

L'horreur et la soudaineté de la tragédie qui s'était déroulée sous mes yeux m'avaient laissé sans réaction. Seuls ceux qui ont déjà vécu une expérience similaire peuvent imaginer la paralysie qui vous gagne alors le corps et l'esprit, vous empêchant d'accomplir les gestes qui, après coup, vous auraient semblé adaptés à l'urgence de la situation. Cependant, dès l'instant où ces gémissements d'agonie parvinrent à mes oreilles, je sortis brusquement de ma léthargie et bondis de ma cachette en poussant un terrible hurlement. Le Thug s'écarta aussitôt de sa victime en grognant, exactement comme l'aurait fait une bête sauvage privée de sa proie, puis il détala si vite que je jugeai inutile d'essayer de le rattraper. Je me précipitai vers le secrétaire et lui relevai la tête. Son visage était cramoisi et affreusement grimaçant. J'ouvris le col de sa chemise et fis tout mon possible pour le secourir, mais ce fut en vain. Le *roumal* avait fait son œuvre : il était mort.

Il ne me reste pas grand-chose à ajouter à mon étrange récit. Si j'ai été un peu long, je ne crois pas devoir m'en excuser, car je n'ai fait que retranscrire, simplement et sans effet de style, les événements tels qu'ils se sont succédé. Et l'histoire aurait été incomplète si j'avais omis un seul d'entre eux. Quelque temps après, nous apprîmes que Mlle Warrender était montée à bord du train de 7 h 20 à destination de Londres et s'était fondue dans l'anonymat de la métropole avant que le moindre avis de recherche eût été lancé contre elle. Quant au messager de mort qu'elle avait envoyé à sa place retrouver Copperthorne sous le chêne, on n'entendit plus jamais parler de lui. Une grande battue fut organisée à travers tout le comté, sans succès. Nul doute que le fugitif avait choisi de se cacher le jour et de se déplacer la nuit, se nourrissant de presque rien, comme peuvent le supporter les Orientaux, jusqu'à ce qu'il eût réussi à se mettre hors de danger.

John Thurston revint le jour suivant, et ce fut avec un air effaré qu'il m'écouta lui rapporter tous les faits. Nous sommes tombés d'accord pour que je ne révèle rien de ce que je savais des plans de Copperthorne et des raisons qui l'avaient poussé à rester dehors si tard cette nuit-là. Ainsi la police locale elle-même n'a jamais connu les secrets de cette étrange tragédie, et elle ne les connaîtra probablement jamais, à moins, bien sûr, que cette histoire passe entre ses mains. Le pauvre oncle Jeremy pleura la perte de son secrétaire pendant des mois, et nombreux furent les vers qu'il composa alors sous la forme d'épitaphes ou d'hommages posthumes. Il a depuis été rappelé auprès de ses pères, et la plus grande partie de la propriété est revenue – je suis ravi de le dire – à son héritier légitime, son neveu.

Il y a encore un point sur lequel je souhaiterais faire une remarque. Qu'est-ce qui avait poussé ce Thug errant à venir à Dunkelthwaite ? Cette question n'a jamais été éclaircie ; mais, de mon côté, je ne doute pas un instant, et je pense que toute personne qui aura étudié l'affaire de près m'approuvera, que sa présence ne devait rien au hasard. La secte indienne était puissante et nombreuse, et quand il lui fallut désigner un nouveau guide son choix se dirigea naturellement vers la splendide fille de son chef regretté. Retrouver sa trace à Calcutta, en Allemagne, puis à Dunkelthwaite, n'avait rien d'impossible. Nul doute qu'il était venu lui annoncer qu'elle n'était pas oubliée dans son pays, et qu'elle serait chaleureusement accueillie si elle acceptait de rejoindre sa tribu dispersée. Certains jugeront cette hypothèse peu crédible, mais c'est l'opinion que j'ai toujours défendue.

J'ai commencé ce récit en citant une lettre, et c'est ainsi que je le terminerai. Elle me fut écrite par un vieil ami, le Dr B. C. Haller, un homme aux connaissances encyclopédiques, tout particulièrement versé dans les mœurs et les coutumes indiennes. C'est grâce à sa gentillesse que j'ai pu reproduire les paroles qu'il arrivait parfois à Mlle Warrender de prononcer dans sa langue natale, et que je n'aurais jamais réussi à me remémorer sans ses suggestions. Voici une lettre dans laquelle il me donne quelques précisions sur ce sujet :

Mon cher Lawrence,

J'avais promis de vous écrire à propos de ces Thugs, mais j'ai été si occupé que c'est seulement maintenant que je peux respecter mon engagement. Votre singulière aventure m'a beaucoup intéressé, et j'aurais aimé en parler davantage avec vous. Ce que je peux vous affirmer c'est qu'il est très rare qu'une femme soit initiée aux mystères des Thugs. Dans le cas qui nous occupe, il est probable qu'elle ait goûté – accidentellement ou à dessein – au gour *sacré, le sucre brut absorbé après chaque meurtre perpétré par la secte. Quiconque y a porté ses lèvres a l'obligation de devenir un Thug actif, quels que soient son rang, son sexe ou sa condition. Étant d'extraction noble, elle a alors rapidement passé les différents grades de* tilhai, *l'éclaireur, de* lughai, *le fossoyeur, de* shumshi, *l'assistant chargé de tenir les mains de la victime et, enfin, de* bhuttoti, *l'étrangleur. Pour cela, il lui a fallu recevoir l'enseignement du gourou, leur guide spirituel, qui semble avoir été son père si l'on en croit ce qu'elle vous a révélé. Son père était un* borka, *un Thug savant. Après un tel parcours, je ne m'étonne pas qu'il lui soit arrivé de lâcher la bride à ses instincts fanatiques. Le* pilhaou *dont elle fait mention est un présage venu de la gauche, lequel, s'il est suivi par le* thibaou, *le présage de la droite, est interprété comme un signe favorable. Vous m'avez également dit que le matin du meurtre, le vieux cocher avait vu l'Hindou se cacher dans les buissons. Savez-vous ce qu'il faisait ? Eh bien j'ai toutes les raisons de penser qu'il était en train de creuser la tombe de Copperthorne, car il est contraire aux usages des Thugs de tuer un homme sans avoir creusé de fosse pour sa dépouille. À ma connaissance, un seul officier anglais de l'armée des Indes a été victime de leur secte ; il s'agissait du lieutenant*

Monsell, en 1812. Depuis lors, le colonel Sleeman l'a presque complètement éradiquée. Mais rien ne nous prouve qu'elle ne soit pas plus florissante que les autorités veulent bien nous le dire.

Cordialement vôtre,
B. C. Haller

La Kermesse sportive*

— Vous le devriez assurément, dit Sherlock Holmes.

L'interruption me fit sursauter car, tout en prenant son petit déjeuner, mon compagnon avait son attention centrée sur le journal qu'il avait adossé à la cafetière. En levant les yeux vers lui, je vis son regard rivé sur moi tandis que son visage avait cet air mi-amusé, mi-interrogateur qui était le sien lorsqu'il estimait avoir marqué un point.

— Je devrais quoi ? demandai-je.

Il sourit tout en allant puiser dans la babouche posée sur la cheminée suffisamment de tabac fort pour garnir la vieille pipe en terre qu'il fumait invariablement après son petit déjeuner.

— Voilà une question on ne peut plus caractéristique de votre part, Watson, dit-il. Vous ne vous offenserez pas, j'en suis certain, si j'affirme que la réputation de vive intelligence qu'on me fait est presque entièrement due à ce que vous me servez on ne peut mieux de repoussoir. N'ai-je pas entendu raconter que des jeunes filles, sur le point de faire leurs débuts dans le monde, tenaient à ce que leurs chaperons fussent dénués de beauté ? C'est quelque peu analogue.

Depuis le temps que nous cohabitions dans l'appartement de Baker Street, il s'était établi entre nous une sorte d'intimité amicale qui nous permettait de dire beaucoup de

---

* Titre original : *The Field Bazaar*, traduit par Maurice-Bernard Endrèbe.

choses sans que l'autre s'en formalisât. Mais j'avoue cependant que sa remarque me hérissa.

— Je suis peut-être très obtus, rétorquai-je, mais je reconnais ne pas voir comment vous avez réussi à savoir que… que…

— Que l'université d'Édimbourg sollicitait votre aide pour sa kermesse ?

— Exactement, oui. Je viens tout juste de recevoir cette lettre et je ne vous avais pas adressé la parole depuis que j'en avais pris connaissance.

— En dépit de quoi, enchaîna Holmes en se laissant aller contre le dossier de sa chaise et joignant les extrémités de ses doigts, j'irais même jusqu'à suggérer que le propos de cette kermesse est d'agrandir le terrain de cricket de l'université.

Je le considérai avec une telle stupeur que je le vis rire intérieurement.

— Il est certain, mon cher Watson, que vous constituez un excellent sujet. Vous réagissez instantanément à toute stimulation extérieure. Pour lent que soit le cheminement de votre pensée, il n'est jamais obscur et, au cours de ce petit déjeuner, j'ai constaté que vous étiez d'une lecture beaucoup plus facile que l'éditorial du *Times* que j'ai devant moi.

— Je serais heureux de savoir comment vous êtes arrivé à vos conclusions.

— Je crains que, en m'incitant à fournir des explications, mon heureux caractère n'ait nui à ma réputation. Mais, en la circonstance, mon raisonnement repose sur des faits tellement évidents que je n'en peux vraiment tirer aucune vanité. Vous êtes entré dans cette pièce avec une expression pensive, celle d'un homme en proie à un débat intérieur. Et vous teniez une lettre à la main. Comme, hier soir, vous vous étiez retiré de fort belle humeur, il était clair que ce changement était dû à la lettre que tenait votre main.

— Cela est évident.

— Tout paraît évident quand on vous l'explique. Je me suis demandé très naturellement ce que pouvait contenir cette lettre pour avoir eu un tel effet sur vous. En entrant, vous teniez le dos de l'enveloppe tourné vers moi et j'y ai vu ainsi le même écusson que j'avais un jour remarqué sur votre vieille casquette de cricket. Il était donc clair que la requête émanait de l'université d'Édimbourg, ou de quelque club s'y rattachant. En passant près de la table, vous avez posé la lettre à côté de votre assiette et, cette fois, c'était l'adresse qui était visible, puis vous êtes allé regarder la photographie encadrée qui se trouve à gauche de la cheminée.

Je n'en revenais pas de la façon dont il avait observé mes mouvements.

— Et alors ? fis-je.

— J'ai commencé par jeter un coup d'œil à l'adresse et j'ai pu voir ainsi, même à deux mètres de distance, qu'il ne s'agissait pas d'une lettre officielle. J'ai déduit cela du fait que l'on avait écrit « Docteur », alors que n'ayant pas encore passé votre doctorat, vous n'avez pas légalement droit à ce titre. Je sais que les pontes de l'université sont extrêmement pointilleux sur ce chapitre et j'ai donc pu avancer en toute certitude qu'il ne s'agissait pas d'un pli officiel. Lorsque vous vous êtes assis à table, vous avez de nouveau retourné l'enveloppe et j'ai vu que le feuillet qu'elle contenait était imprimé. Il m'est alors venu à l'esprit qu'il pouvait s'agir d'une kermesse. J'avais déjà envisagé l'hypothèse d'une propagande émanant d'un parti politique, mais cela semblait peu probable en l'état de stagnation qui est actuellement celui de notre politique.

— En revenant à table, vous aviez toujours la même expression et donc, de toute évidence, votre examen de la photo n'avait pas changé le cours de vos pensées. En ce cas, c'est que la photo se rattachait directement au sujet qui vous préoccupait. En conséquence de quoi, j'ai porté mon attention sur cette photo et j'ai tout de suite vu que vous y figuriez au milieu de l'équipe de cricket de l'université d'Édimbourg, avec le pavillon et le terrain de cricket à l'arrière-plan. Je n'ai qu'une faible expérience des clubs de cricket, mais elle m'a néanmoins appris qu'ils comptent, avec les églises et les officiers de cavalerie, parmi les gens les plus endettés du monde. Après vous être assis à table, je vous ai vu prendre votre crayon et tracer des traits sur l'enveloppe. J'ai eu la conviction que vous vous efforciez de concrétiser ainsi quelque projet d'amélioration que pourrait permettre une kermesse. Comme votre visage continuait d'exprimer l'hésitation, je suis intervenu pour vous dire que vous devriez contribuer à une aussi bonne chose.

Je ne pus m'empêcher de sourire devant l'extrême simplicité de l'explication.

— Oui, c'était vraiment on ne peut plus facile, dis-je.

Ma remarque parut l'irriter.

— Je puis ajouter, continua-t-il, que ce qu'on sollicite de vous, c'est que vous écriviez un article pour leur album, et que vous venez déjà de vous dire que le présent incident serait le sujet de votre article.

— Mais comment... ! m'exclamai-je.

— C'est vraiment on ne peut plus facile et je laisse donc à votre grande ingéniosité le soin de trouver la réponse. Entre-temps, ajouta-t-il en prenant le journal, vous voudrez bien m'excuser si je retourne à ce très intéressant article sur les arbres de Crémone et les raisons exactes de leur prééminence dans la manufacture des violons. C'est là un de ces petits problèmes secondaires auxquels je suis parfois tenté de consacrer toute mon attention.

L'Homme aux montres*

Nombreux sont ceux qui se rappellent encore les événements singuliers qui, sous le titre de « Mystère de Rugby », fournirent beaucoup de colonnes de copie à la presse quotidienne pendant le printemps 1892. Survenant à une période exceptionnellement terne, peut-être suscitèrent-ils plus d'attention qu'ils ne le méritaient ? Le fait est qu'ils offraient ce mélange de baroque et de tragique qui stimule tant l'imagination populaire. L'intérêt cependant se relâcha quand, après des semaines de recherches sans résultat, le public constata que les faits n'étaient pas près d'être expliqués. Jusqu'à une date toute récente, la tragédie sembla avoir trouvé sa place dans le sombre répertoire des crimes incompréhensibles et impunis. Mais une information dont l'authenticité paraît au-dessus de tout soupçon vient toutefois de projeter sur l'affaire une lumière crue et nouvelle. Avant de la livrer au public, je ne crois pas inutile de rafraîchir les mémoires et de résumer les faits auxquels se rapporte la communication en question.

À 5 heures du soir, le 18 mars de l'année ci-dessus mentionnée, un train quitte la gare d'Euston pour Manchester. La journée est pluvieuse, le vent souffle par rafales de plus en plus fortes. Pour voyager par un temps pareil, il faut vraiment être poussé par la nécessité ! Ce train a la faveur des hommes d'affaires de Manchester qui reviennent de la

---

* Titre original : *The Story of the Man with the Watches*, traduit par Évelyne Colomb.

capitale, car il ne met que quatre heures vingt pour accomplir le trajet et il ne s'arrête que trois fois en cours de route. En dépit de l'inclémence de la soirée, il est donc presque complet. Le chef de train est un vieil employé de la compagnie : depuis vingt-deux ans qu'il en fait partie il n'a reçu aucun blâme et il n'a fait l'objet d'aucune réclamation. Il s'appelle John Palmer.

L'horloge de la gare est sur le point de marquer cinq heures, et le chef de train va donner le signal du départ au mécanicien quand il aperçoit deux voyageurs en retard qui s'engagent sur le quai en courant. L'un est un homme très grand, revêtu d'un long pardessus noir à col et manchettes d'astrakan. J'ai déjà dit que la soirée est exécrable : le grand voyageur a le col relevé pour protéger sa gorge contre le vent vif de mars. Le chef de train n'a certes pas le temps de l'examiner de près, mais il lui semble âgé de cinquante, peut-être soixante ans, avec de beaux restes de la vigueur et de l'agilité de sa jeunesse. Il tient à la main une valise de cuir brun. L'autre retardataire est une dame, également grande et se tenant bien droite, dont le pas alerte a tendance à lui faire distancer son compagnon. Elle est enveloppée d'un long cache-poussière de couleur fauve ; elle porte une toque noire bien ajustée et une voilette sombre qui dissimule la plus grande partie de sa figure. Tous deux pourraient être le père et la fille. Ils longent la file des wagons, les inspectent par les fenêtres. Le chef de train John Palmer les rattrape.

— Allons, monsieur, décidez-vous : le train va partir !

— Première classe ! répond l'homme.

Le chef de train ouvre la portière la plus proche. Dans le compartiment, un voyageur de petite taille est assis avec un cigare aux lèvres. Son aspect semble avoir impressionné John Palmer, car ultérieurement il pourra donner de lui un signalement précis. C'est un homme de trente-quatre ou trente-cinq ans, vêtu de gris, au nez coupant, au visage mobile, au teint hâlé et presque rougeaud, au menton agrémenté d'une petite barbe noire bien coupée. Il lève les yeux vers la porte quand elle s'ouvre. Le retardataire s'immobilise, un pied sur une marche.

— C'est un compartiment de fumeurs. La fumée incommode madame, dit-il en se retournant vers le chef de train.

— Très bien ! Prenez le compartiment suivant, monsieur ! répond John Palmer.

Il referme la portière du compartiment de fumeurs, ouvre celle du compartiment voisin, lequel est vide, y pousse les deux voyageurs. Au même instant il donne son coup de sifflet et le train s'ébranle. L'homme au cigare passe le nez par sa portière, lance au chef de train quelques mots qui se perdent dans le fracas des roues. Palmer saute dans le fourgon, comme d'habitude, et il ne pense plus à l'incident.

Douze minutes après le départ, le train arrive à Willesden, où il ne s'arrête que deux minutes. Un examen des billets révélera d'une façon péremptoire que personne n'est monté ou descendu à cette petite gare. À cinq heures quatorze, le train repart pour Manchester et arrive à Rugby avec cinq minutes de retard, à six heures cinquante exactement.

À Rugby, les employés de la gare s'aperçoivent que la portière de l'un des compartiments de première classe est ouverte. Ce compartiment est visité, ainsi que le compartiment voisin, et on découvre alors une situation tout à fait extraordinaire.

Le compartiment de fumeurs où avait pris place le petit homme rougeaud à barbe noire est maintenant vide ; à l'exception d'un cigare à demi fumé, il n'y a aucune trace de la présence de son occupant. La portière du compartiment était fermée. Dans le compartiment voisin, celui dont la portière ouverte avait attiré l'attention des employés, il n'y a pas davantage de traces du gentleman au col d'astrakan ni de la jeune dame qui l'accompagnait. Ces trois voyageurs ont disparu. En outre, sur le plancher de ce compartiment (celui qu'occupaient le gentleman et la dame) gît un homme jeune, élégamment habillé ; il est étendu les genoux relevés, la tête appuyée contre la portière opposée, un coude sur chaque banquette. Il a reçu une balle en plein cœur ; sa mort a dû être instantanée. Personne ne l'a vu monter dans le train. On ne trouve pas de billet dans ses poches. Son linge et ses vêtements ne portent aucune marque. Il n'a pas de papiers ni d'objets personnels qui pourraient aider à l'identifier. Qui il est, d'où il vient, comment il a trouvé la mort, voilà trois mystères aussi surprenants que celui des trois personnes qui se trouvaient dans les deux compartiments une heure cinquante plus tôt.

J'ai dit que rien sur le jeune inconnu ne permet de l'identifier ; en fait, une particularité fera beaucoup jaser. Dans ses poches on découvre six montres en or : trois dans les poches de sa veste, une dans sa poche revolver, une dans la poche de son gilet, et enfin une petite qui est montée sur un bracelet de cuir noir à son poignet. On pense d'abord qu'il s'agit d'un pickpocket et de son butin ; mais cette hypothèse sera démentie par le fait que ces six montres sont de fabrication américaine et d'un modèle peu répandu en Angleterre. Trois d'entre elles portent la marque de la Rochester Watchmaking Company ; l'une de Mason, d'Elmira ; une autre est sans marque ; la petite, garnie de brillants et fort délicatement ouvragée, vient de chez Tiffany, de New York.

Dans ses poches on trouve encore un couteau à manche d'ivoire avec un tire-bouchon fabriqué par Rodgers, de Sheffield, une petite glace ronde qui a quatre centimètres de diamètre, un billet de sortie pour un balcon du Lyceum Theatre, une boîte en argent pleine d'allumettes-tisons et un étui à cigares en cuir marron contenant deux manilles ; enfin deux livres et quatorze shillings. Il est donc évident que, parmi les mobiles du crime, il convient d'écarter le vol. Physiquement c'est un jeune homme de petite taille, aux traits fins, à la peau douce. L'une de ses dents de devant porte un plombage en or voyant.

Quand le drame est découvert, les billets de tous les voyageurs sont minutieusement passés au crible et les voyageurs eux-mêmes dénombrés. On s'aperçoit qu'il y a trois billets en supplément : ceux des voyageurs manquants. L'express est ensuite autorisé à repartir, mais avec un nouveau chef de train, et John Palmer est retenu à Rugby en qualité de témoin. Le wagon qui contient les deux compartiments en question est détaché, mis sur une voie de garage. Puis, après l'arrivée de l'inspecteur Vane, de Scotland Yard, et de M. Henderson, détective au service de la compagnie de chemins de fer, une enquête approfondie se déclenche.

Le crime est certain. La balle, qui semble provenir d'un petit pistolet, a été tirée à une courte distance, puisqu'il n'y a pas de roussissement sur les vêtements. On ne trouve pas d'arme dans le compartiment, ce qui suffit pour éliminer le suicide. On ne trouve pas non plus la valise de cuir brun que le chef de train avait vue dans la main du grand gentleman à col d'astrakan. Un parapluie de dame est bien posé sur le porte-bagages, mais les voyageurs ont disparu. En dehors du crime, la question de savoir comment ou pourquoi trois voyageurs, dont une dame, ont pu quitter le train et un autre s'y introduire au cours du trajet direct Willesden-Rugby provoque la plus vive curiosité dans le public et de nombreux commentaires dans les journaux.

John Palmer, le chef de train, peut au cours de l'enquête fournir quelques petites précisions. Selon sa déposition il y a un endroit, entre Tring et Cheddington, où, en raison de travaux de réfection de la voie, le train a pendant quelques minutes ralenti sa vitesse et n'a roulé qu'à quinze ou dix-huit kilomètres à l'heure. À cet endroit un homme, et même une femme exceptionnellement leste, pouvait sauter du train sans risquer d'accident grave. Il est vrai, par contre, qu'une équipe de poseurs de voies était là et que nul d'entre eux n'a vu quelque chose d'anormal ; mais, au passage du train, les ouvriers se tenaient entre les deux voies, et la porte ouverte du compartiment se trouvait de l'autre côté : il était donc admissible que quelqu'un eût pu sauter sans être remarqué, d'autant plus que le soir tombait ; un remblai assez haut aurait d'ailleurs permis à quelqu'un qui aurait sauté à bas du train d'échapper aux regards des poseurs de voies.

Le chef de train fait également observer qu'il y a beaucoup de va-et-vient sur le quai de Willesden, et que, s'il est certain qu'aucun voyageur n'a pris le train ou ne l'a quitté à cette petite gare, il est possible néanmoins que quelques voyageurs se soient transportés sans être vus d'un compartiment à un autre. Il n'est pas rare, par exemple, qu'un gentleman fume un cigare dans un compartiment de fumeurs, puis aille chercher ailleurs une atmosphère plus saine. En supposant que l'homme à la barbe noire ait agi de la sorte à Willesden (et la découverte du cigare à demi fumé semble étayer cette thèse), il sera naturellement monté dans le compartiment le plus proche, c'est-à-dire dans celui où se trouvent déjà deux des acteurs du drame.

Un examen minutieux de la voie ferrée entre Willesden et Rugby permet de découvrir un objet dont on ne sait s'il a un rapport quelconque avec la tragédie. Près de Tring, là où justement le train a ralenti, on trouve au bas du remblai une petite Bible de poche, très minable, très usagée. Elle a été éditée par la Bible Society de Londres, et elle porte une inscription – *De John à Alice, 13 janvier 1856* – sur la page de garde. Au-dessous est écrit : *James, 4 juillet 1859,* et, encore au-dessous : *Edward, 1er novembre 1869.* Toutes ces inscriptions sont de la même écriture. Voilà le seul indice, en admettant que ce soit un indice, qu'obtient la police. Le coroner rend un verdict de meurtre par inconnu ou inconnus. Ainsi se termine, d'une façon qui ne satisfait personne, une affaire singulière. Des annonces, des offres de récompense, de nouvelles enquêtes se révèlent inefficaces. Impossible de trouver un élément assez solide pour servir de base à une investigation profitable.

Ne croyez pas cependant qu'aucune théorie ne soit formulée pour rendre compte des faits. Bien au contraire ! La presse, tant en Amérique qu'en Angleterre, fait assaut de suggestions et de suppositions dont la plupart rivalisent d'absurdité. Le fait que les montres sont de fabrication américaine et que le plombage en or présente certaines particularités semble indiquer que le défunt est un citoyen des États-Unis, bien que son linge, ses vêtements et ses chaussures soient indiscutablement d'origine anglaise. Certains affirment qu'il était caché sous la banquette, qu'il y fut découvert et qu'il fut mis à mort par les deux voyageurs parce qu'il aurait entendu des secrets coupables. Quand on associe cette théorie à ce que l'on sait en général sur la férocité et l'astuce de certaines sociétés secrètes (d'anarchistes par exemple), elle ne paraît pas plus fausse qu'une autre.

Le fait qu'il n'a pas de billet cadre assez bien avec l'idée qu'il se cachait, et d'autre part il est notoire que les femmes jouent un rôle important dans la propagande nihiliste. En tout état de cause la déposition du chef de train est formelle : ce jeune homme a dû se cacher avant l'arrivée des autres. La coïncidence ne serait-elle pas extraordinaire, que des conspirateurs viennent s'installer juste dans le compartiment où un espion se serait déjà caché ? Par ailleurs, cette explication laisse de côté le cas du voyageur du compartiment de fumeurs, et elle ne fournit aucun motif à sa disparition concomitante. La police n'a pas de mal à montrer qu'une théorie pareille ne couvre pas les faits, mais en l'absence de toute preuve elle se refuse à en hasarder une autre.

La *Daily Gazette* reçoit une lettre signée d'un célèbre détective privé. Elle la *publie,* et un grand débat s'instaure aussitôt. Le détective privé suggère une hypothèse qui a au moins le mérite de l'originalité. Je ne puis faire mieux que la reproduire dans ses propres termes.

« Quelle que soit la vérité, dit-il, elle est fonction d'une combinaison d'événements aussi bizarres que rares : aussi n'avons-nous aucune hésitation à procéder par postulats. En l'absence de renseignements précis, nous sommes contraints de renoncer à la méthode analytique ou scientifique d'enquête, et de recourir à la méthode synthétique. En un mot, au lieu de prendre les événements et d'en déduire ce qui s'est passé, nous devons construire une explication d'imagination cadrant logiquement avec les faits patents. Nous pourrons ensuite vérifier cette explication, à l'aide de tout fait nouveau qui viendrait à être connu. Si ces faits nouveaux trouvent leur place dans l'explication générale, cela voudra dire que nous sommes probablement sur la bonne voie ; avec chaque fait nouveau cette probabilité suivra une progression géométrique jusqu'à ce que l'évidence s'impose, totale et convaincante.

« Voici un fait remarquable, suggestif, qui n'a peut-être pas suscité l'attention qu'il méritait. Un omnibus circule entre Harrow et King's Langley ; son horaire est conçu de telle façon que l'express a dû le rattraper à peu près au moment où il a ralenti en raison de la réfection de la voie. Les deux trains ont alors roulé dans la même direction, à une vitesse sensiblement égale et sur des voies parallèles. Chacun sait comme il est facile, dans de telles circonstances, à un voyageur de voir distinctement les occupants des compartiments du train voisin. Les lampes de l'express avaient été allumées à Willesden ; les compartiments étaient donc largement éclairés, bien visibles à tout observateur de l'extérieur.

« La succession des événements, telle que je la reconstitue, serait la suivante. Ce jeune homme qui possède un nombre anormal de montres est seul dans un compartiment de l'omnibus. Nous supposerons qu'il a déposé son billet, ainsi que ses papiers, ses gants, etc., sur la banquette à côté de lui. C'est probablement un Américain, et probablement aussi un homme d'une cervelle déficiente. Le port de nombreux bijoux est l'un des premiers symptômes de diverses formes de folie.

« Tandis qu'il regarde les compartiments de l'express qui, en raison de l'état de la voie ferrée, roule à la même vitesse que son omnibus, il aperçoit tout à coup des gens qu'il connaît. Nous supposerons pour étayer notre théorie que ces gens sont une femme qu'il aime et un homme qu'il déteste (et qui le déteste). Le jeune homme est excitable, impulsif. Il ouvre la portière de son compartiment, saute du marchepied de l'omnibus sur le marchepied de l'express, ouvre l'autre portière et pénètre dans le compartiment où sont installées ces deux personnes. Exploit qui (en supposant que les deux trains roulent à la même allure lente) n'a rien de périlleux.

« Notre jeune homme se trouvant maintenant sans son billet dans le compartiment qu'occupent le gentleman âgé et la jeune femme, il n'est pas difficile d'imaginer qu'une violente scène s'ensuit. Il est possible que les deux voyageurs soient également des Américains, probable même si l'on songe que le gentleman portait une arme sur lui, ce qui n'est pas courant de la part d'un Anglais. Si notre hypothèse touchant un début de folie est exacte, le jeune homme attaque le gentleman âgé. Celui-ci tue l'intrus dans la bagarre, puis s'échappe du compartiment en emmenant la jeune femme avec lui. Nous supposerons que tout cela s'est passé très rapidement, et que le train observait toujours cette allure ralentie qui devait leur permettre de le quitter. Une femme peut sauter d'un train qui roule à quinze kilomètres à l'heure. Le fait est que nous savons que cette femme a sauté du train.

« Et maintenant, occupons-nous du voyageur qui se trouvait dans le compartiment de fumeurs. Si nous avons jusqu'ici reconstitué correctement la tragédie, nous ne voyons rien à propos de cet homme qui nous oblige à reconsidérer nos conclusions. Selon ma théorie, le troisième disparu voit le jeune homme sauter de l'omnibus dans l'express et ouvrir la portière voisine, il entend le coup de revolver, il aperçoit les deux fugitifs qui sautent sur la voie, il comprend qu'un meurtre a été commis, il saute à son tour pour se lancer à leur poursuite. Pour le moment nous n'avons pas le moyen d'expliquer sa disparition : a-t-il trouvé la mort en poursuivant les meurtriers ? Ou, ce qui serait vraisemblable, a-t-il réalisé qu'il n'avait pas à se mêler de cette affaire ?... Je reconnais que des difficultés subsistent. À première vue, il semble improbable qu'en un pareil moment un criminel se soit encombré d'une valise pour sauter et s'enfuir. Ma réponse est qu'il savait que la découverte de la valise entraînerait automatiquement la découverte de son identité. Il fallait absolument qu'il la prît. Ma théorie tient debout ou s'effondre selon un seul détail ; j'invite la compagnie de chemins de fer à faire procéder à une enquête rigoureuse pour savoir si un billet n'aurait pas été trouvé en rebut dans l'omnibus entre Harrow et King's Langley le 18 mars. Si un billet a été trouvé, alors ma théorie est vérifiée. Sinon, ma théorie peut encore être exacte, car il n'est pas impossible que le jeune homme ait voyagé sans billet ou que son billet ait été perdu. »

À cette théorie minutieuse et plausible, la police et la compagnie répondent : 1° qu'on n'a pas retrouvé le billet en question ; 2° que l'omnibus n'a jamais roulé sur une voie parallèle à celle de l'express ; 3° que l'omnibus était arrêté à King's Langley quand l'express, roulant à quatre-vingts kilomètres à l'heure, l'a doublé. Ainsi se trouve anéantie la seule théorie satisfaisante...

Cinq années s'écoulent. Et puis, enfin, voici que survient une déclaration qui couvre tous les faits et qui doit être considérée comme authentique. Elle revêt la forme d'une lettre datée de New York et adressée au même détective privé dont je viens de citer l'opinion. Je la reproduis *in extenso*, à l'exception des deux premiers alinéas qui ont un caractère personnel :

Vous m'excuserez si je ne suis pas très franc pour les noms. Certes, j'ai moins de raisons de les taire qu'il y a cinq ans, lorsque ma mère vivait encore ; tout de même je préfère que les pistes demeurent brouillées. Mais je vous dois une explication, car si votre théorie était fausse, elle était néanmoins puissamment ingénieuse. Il faut que je remonte un peu dans le temps afin que vous compreniez tout.

Ma famille était originaire de Bucks, en Angleterre, et elle a émigré aux États-Unis vers 1850. Elle s'est installée à Rochester, dans l'État de New York, où mon père s'est établi comme marchand d'articles de nouveautés. Il avait deux fils : moi-même, James, et mon frère Edward. J'avais dix ans de plus que mon cadet. Quand mon père est mort, je l'ai en quelque sorte remplacé auprès de lui, comme l'aurait fait n'importe quel aîné. C'était un enfant éveillé, ardent ; de plus, l'un des plus jolis garçons que j'aie jamais vus. Mais il y avait en lui un point faible, comme du moisi dans du fromage : et le moisi s'étendait, s'élargissait. Maman le voyait tout comme moi, mais elle continuait à le gâter, d'autant plus qu'il savait s'y prendre de telle sorte qu'on ne pouvait rien lui refuser. J'ai fait l'impossible pour le maintenir dans la bonne voie : il me détestait pour la peine que je me donnais.

Finalement il n'en a fait qu'à sa tête, et nous n'avons pas réussi à l'en empêcher. Il est allé à New York. Les choses ont empiré rapidement ; au début il n'était que dissipé, avec des mœurs légères ; il n'a pas tardé à devenir un criminel ; deux ans plus tard, il était l'un des plus célèbres vauriens de la ville. Il s'était lié d'amitié avec Sparrow MacCoy, qui était le plus grand filou d'Amérique. Ils se sont associés pour tricher aux cartes et ils ont travaillé dans quelques-uns des plus grands hôtels de New York. Mon frère était un excellent comédien (s'il l'avait voulu il aurait pu se faire un nom honorable) et il jouait tantôt le rôle d'un jeune Anglais titré, tantôt celui d'un simple petit vacher de l'Ouest, tantôt celui d'un étudiant, selon les desseins que se proposait Sparrow MacCoy. Et puis un jour il s'est costumé en fille, et il y a si bien réussi, il s'était si bien déguisé que le travesti est devenu l'un de leurs trucs favoris. Ils avaient des accointances dans la police : rien ne semblait devoir les arrêter, car cela se passait avant la Commission Lennox, à l'époque où, avec du piston, on pouvait faire presque tout ce qu'on voulait.

Rien ne les aurait sans doute arrêtés s'ils s'étaient contentés de tricher aux cartes à New York, mais ils sont venus à Rochester et ils ont falsifié un chèque. C'était mon frère qui avait commis le faux, mais tout le monde savait qu'il l'avait fait sous l'influence de Sparrow MacCoy. J'ai racheté le chèque, et ça m'a coûté une jolie somme. Puis je suis allé voir mon frère, j'ai placé le chèque sur la table et je lui ai juré que j'intenterais des poursuites judiciaires s'il ne quittait pas immédiatement le pays. D'abord il s'est mis à rire : je ne pourrais pas le poursuivre, m'a-t-il dit, sans briser le cœur de notre mère ; il savait que je ne m'y résignerais pas. Mais je lui ai fait comprendre que de toute façon le cœur de notre mère était déjà brisé, et que je préférerais le voir dans une prison de Rochester plutôt que dans un hôtel de New York. Alors, il a pris peur et il m'a promis solennellement qu'il ne reverrait plus jamais Sparrow MacCoy, qu'il irait en Europe et qu'il embrasserait n'importe quelle carrière honnête si je consentais à l'aider. Je l'ai conduit aussitôt chez un vieil ami de la famille, Joe Wilson, exportateur de montres et d'horloges américaines, et j'ai obtenu de lui qu'il donne à Edward la représentation de son affaire à Londres, moyennant un petit salaire plus une commission de quinze pour cent sur les affaires. Il avait si bonne allure, ses manières étaient si convenables qu'il a rapidement gagné la confiance de notre vieil ami ; dans la semaine qui a suivi, il est parti pour Londres avec une valise pleine d'échantillons.

J'avais pensé que cette affaire de chèque avait réellement épouvanté mon frère et que j'avais trouvé un bon moyen pour lui faire prendre la vie au sérieux. Ma mère avait causé avec lui ; ce qu'elle lui avait dit l'avait touché, car elle avait toujours été pour lui la meilleure des mères et il avait été le grand chagrin de sa vie. Mais je n'ignorais pas l'influence considérable de Sparrow MacCoy sur mon frère, et je sentais bien que tout lien devait être brisé entre eux pour qu'Edward se maintînt dans le droit chemin. J'avais un ami à la police de New York ; grâce à lui j'ai fait surveiller MacCoy. Quand, quinze jours après le départ de mon frère, j'ai appris qu'il avait retenu une cabine à bord de l'*Etruria*, j'ai été certain (aussi certain que s'il me l'avait avoué) qu'il se rendait en Angleterre pour replacer Edward sous sa coupe. Aussitôt j'ai décidé de partir moi aussi et d'user de mon influence contre celle de MacCoy. Je me disais bien que c'était une bataille sans espoir, mais je pensais, et ma mère partageait mon avis, que c'était mon devoir. Nous avons passé ensemble la dernière nuit en prières afin que le Ciel m'aide à réussir dans ma mission ; elle m'a remis sa bible, dont mon père lui avait fait cadeau le jour de leur mariage, pour que je la garde précieusement contre mon cœur.

Sur le paquebot j'ai vu Sparrow MacCoy, et j'ai eu au moins la satisfaction d'avoir gâté son voyage. Le premier soir, je me suis rendu au fumoir et je l'ai trouvé à une table de jeu avec une demi-douzaine de jeunes gens qui partaient pour l'Europe la bourse pleine et le crâne vide. Il s'était installé pour récolter ; sa moisson aurait été fructueuse si je n'étais pas intervenu.

— Messieurs, leur ai-je dit, savez-vous avec qui vous êtes en train de jouer aux cartes ?

— Qu'est-ce que c'est que ce type ? s'est-il écrié. Mêlez-vous donc de vos propres affaires !

— Qui est-ce ? a interrogé l'un des jeunes niais.

— Sparrow MacCoy, le plus célèbre tricheur d'Amérique.

Il a bondi avec une bouteille à la main, mais il s'est rappelé qu'il était sous le pavillon du Vieux-Pays, et que la police de New York ne pouvait plus rien pour lui. La prison et l'échafaud le guettaient au cas où il se livrerait à des voies de fait ou tuerait quelqu'un ; d'autre part, à bord d'un paquebot, il n'avait aucun moyen de s'évader par la porte de service.

— Prouvez-moi ce que vous avez dit, vous !...

— À votre disposition ! ai-je répliqué. Si vous relevez la manche droite de votre chemise jusqu'à l'épaule, je prouverai que j'ai dit la vérité !

Il est devenu pâle comme un mort et n'a pas soufflé mot. Vous voyez, je connaissais quelques-uns de ses trucs, et je savais qu'une partie du mécanisme qu'utilisaient les tricheurs dans son genre consistait en un élastique le long du bras avec une pince juste au-dessus du poignet. C'est au moyen de cette pince qu'ils font disparaître de leurs mains les cartes dont ils veulent se débarrasser, tandis qu'ils leur substituent de meilleures cartes tirées d'une autre cachette. Je pensais bien qu'il avait employé cette ruse : j'étais tombé dans le mille. Il s'est dirigé vers la porte du fumoir et il est demeuré enfermé dans sa cabine pendant tout le voyage. Pour une fois j'avais possédé maître Sparrow MacCoy.

Mais il n'a pas été long à prendre sa revanche ; en effet, quand il s'est attaché à regagner son influence sur mon frère, il m'a nettement surclassé. Edward avait marché droit à Londres et il avait réussi quelques affaires de montres ; ce scélérat s'est à nouveau glissé entre l'honneur et lui. J'ai eu beau faire de mon mieux, ce mieux a été inutile. J'ai appris bientôt qu'un scandale avait éclaté dans l'un des hôtels de Northumberland Avenue : un touriste avait été dépouillé d'une grosse somme par deux tricheurs associés, et l'affaire avait été soumise à Scotland Yard. J'ai lu la nouvelle dans un journal du soir : j'ai acquis alors la certitude que mon frère et MacCoy avaient renoué avec leurs vieilles habitudes. Je me suis précipité chez Edward ; là, on m'a dit qu'il était parti avec un gentleman de grande taille (c'était évidemment MacCoy) en emportant toutes ses affaires. La logeuse les avait entendus donner plusieurs adresses au cocher de fiacre, la dernière étant la gare d'Euston, et elle avait surpris dans leur conversation le nom de Manchester. Elle pensait que c'était le lieu de leur destination.

Un coup d'œil sur l'indicateur m'a informé qu'ils avaient dû prendre l'express de cinq heures ; il y avait un omnibus à quatre heures trente-cinq, mais je n'avais plus le temps d'arriver pour celui-là. Je ne les ai vus ni dans le hall de la gare, ni dans l'express : sans doute avaient-ils pris l'omnibus de quatre heures trente-cinq. J'ai décidé alors d'aller à Manchester et de les rechercher dans les hôtels de là-bas. Peut-être une dernière adjuration à mon frère, au nom de tout ce qu'il devait à notre mère, serait-elle encore son salut. Mes nerfs étaient dans un état de tension extrême. J'ai allumé un cigare pour les calmer. Au même moment, juste à l'heure du départ, la portière de mon compartiment s'est ouverte : j'ai vu mon frère et MacCoy sur le quai.

Ils étaient déguisés tous les deux, et non sans motif puisque la police de Londres était alertée. MacCoy avait un grand col d'astrakan relevé ; on ne voyait que son nez et ses yeux. Mon frère était travesti en femme, avec une voilette sombre à mi-visage ; bien sûr je n'ai eu aucun mal à le reconnaître. J'ai sursauté. MacCoy m'a reconnu. Il a dit quelques mots. Le chef de train a refermé ma portière. Ils sont montés dans le compartiment voisin. J'ai essayé d'arrêter le train afin de les rejoindre ; mais les roues tournaient déjà ; c'était trop tard.

À la halte de Willesden, j'ai aussitôt changé de compartiment. Il semble que je n'aie pas été remarqué, ce qui n'a rien d'étonnant puisque la gare était pleine de monde. MacCoy, naturellement, m'attendait ; il avait consacré tout le temps du trajet entre Londres et Willesden à endurcir le cœur de mon frère, à le dresser contre moi. C'est du moins ce que j'imagine, car je ne l'ai jamais trouvé si irréductible, si inébranlable. J'ai essayé ceci, j'ai essayé cela ; je lui ai décrit l'avenir qui l'attendait dans une prison anglaise ; je lui ai dépeint le chagrin de sa mère quand je reviendrais avec de mauvaises nouvelles ; j'ai dit tout ce qui pouvait amollir sa résolution, mais en vain. Il était assis, ricanant, tandis que de temps à autre Sparrow MacCoy me décochait un sarcasme méprisant, ou encourageait mon frère à persévérer dans ses mauvaises résolutions.

— Pourquoi ne dirigez-vous pas un patronage ? me lança-t-il, avant de déclarer à Edward : Il croit que tu n'as aucune volonté. Il s'imagine que tu es encore un bébé et qu'il peut te diriger à son gré. Il vient seulement de découvrir que tu es un homme comme lui.

Voilà les mots qui m'ont fait perdre patience. Il y avait quelque temps que nous avions quitté Willesden. Pour la première fois de ma vie, je n'ai pas refréné mon humeur et mon frère a eu la révélation du côté rude de ma nature. Peut-être aurais-je mieux fait de le lui montrer plus tôt.

— Un homme ! ai-je répliqué. Ma foi, je suis heureux d'en recevoir l'assurance d'un de vos amis, Edward, car personne ne s'en douterait en vous voyant vêtu comme une pensionnaire. Je ne crois pas que dans tout le pays il existe de créature plus méprisable que vous, avec ce tablier de fillette sur le corps.

Il a rougi, car il était vaniteux et il redoutait le ridicule.

— Ce n'est qu'un cache-poussière ! m'a-t-il répondu en l'enlevant. Il fallait que les flics perdent ma trace : je n'avais pas le choix des moyens...

Il s'est débarrassé de la voilette et de sa toque, puis les a glissées avec le cache-poussière dans la valise brune.

— ... D'ailleurs je n'ai pas besoin de les remettre avant la ronde du chef de train, a-t-il ajouté.

— Vous ne les porterez plus jamais ! ai-je déclaré en jetant la valise par la fenêtre. Écoutez-moi bien : vous ne serez jamais une Marie-Jeanne, tant que je pourrai m'y opposer. S'il n'y a que ce travesti pour vous empêcher d'aller en prison, vous irez en prison !

C'était ainsi qu'il fallait lui parler. J'ai senti tout de suite que je prenais l'avantage. Sa souplesse le rendait beaucoup plus apte à céder à la brutalité qu'aux prières. Il a rougi de honte, ses yeux se sont remplis de larmes. Mais MacCoy avait vu que mon influence recommençait à jouer, et il était bien décidé à m'empêcher de marquer des points.

— C'est mon copain, et vous allez le laisser tranquille ! s'est-il écrié.

— C'est mon frère, et vous ne lui ferez plus de mal ! ai-je répondu. Je crois qu'un petit séjour en prison le délivrera de vous, et vous pouvez me faire confiance : vous n'y échapperez pas !

— Oh ! vous voudriez me moucharder, n'est-ce pas !

En même temps il a sorti son revolver. J'ai bondi pour lui saisir le bras, mais j'ai vu que je n'avais que le temps de sauter de côté : la balle m'a frôlé et elle a fauché mon malheureux frère en plein cœur.

Il est tombé sans un gémissement sur le plancher du compartiment ; MacCoy et moi, également bouleversés d'horreur, nous nous sommes agenouillés chacun d'un côté, en essayant de le rappeler à la vie. MacCoy tenait encore à la main son revolver chargé, mais sa fureur contre moi et ma colère contre lui avaient été anéanties par ce drame imprévu. C'est lui qui le premier a mesuré la gravité de la situation. Pour je ne sais quelle raison le train roulait très lentement : il a vu là l'occasion de s'échapper. En un instant il avait ouvert la portière et s'apprêtait à sauter. Mais j'ai été aussi prompt que lui ; je lui ai sauté dessus, tous deux nous sommes tombés du marchepied et nous avons roulé enlacés jusqu'au bas d'un remblai. Là je me suis cogné la tête contre une pierre, et je ne me souviens plus de rien. Quand j'ai repris connaissance, je gisais parmi des buissons, non loin de la voie ferrée, et quelqu'un me frictionnait la figure avec un mouchoir mouillé : c'était Sparrow MacCoy.

— Je n'ai pas pu vous abandonner, m'a-t-il dit. Je ne voulais pas avoir le même jour sur la conscience votre sang à tous deux. Vous aimiez votre frère, j'en suis sûr. Mais vous ne l'avez pas aimé le centième de ce que moi je l'aimais, bien que vous puissiez ironiser sur la manière dont je lui prouvais mon affection. N'importe : je trouve le monde diablement vide depuis qu'il est mort, et je me moque bien que vous me livriez au bourreau.

Il s'était foulé la cheville en tombant. Il était assis là, avec son pied qui lui refusait tout service, moi avec ma tête endolorie. Nous avons parlé, et parlé, jusqu'à ce que progressivement je me sois laissé pénétrer par quelque chose qui ressemblait à de la sympathie. À quoi bon venger la mort de mon frère au détriment d'un homme qu'elle endeuillait autant que moi ? Et puis, quand mon cerveau a recommencé à fonctionner normalement, j'ai compris que je ne pourrais rien entreprendre contre MacCoy qui se retournerait contre ma mère et moi. Comment le faire condamner sans livrer en pâture au public toute l'existence de mon frère ? Or, c'était justement ce que nous désirions éviter. J'ai donc troqué mon rôle de vengeur pour celui de conspirateur contre la justice. L'endroit où nous avions atterri était l'une de ces réserves de chasse comme on en trouve tant dans cette région ; pendant que nous avancions à l'aveuglette, je me suis surpris a consulter le meurtrier de mon frère sur le meilleur moyen d'étouffer l'affaire.

Tout en l'écoutant, j'ai réalisé qu'à défaut de papiers dans ses poches dont nous ignorions l'existence la police ne pourrait jamais l'identifier ou apprendre comment il était mort. Son billet était dans la poche de MacCoy ainsi qu'un ticket pour des bagages légers qu'il avait laissés à la consigne. Comme la plupart des Américains, il avait trouvé plus simple et plus économique d'acheter ce qu'il lui fallait à Londres ; son linge et ses vêtements étaient donc neufs et sans marques. La valise qui contenait le cache-poussière et que j'avais jetée par la fenêtre est peut-être tombée dans un fourré où elle est encore cachée, à moins qu'elle n'ait été trouvée par un pauvre hère ou par la police, qui n'en aurait pas parlé ; de toute façon les journaux de Londres ne m'ont rien appris sur son compte. Quant aux montres, elles étaient un assortiment du lot qui lui avait été confié pour ses affaires. Les avait-il emportées à Manchester afin de reprendre son métier de représentant ? Il est trop tard pour approfondir la question.

Je ne blâme pas la police de s'être trouvée en défaut. Je me demande comment elle aurait pu réussir. Il n'y avait qu'un petit indice qui lui aurait donné la clé de tout, mais il était mince ! Je veux parler de cette petite glace ronde qui a été trouvée dans la poche de mon frère. Naturellement, il arrive à beaucoup de jeunes gens d'emporter en voyage un miroir. Mais un joueur aurait pu vous dire qu'un tricheur utilise fréquemment une glace de ce genre. Si vous êtes assis légèrement en retrait d'une table de jeu, et si vous disposez sur vos genoux la glace tournée vers le haut, vous pouvez voir, lorsque vous donnez, toutes les cartes que vous distribuez à votre adversaire. C'est un truc du même genre que l'élastique au bras de Sparrow MacCoy. En reliant cette trouvaille avec les récentes fraudes de jeu dans les hôtels, la police aurait tenu l'un des bouts de la ficelle.

Je ne pense pas que j'aie encore grand-chose à expliquer. Nous sommes arrivés dans un village qui s'appelait Amersham ; nous avions l'air de deux gentlemen en promenade. Nous sommes ensuite repartis pour Londres ; MacCoy s'est rendu au Caire et moi je suis rentré en Amérique. Ma mère est morte six mois plus tard ; elle est morte en ignorant la vérité. Elle avait conservé l'illusion qu'Edward gagnait honnêtement sa vie à Londres ; je n'ai jamais eu le courage de la détromper. Il n'écrivait pas, certes ! Mais comme il n'avait jamais écrit que fort rarement, ma mère n'a pas fait la différence. Son nom est le dernier qu'elle ait prononcé.

Il me reste une chose à vous demander, monsieur, et je serais content qu'en échange de cette explication vous accédiez à ma requête. Vous vous rappelez cette bible qui a été découverte par les enquêteurs. Je la portais toujours dans la poche intérieure de ma veste, et elle a dû s'en échapper au cours de ma chute. Je lui attribue une grande valeur, car c'était notre bible de famille, avec ma date de naissance et celle de mon frère, écrites de la main de mon père sur la page de garde. Je voudrais que vous puissiez me la restituer : elle ne présente aucun intérêt pour quiconque. Si vous me l'adressez à X, Bassano's Library, Broadway, New York, elle me parviendra certainement.

On a perdu un train spécial*

La confession de Herbert de Lernac, actuellement condamné à mort à Marseille, a permis de voir clair dans l'une des affaires criminelles les plus inexplicables du siècle (affaire qui, je crois, n'a jamais eu de précédent dans aucun pays). Certes, les milieux officiels répugnent à en discuter, et la presse n'a guère reçu d'informations. Toutefois, la déclaration dc cct archicriminel se trouvant corroborée par les faits, nous tenons enfin la solution d'un problème ahurissant. Comme l'affaire remonte à huit ans, comme d'autre part son importance a été plus ou moins minimisée par une crise politique qui accaparait à l'époque l'attention du public, il ne nous paraît pas inutile de faire un exposé des événements, de ceux du moins dont nous avons vérifié l'authenticité. Nous les narrerons tels que nous les avons glanés dans les journaux de Liverpool, dans l'enquête ouverte sur John Slater, le mécanicien, et dans les dossiers qu'a courtoisement mis à ma disposition la London and West Coast Railway Company.

Le 3 juin 1890, M. James Bland, commissaire à la gare de Liverpool de la London and West Coast, était informé qu'un certain M. Louis Caratal désirait le voir. M. Louis Caratal était brun, de petite taille et d'âge moyen ; il marchait voûté comme s'il était affligé d'une déformation de la colonne vertébrale. Un ami d'une stature imposante l'accompagnait ;

---

* Titre original : *The Story of the Lost Specials*, traduit par Évelyne Colomb.

le respect le plus attentif qu'il lui témoignait attestait sa qualité de subordonné. Cet ami, ou ce compagnon de voyage, dont le nom ne fut pas prononcé, était un étranger d'origine vraisemblablement espagnole ou sud-américaine, à en juger par son teint basané. Signe particulier : il portait dans sa main gauche une petite serviette de cuir noir, et un employé du bureau central remarqua que cette serviette était attachée au poignet par une courroie. Sur le moment personne n'attacha de l'intérêt à l'observation qu'il en fit, mais les événements ultérieurs se chargèrent de lui accorder l'importance qu'elle méritait. M. Louis Caratal fut introduit dans le bureau de M. James Bland ; son compagnon resta à la porte.

M. Caratal exposa sa requête. Il arrivait à l'instant d'Amérique Centrale. Des affaires de la plus haute gravité le réclamaient à Paris : il n'avait pas le droit de perdre une heure. Or, il avait manqué l'express de Londres. Il lui fallait donc un train spécial. Le prix ? Il paierait ce qui lui serait demandé. L'argent n'avait aucune importance. Le temps seul comptait.

M. Bland sonna, convoqua M. Potter Hood, préposé au mouvement des trains, et régla en cinq minutes la chose avec lui. Le spécial partirait dans trois quarts d'heure ; car il fallait trois quarts d'heure pour libérer une voie. La puissante locomotive Rochdale (n° 247 sur les livres de la compagnie) fut attachée à deux voitures, et un fourgon accroché en queue. La première voiture n'était là que pour atténuer les secousses. La deuxième voiture était divisée, comme d'habitude, en quatre compartiments : l'un de première classe, le second de première classe pour fumeurs, le troisième de deuxième classe, le dernier de deuxième classe pour fumeurs. Le premier compartiment, le plus proche de la locomotive, fut attribué aux voyageurs. Les trois autres demeurèrent vides. Le chef du train spécial s'appelait James McPherson et il était au service de la compagnie depuis quelques années. Le chauffeur, William Smith, était un nouveau.

Après avoir quitté le bureau du commissaire de gare, M. Louis Caratal rejoignit son compagnon. Tous deux manifestaient la plus vive impatience. Ils payèrent l'argent demandé, soit cinquante livres et cinq shillings, au tarif normal de cinq shillings le mille. Ils se firent indiquer la voiture et s'installèrent aussitôt dans leur compartiment, bien qu'il leur eût été indiqué que leur départ n'aurait pas lieu immédiatement. Dans l'intervalle, le bureau que M. Caratal venait de quitter était le théâtre d'une coïncidence extraordinaire.

Dans un grand centre commercial, une demande de train spécial n'avait rien d'exceptionnel. Mais deux demandes de train spécial dans le même après-midi, voilà qui n'était pas courant ! Or, à peine M. Bland en avait-il terminé avec son premier voyageur qu'un deuxième se présenta pour lui adresser une requête analogue. M. Horace Moore, qui avait l'allure martiale d'un officier, lui déclara que, sa femme venant de tomber gravement malade à Londres, il désirait partir sans perdre un instant. Sa détresse, son anxiété étaient si visibles que M. Bland se mit en quatre pour lui donner satisfaction. Il n'était pas question de chauffer un deuxième train spécial, car les services étaient déjà quelque peu perturbés par le premier. Mais M. Moore pourrait partager avec M. Caratal les frais du train spécial, et s'installerait dans l'autre compartiment vide de première classe si M. Caratal s'opposait à sa présence dans celui qu'il occupait. Un tel arrangement n'aurait pas dû, en principe, soulever de difficultés. M. Caratal, pourtant, à qui cette suggestion fut présentée par M. Potter Hood, refusa net de la prendre en considération. Il cria que ce train était à lui, et il en exigeait l'exclusivité. Aucun argument ne put faire fléchir son entêtement désobligeant. Le compromis envisagé dut donc être abandonné, et M. Horace Moore quitta la gare au désespoir : il ne lui restait plus qu'à prendre l'omnibus qui quitte Liverpool à six heures. À quatre heures trente et une exactement à l'horloge de la gare, le train spécial, chargé du difforme M. Caratal et de son gigantesque compagnon, s'ébranlait à la gare de Liverpool. La voie était libre. Il ne devait pas s'arrêter avant Manchester.

Les trains de la London and West Coast Railway Company empruntaient les voies d'une autre compagnie jusqu'à Manchester, où le train spécial aurait dû arriver avant six heures. À six heures et quart l'étonnement fut grand et la consternation se peignit sur les visages des employés de Liverpool à la réception d'un télégramme de Manchester leur annonçant qu'il n'était pas encore arrivé. Une demande de renseignements fut alors adressée à Saint Helens, qui se trouve au bout du premier tiers de la distance entre les deux villes. Saint Helens envoya la réponse suivante :

> *À James Bland, commissaire, gare L. & W. C., Liverpool. Train spécial passé ici à 4 h 52, heure prévue. Dowser, Saint Helens.*

Ce télégramme fut reçu à six heures quarante. À six heures cinquante Manchester émit un deuxième message :

> *Aucune nouvelle du train spécial annoncé par vous.*

Et puis, dix minutes plus tard, un troisième message, plus déroutant :

> *Supposons erreur concernant projet train spécial. Train local de Saint Helens devant suivre vient d'arriver et n'a pas vu spécial. Ayez obligeance télégraphier instructions Manchester.*

L'affaire prenait un tour confondant. Évidemment, sous un certain angle, le dernier télégramme apportait quelque soulagement aux autorités de Liverpool. Si un accident était survenu au train spécial, le train local roulant sur la même voie l'aurait vu ! Mais pourtant, s'il n'y avait pas eu accident, quelle autre hypothèse envisager ? Où pouvait être ce train ? Avait-il bifurqué sur une voie secondaire pour un motif impérieux afin de laisser passer le train local qui le suivait ? Cette éventualité n'était pas à écarter, pour le cas où une légère réparation aurait dû être effectuée d'urgence. Un télégramme fut expédié à toutes les gares entre Saint Helens et Manchester ; le commissaire et le chef du mouvement des trains guettèrent les réponses sur la bande de papier, en proie à l'anxiété que l'on devine. Elles arrivèrent en bon ordre :

Train spécial passé ici cinq heures. Collins Green.

Train spécial passé ici cinq heures six. Earlestown.

Train spécial passé ici cinq heures dix. Newton.

Train spécial passé ici cinq heures vingt. Kenyon.

Aucun train spécial passé ici. Barton Moss.

Les deux chefs de service se regardèrent, ahuris.

— En trente ans de travail, dit M. Bland, voilà qui est unique !

— Absolument sans précédent et inexplicable, monsieur ! Le train s'est trompé de voie entre Kenyon et Barton Moss.

— Cependant il n'y a pas d'embranchement entre ces deux gares, si ma mémoire est bonne ! Le train spécial a dû dérailler.

— Mais comment le train suivant ne l'aurait-il pas vu ?

— Nous n'avons pas le choix entre les hypothèses, monsieur Hood ! Il a déraillé, voilà tout ! Il est possible que le train local ait observé un détail qui éclairera un peu cette étrange histoire. Nous allons envoyer à Manchester une demande de renseignements, et à Kenyon des instructions pour que la voie soit immédiatement fouillée jusqu'à Barton Moss.

La réponse de Manchester parvint au bout de quelques minutes :

> *Aucune nouvelle du train spécial manquant. Le mécanicien et le chef de train de l'omnibus sont formels. Aucun accident entre Kenyon et Barton Moss. Voie complètement dégagée. Pas d'indication anormale. Manchester.*

— Ce mécanicien et ce chef de train auront de mes nouvelles ! grommela M. Bland. Il y a eu un accident, une catastrophe, et ils n'ont rien vu. Il est évident que le spécial a déraillé sans avoir obstrué la voie. Comment ? Voilà ce qui me dépasse ! Mais c'est ce qui a dû se produire. Et nous allons recevoir sous peu un message de Kenyon ou de Barton Moss nous annonçant qu'il a été retrouvé au bas d'un remblai.

Mais la prophétie de M. Bland n'était pas destinée à se réaliser. Une demi-heure s'écoula, puis le télégraphe communiqua le message suivant du chef de gare de Kenyon :

> *Aucune trace du train spécial. Il est tout à fait certain qu'il est passé par ici et qu'il n'est pas arrivé à Barton Moss. Nous avons détaché une locomotive d'un train de marchandises et j'ai moi-même descendu la voie : elle est parfaitement libre ; nulle part trace d'accident.*

Dans sa perplexité, M. Bland s'arracha une poignée de cheveux.

— Nous sommes en pleine loufoquerie, Hood ! s'exclama-t-il. Est-ce qu'un train, en Angleterre, peut s'évaporer en plein jour ? Absurde, voyons ! Absurde ! Une locomotive, un tender, deux voitures, un fourgon, cinq hommes… tout cela perdu sur une voie en ligne droite ! Si dans une heure nous n'avons rien obtenu de décisif, j'emmène l'inspecteur Collins et je descendrai la voie moi-même !

Enfin une nouvelle positive arriva, sous la forme d'une autre dépêche émanant de Kenyon.

> *Sommes au regret d'informer que le cadavre de John Mater, mécanicien du train spécial, vient d'être découvert parmi les ajoncs, à quatre kilomètres de la gare. Est tombé de sa machine. A dévalé le remblai. A roulé dans les ajoncs. Des blessures à la tête, consécutives à sa chute, semblent avoir provoqué sa mort. Les environs viennent d'être soigneusement inspectés. Aucune trace du train spécial manquant.*

L'Angleterre était, nous l'avons dit, en pleine crise politique, et l'attention du public se trouvait également distraite par les événements de Paris où un énorme scandale menaçait de renverser le gouvernement et de compromettre la réputation de nombreux hommes politiques français. Les journaux ne parlaient que de cela, et la disparition du train spécial souleva beaucoup moins de curiosité qu'elle n'en aurait provoqué en des temps plus sereins. Le côté invraisemblable de la nouvelle atténua son retentissement, et les journaux étaient peu enclins à croire les faits tels qu'ils leur étaient rapportés. Plus d'un journaliste londonien traita l'affaire de canular ingénieux... Il fallut l'enquête judiciaire ouverte sur la mort du malheureux mécanicien (enquête qui n'aboutit à aucun résultat important) pour convaincre l'opinion de la réalité.

M. Bland, qu'accompagna l'inspecteur Collins, détective principal au service de la compagnie, descendit le soir même jusqu'à la gare de Kenyon. Leurs recherches se poursuivirent tout le lendemain. Elles se soldèrent par un résultat purement négatif. Non seulement ils ne trouvèrent aucune trace du train spécial manquant, mais ils ne découvrirent rien qui pût apporter un début d'explication. Rédigé dans ces circonstances, le rapport officiel de l'inspecteur Collins (que j'ai sous les yeux) révéla toutefois que les hypothèses étaient plus nombreuses qu'on ne l'aurait cru.

« Entre Kenyon et Barton Mess, écrivait-il, le pays est couvert de forges et de mines de houille. Quelques-unes sont en exploitation. D'autres ont été abandonnées. Il n'y en a pas moins de douze qui possèdent des lignes à voie étroite où se véhiculent des wagonnets jusqu'à la voie principale. Laissons-les de côté. Mais il y en a sept qui ont, ou ont eu, des lignes particulières à écartement normal qui descendent jusqu'à la voie principale à laquelle elles se raccordent par aiguillages, afin que leur production soit convoyée depuis le carreau de la mine jusqu'aux centres de distribution. Dans chaque cas, ces lignes n'ont que quelques kilomètres de longueur. Sur sept, quatre aboutissent à des mines épuisées ou du moins à des puits d'extraction hors de service. Ce sont les mines de Redgauntlet, Hero, Slough of Despond et Heartsease, cette dernière ayant été dix ans plus tôt l'une des principales mines du Lancashire. Toutes les quatre peuvent être éliminées de notre enquête car, pour éviter des accidents possibles, les rails les plus proches de la voie principale ont été retirés, et il n'y a plus de raccordement. Restent trois autres voies secondaires allant : a) vers les forges de Carnstock ; b) vers la mine de Big Ben ; c) vers la mine de la Persévérance.

« La voie qui mène vers la mine de Big Ben n'a pas plus de quatre cents mètres de long ; elle se termine sur un mur de charbon qui attend d'être enlevé du carreau de la mine. On n'a jamais vu ni entendu parler par là d'un train spécial. La voie qui mène vers les forges de Carnstock a été bloquée toute la journée du 3 juin par seize wagons de minerai. C'est une voie unique : rien n'aurait pu passer. Quant à la voie vers la mine de la Persévérance, c'est une double voie large sur laquelle a lieu un trafic considérable, car le rendement de la mine est très important. Le 3 juin, le trafic s'est déroulé comme d'habitude. Des centaines d'hommes, y compris un groupe de poseurs de voies, ont travaillé le long des quatre kilomètres de la ligne. Il est inconcevable qu'un train non annoncé ait pu emprunter cette voie sans avoir attiré l'attention générale. On peut observer pour conclure que cet embranchement est situé plus près de Saint Helens que l'endroit où a été découvert le cadavre du mécanicien. Il y a donc tout lieu de croire que le train avait déjà dépassé ce raccordement quand il lui arriva malheur.

« Pour John Slater, aucun indice n'a pu être relevé sur son corps ou d'après ses blessures. Nous pouvons dire seulement que, selon les apparences, il a trouvé la mort en tombant de sa machine. Mais pourquoi est-il tombé ? Qu'est-il advenu de la locomotive après sa chute ? Voilà deux questions sur lesquelles je ne me sens pas qualifié pour formuler une opinion. »

Et l'inspecteur terminait son rapport en offrant sa démission à l'administration, car il avait été grandement vexé par les critiques et les sarcasmes de la presse de Londres.

Pendant un mois la police et la compagnie poursuivirent leurs enquêtes sans obtenir le moindre résultat. Une récompense fut offerte. Un acquittement promis en cas de meurtre. En vain. Tous les matins le public ouvrait son journal en espérant qu'un mystère aussi grotesque était enfin éclairci. Mais les semaines passaient, et l'énigme restait entière. En plein jour, au cours d'un après-midi de juin, dans la partie de l'Angleterre où la densité de la population était la plus forte, un train et ses occupants avaient disparu aussi complètement que si un expert en chimie subtile les avait volatilisés. D'ailleurs, parmi les hypothèses variées que lança la presse, certaines firent sérieusement état d'agents surnaturels ou extra-naturels ; un journaliste insinua même que le difforme M. Caratal était sans doute un personnage mieux connu sous un nom moins bourgeois. D'autres rédacteurs accusèrent son compagnon au teint basané d'être l'auteur du méfait, mais personne ne fut capable de formuler par des mots la nature de ce méfait.

Une ou deux suggestions apparurent néanmoins assez sensées. Un détective amateur assez célèbre à l'époque essaya, dans une lettre au *Times*, de traiter l'affaire avec une logique à prétention scientifique. Nous n'en citerons ici qu'un extrait. Le curieux peut toujours se référer au numéro du 3 juillet : il la trouvera *in extenso.*

« C'est l'un des principes élémentaires du raisonnement pratique, observait-il, que, l'impossible étant éliminé, le reste, *aussi improbable qu'il paraisse*, doit contenir la vérité. Il est certain que le train a dépassé la gare de Kenyon. Il est certain qu'il n'a pas atteint Barton Moss. Il est au plus haut point improbable, mais cependant possible, qu'il ait emprunté l'une des sept voies secondaires praticables. Il est évidemment impossible à un train de rouler ailleurs que sur des rails. Donc nous pouvons réduire nos "improbabilités" à trois : celles qui concernent les voies aboutissant aux forges de Carnstock, à Big Ben, à la Persévérance. Y a-t-il une société secrète de mineurs, une *Camorra* anglaise, qui soit capable de détruire à la fois un train et ses passagers ? C'est improbable, mais ce n'est pas impossible. J'avoue que je ne puis pas envisager une autre solution. Je conseillerais certainement à la compagnie de concentrer tous ses efforts dans la surveillance de ces trois voies et des ouvriers qui travaillent à leur terminus. Une inspection méticuleuse des offices de prêts sur gages du district pourrait également apporter quelques indications précieuses. »

Une telle suggestion émanant d'une autorité reconnue provoqua une émotion considérable, elle suscita une opposition farouche de la part de certains, qui la qualifièrent de calomnie ridicule et qui s'érigèrent en défenseurs de travailleurs honnêtes et méritants. « L'autorité » en question défia ses censeurs de présenter des explications plus plausibles. En réplique à ce défi, deux autres opinions furent émises (*Times*, 7 et 9 juin). La première supposait que le train avait déraillé et s'était couché dans le canal du Lancashire et du Staffordshire, qui coule parallèlement à la voie ferrée pendant quelques centaines de mètres. Cette opinion ne fut pas retenue, étant donné la profondeur du canal, bien trop insuffisante pour dissimuler un train, même réduit à deux voitures. Le deuxième correspondant du *Times* écrivit pour attirer l'attention sur la serviette qui constituait apparemment l'unique bagage des voyageurs : un nouvel explosif d'une puissance de désintégration formidable n'y aurait-il pas été placé ? Mais une hypothèse selon laquelle tout le train aurait pu être réduit en poussière sans que les rails fussent le moins du monde abîmés était d'une absurdité évidente. L'enquête en était arrivée à ce stade désespéré lorsqu'un événement imprévu se produisit : Mme McPherson reçut une lettre de son mari, James McPherson, qui avait opéré sur le train manquant en qualité de chef de convoi.

La lettre, datée du 5 juillet 1890, avait été postée à New York et elle parvint à sa destinataire le 14 juillet. Des sceptiques émirent des doutes sur son authenticité, mais Mme McPherson reconnut formellement l'écriture de son mari. D'autre part, le fait que la lettre contenait un envoi de fonds de cent dollars en billets de cinq dollars suffisait à écarter l'idée d'une mystification ! Aucune adresse ne figurait sur la lettre, qui était rédigée comme suit :

Ma chère femme,

J'ai beaucoup réfléchi. C'est très dur de t'abandonner. Et d'abandonner également Lizzie. J'essaie de ne pas trop y penser, mais ça revient toujours. Je t'envoie un peu d'argent que tu changeras contre vingt livres anglaises. Tu devrais avoir assez pour traverser l'Atlantique, toi et Lizzie, et tu trouveras que les bateaux de Hambourg qui font escale à Southampton sont très bons et moins chers que ceux de Liverpool. Si tu peux t'arranger pour venir et descendre à la pension Johnston, je tâcherai de t'écrire pour te dire où nous pourrons nous retrouver, mais j'ai beaucoup de difficultés en ce moment, et je ne suis pas très heureux : je ne peux pas renoncer à vous deux. Alors, rien de plus pour l'instant, de la part de ton mari aimant,

James McPherson.

Pendant un certain temps on se plut à espérer que cette lettre amènerait l'éclaircissement de toute l'affaire. D'autant plus qu'il fut établi qu'un passager qui ressemblait comme deux gouttes d'eau au chef du train manquant était monté à Southampton sous le nom de Summers, à bord du paquebot *Vistula,* de la ligne Hambourg-New York, qui quitta le 7 juin l'Angleterre. Mme McPherson et sa sœur Lizzie Dolton se rendirent à New York et s'établirent à la pension Johnston, comme indiqué. Elles y séjournèrent trois semaines sans avoir la moindre nouvelle de James McPherson. Il est possible que des commentaires de presse maladroits l'aient averti que la police allait se servir des deux femmes comme appât. Ce qui est certain, c'est qu'il n'écrivit pas et qu'il ne se montra pas ; sa femme et sa belle-sœur furent obligées de rentrer à Liverpool.

Et l'affaire en resta là. Elle en resta là jusqu'à cette année 1898. Pour aussi incroyable que cela semble, rien pendant ces huit ans ne transpira qui aurait pu expliquer l'extraordinaire disparition du train spécial qui avait à bord M. Caratal et son compagnon. D'après des enquêtes sérieuses sur les antécédents des deux voyageurs, M. Caratal était fort connu en tant que financier et agent politique en Amérique Centrale. Pendant son voyage vers l'Europe, il avait manifesté une hâte incroyable pour atteindre Paris. Son compagnon, qui figurait sur la liste des passagers sous le nom d'Eduardo Gomez, était un spécialiste de la violence, et il avait la réputation d'un aventurier et d'un homme de main : toutefois, il avait été loyalement dévoué aux intérêts de M. Caratal, qui l'employait en qualité de garde du corps. On peut ajouter que Paris ne communiqua aucun renseignement concernant l'objet possible du voyage précipité de M. Caratal.

Voilà résumés les seuls faits connus jusqu'à la publication par les journaux de Marseille de la récente confession de Herbert de Lernac, actuellement condamné à mort pour avoir assassiné un commerçant nommé Bonvalot.

Cette déclaration est la suivante :

Ce n'est pas par orgueil ni pour me vanter que je vais parler. Si j'étais mû par ce mobile je pourrais raconter une douzaine d'actions d'éclat dont j'ai été le héros et qui sont tout aussi merveilleuses. Mais je livre cette histoire afin que certains personnages de Paris puissent comprendre que moi, qui suis capable d'expliquer ici ce qui est arrivé à M. Caratal, je suis également à même de dire pour quels intérêts et à la requête de qui j'ai agi, si la commutation de peine que j'attends tardait à m'être signifiée. Prenez garde, messieurs ! Écoutez mon avertissement avant qu'il ne soit trop tard ! Vous connaissez Herbert de Lernac : vous savez qu'il tient parole. Dépêchez-vous, sinon vous êtes perdus !

Pour le moment je ne citerai pas de noms ! Si vous saviez de qui il s'agit vous seriez bien étonnés ! Je me bornerai à dire ce que j'ai fait. À l'époque, j'ai été loyal vis-à-vis de mes patrons. Me témoigneront-ils maintenant la même loyauté ? Je l'espère. Tant que je ne serai pas certain de leur trahison, ces noms qui révolutionneraient l'Europe ne seront pas divulgués. Mais le jour où ils me trahiront !... Suffit : je n'en dis pas davantage.

Donc, en 1890, il y eut un procès célèbre à Paris, en rapport avec un monstrueux scandale politique et financier. L'honneur et la carrière de nombreux leaders français étaient compromis. Vous avez déjà vu des quilles toutes droites, rigides, compassées, inflexibles. Et puis voilà la boule, lancée de loin, et pop, pop, pop !... vos quilles s'écroulent sur le plancher. Eh bien ! représentez-vous quelques-uns des grands hommes de la France sous l'aspect de ces quilles, et ce M. Caratal comme la boule projetée de loin. S'il arrivait, alors il y aurait du pop, pop, pop ! pour toutes les quilles. Il fut décidé qu'il n'arriverait pas à Paris.

Je ne les accuse pas tous d'avoir sciemment voulu ce qui allait se produire. Il y avait, sur le tapis, comme je l'ai dit, de grands intérêts financiers autant que politiques. Un syndicat fut constitué pour régler l'affaire. Certains adhérèrent au syndicat sans avoir tout à fait compris quel était son objectif. Mais d'autres réalisèrent tout de suite, et ils peuvent m'en croire : je n'ai pas oublié leurs noms ! Ils avaient été avertis de l'arrivée de M. Caratal bien avant qu'il n'eût quitté l'Amérique du Sud, et ils savaient que les preuves qu'il apportait signifiaient pour de bon leur ruine à tous. Le syndicat disposait de fonds illimités. Absolument illimités, comprenez-vous ? Ils se mirent en quête d'un agent capable d'exercer ce pouvoir formidable. L'élu devait être inventif, résolu, souple : un homme comme on n'en trouve pas deux sur un million. Ils arrêtèrent leur choix sur Herbert de Lernac. Je reconnais qu'ils avaient raison.

Ma tâche consistait à choisir mes subordonnés, à utiliser librement la puissance que donne l'argent, et à faire en sorte que M. Caratal n'arrivât jamais à Paris. Avec l'énergie qui me caractérise, je m'attaquai à ma mission dans l'heure qui suivit mes instructions. Les dispositions que je pris étaient sans conteste les meilleures.

Un homme de confiance fut aussitôt dépêché en Amérique du Sud afin d'accompagner M. Caratal pendant son voyage de retour. S'il était arrivé à temps, jamais le bateau n'aurait touché Liverpool ; mais hélas ! le bateau était déjà parti quand mon agent mit le pied en Amérique. J'armai un petit brick pour l'intercepter, mais je n'eus pas plus de chance. Comme tous les grands organisateurs, j'avais toutefois prévu l'échec, et j'avais échafaudé un certain nombre de projets dont l'un ou l'autre devait nécessairement réussir. Ne sous-estimez pas les difficultés de mon entreprise, et n'allez pas vous imaginer qu'un vulgaire assassinat aurait fait l'affaire ! Nous avions à détruire non seulement M. Caratal, mais les documents de M. Caratal, et aussi les compagnons de M. Caratal, si nous avions des motifs valables de croire qu'il leur avait communiqué ses secrets. Rappelez-vous aussi qu'ils étaient sur leurs gardes. Vraiment ce travail-là était tout à fait digne de moi : c'est toujours, en effet, au moment où un autre flancherait que ma maîtrise s'affirme incomparable.

J'étais parfaitement prêt à réceptionner M. Caratal à Liverpool. J'y tenais absolument, car j'avais appris qu'il s'était assuré à partir de Londres une escorte considérable. L'action devait intervenir entre le moment où il poserait le pied sur le quai de Liverpool et son arrivée à Londres, au terminus de la London and West Coast. Nous élaborâmes six plans, tous plus minutieux les uns que les autres, en décidant d'opter pour celui qui nous paraissait le plus opportun. Quoi qu'il décidât, nous serions prêts. S'il restait à Liverpool, nous étions parés. S'il prenait un train ordinaire, un express, un train spécial, tout était prévu. Les choses avaient été organisées dans le moindre détail.

Vous pensez bien que je ne pouvais pas tout faire moi-même. Que connaissais-je, par exemple, des voies ferrées anglaises ? Mais avec de l'argent on se procure n'importe quoi dans n'importe quelle partie du monde ; j'eus bientôt pour m'aider l'un des cerveaux les plus subtils de l'Angleterre. Je tairai son nom, mais il serait de ma part déloyal de revendiquer pour moi seul tout le crédit de cette affaire. Mon allié anglais était à la hauteur. Il connaissait à fond la ligne de la London and West Coast et il enrôla une bande d'ouvriers dévoués et intelligents. À lui revint le mérite de l'idée : mon jugement ne fut sollicité que pour les détails. Nous corrompîmes plusieurs employés, dont McPherson, qui était le plus important car, selon toute probabilité, ce serait lui qui serait désigné pour être le chef d'un train spécial. Stoler, le chauffeur, était aussi à notre service. John Slater, le mécanicien, avait été contacté, mais nous n'insistâmes pas pour l'acheter, car il était dangereusement têtu. Nous n'avions pas la certitude que M. Caratal prendrait un train spécial, mais nous envisagions la chose comme extrêmement probable puisqu'il voulait absolument arriver à Paris le plus tôt possible. Nous fîmes donc des préparatifs spéciaux en vue de cette éventualité ; tout était mis au point bien avant que son bateau ne fût en vue des côtes anglaises. Peut-être cela vous amusera-t-il de savoir qu'à bord du bateau pilote qui amena le paquebot à l'amarrage il y avait un de mes agents.

Dès que Caratal mit le pied à Liverpool, nous nous aperçûmes qu'il flairait un péril et qu'il était sur ses gardes. Il avait choisi pour l'accompagner un type dangereux, qui s'appelait Gomez, qui était armé et disposé à se servir de ses armes. Ce Gomez portait les papiers confidentiels de Caratal et, visiblement, il était déterminé à les défendre, eux et son maître. Caratal l'avait probablement mis dans sa confidence ; faire disparaître Caratal sans faire disparaître Gomez aurait donc été un gaspillage d'énergie. La nécessité commandait qu'ils fussent voués au même destin. Nos plans se trouvèrent grandement facilités lorsqu'ils réclamèrent un train spécial. Sur ce train spécial deux employés sur trois étaient à notre service et payés à un tarif qui assurait leur indépendance pour la vie entière. Je n'irai pas jusqu'à dire que les Anglais sont plus honnêtes qu'un autre peuple, mais je les ai trouvés plus chers à acheter.

J'ai déjà parlé de mon agent anglais, qui est promis à un magnifique avenir s'il ne souffre pas un jour, brutalement, de la gorge... Il s'était chargé de toute l'affaire à Liverpool ; moi, je m'étais établi à l'auberge de Kenyon, attendant pour agir un message chiffré. Quant l'arrangement du train spécial fut conclu, mon agent me télégraphia aussitôt et m'avertit que j'eusse à me tenir tout prêt. Lui-même, sous le nom de Horace Moore, se précipitait pour solliciter un deuxième train spécial, avec l'espoir qu'il ferait partie du convoi de M. Caratal, ce qui aurait pu, le cas échéant, nous être utile. Si, par exemple, notre grand coup avait échoué, mon agent les aurait tués tous les deux et il aurait détruit leurs documents. Mais Caratal, méfiant, refusa d'admettre un autre passager. Mon agent quitta donc la gare, y rentra par une autre porte, s'introduisit à contre-voie dans le fourgon du train spécial où il retrouva McPherson, le chef de train.

Avant d'aller plus loin, laissez-moi vous éclairer sur mon activité. Depuis je ne sais combien de jours tout avait été préparé : il ne manquait plus que la dernière touche de la finition. La voie secondaire que nous avions choisie avait jadis été raccordée à la voie principale, mais le raccordement n'existait plus. En fait, nous n'avions qu'à replacer quelques rails pour le reconstituer. Ces rails avaient été amenés le plus près possible, sans que personne les eût vus : il ne restait plus qu'à opérer le raccordement et mettre l'aiguillage en position. Les traverses n'avaient jamais été retirées ; les rails, les éclisses, les rivets étaient prêts : nous les avions prélevés sur un tronçon abandonné. Avec mon équipe d'ouvriers, peu nombreux mais spécialisés, nous avions tout arrangé bien avant le passage du train. Quand il arriva, il s'engagea sur la voie secondaire avec une telle aisance que les deux passagers ne remarquèrent même pas la légère secousse provoquée par l'aiguillage.

Selon notre plan, Smith, le chauffeur, devait chloroformer John Slater, le mécanicien, afin qu'il disparût avec les autres. Sur ce seul point l'exécution fut inférieure à la conception. (Je ne parle pas de la criminelle imbécillité de McPherson écrivant à sa femme.) Notre chauffeur fut si maladroit dans son agression que Slater tomba, en se débattant, de la locomotive. La chance était avec nous : il se rompit le cou dans sa chute. Tout de même, il demeure une sorte de tache sur ce qui autrement aurait été l'un de ces parfaits chefs-d'œuvre que seule une silencieuse admiration mérite de contempler. L'expert criminel ne trouvera dans notre combinaison qu'un seul point faible : John Slater. L'homme que je suis a remporté assez de succès pour se payer le luxe d'être sincère : je désigne donc du doigt John Slater, et je proclame qu'il fut la paille dans notre pur métal.

Mais notre train spécial avait bifurqué sur la voie secondaire qui avait à peu près deux kilomètres de longueur et qui aboutissait à la mine abandonnée de Heartsease, l'une des plus vastes mines de charbon d'Angleterre. Vous vous étonnez que personne n'ait vu le train roulant sur cette voie désaffectée ? Je vous répondrai que, sur toute sa longueur, la voie emprunte une tranchée profonde et que, à moins de se trouver sur le talus, personne n'aurait pu soupçonner son passage. Mais il y avait quelqu'un sur le talus. C'était moi. Je puis donc vous dire ce que j'ai vu.

Un sous-ordre était resté à l'aiguillage pour diriger l'opération locale, si importante ! Il avait avec lui quatre hommes armés : si le train avait déraillé, hypothèse que nous avions envisagée étant donné la rouille du matériel, ils leur seraient tombés dessus. Quand il vit le train s'engager paisiblement sur la voie secondaire, il m'abandonna la suite des opérations. J'attendais en un point d'où je pouvais surveiller le puits de la mine. J'étais armé. J'avais avec moi deux compagnons armés. Vous comprenez, j'étais un prévoyant.

Au moment où le train allait atteindre la voie secondaire, Smith, le chauffeur, avait ralenti la machine, puis, après l'avoir rembrayée à toute vitesse, il avait sauté, en compagnie de McPherson et de mon lieutenant anglais, avant qu'il fût trop tard. Peut-être fut-ce ce ralentissement qui alerta les voyageurs, mais lorsqu'ils mirent la tête à la portière le train était reparti à toute vitesse. Je souris encore à la pensée de leur ahurissement : que ressentiriez-vous si, regardant par la portière d'un wagon de luxe, vous vous aperceviez subitement que les rails sur lesquels roule votre train sont tout rouillés, rongés, rougis et jaunis ? Ils durent avoir le souffle coupé quand ils s'aperçurent que ce n'était pas Manchester, mais la Mort qui allait les accueillir au terminus ! Le train roulait à une vitesse fantastique ; il roulait, il tanguait sur cette voie pourrie ; les roues gémissaient horriblement contre la rouille. Ils passèrent près de moi. Je pus distinguer leurs visages. Caratal priait… Du moins je crois qu'il priait, car il y avait quelque chose comme un chapelet qui dansait au bout de ses doigts. L'autre rugissait. On aurait dit un taureau qui renifle le sang de l'abattoir. Il nous vit debout sur le talus. Il agita ses bras comme un fou. Puis il se tordit le poignet et jeta sa serviette par la fenêtre, dans notre direction. Bien sûr, il n'y avait pas à se tromper sur la signification de ce geste : il nous abandonnait les documents et il nous promettait le silence si nous leur laissions la vie sauve. Nous n'aurions pas demandé mieux, si nous avions pu. Mais les affaires sont les affaires. Et puis, le train avait échappé à notre contrôle comme au leur.

Gomez cessa de hurler lorsque le train gémit en prenant le virage et qu'ils distinguèrent la gueule noire de la mine qui bâillait devant eux. Nous avions retiré les planches qui la recouvraient d'habitude, et nous avions déblayé toute l'entrée. Les rails avaient été, autrefois, prolongés tout près du puits afin de faciliter le chargement du charbon. Nous n'avions eu qu'à en ajouter deux ou trois : la voie atteignait le bord du puits. En fait, les longueurs ne concordant pas exactement, notre voie se terminait à un mètre au-dessus du vide. Nous voyions toujours les deux visages à la portière : Caratal en bas, Gomez au-dessus. Tous deux étaient devenus muets. Et pourtant ils ne pouvaient pas se retirer de la portière. Ce qu'ils voyaient semblait les paralyser.

Je m'étais demandé comment le train, roulant à grande vitesse, aborderait le puits de mine. J'attendais avec impatience de voir ce qui arriverait. L'un de mes compagnons pensait qu'il le franchirait positivement sur sa lancée. Ma foi, il ne s'en fallut pas de beaucoup qu'il réussît ! Heureusement, son saut fut un peu court, et les tampons de la locomotive heurtèrent l'autre bord du puits dans un fracas épouvantable. La cheminée s'envola dans les airs. Le tender, les voitures, le fourgon s'écrasèrent en un seul fouillis qui, avec ce qui demeurait de la machine, boucha pendant environ une minute l'ouverture du puits. Puis quelque chose céda au milieu, et toute la masse de fer vert, de charbons fumants, de cuivres, de roues, de carrosserie et de coussins se précipita au fond de la mine. Nous entendîmes toute la gamme des bruits de choc quand les débris se heurtèrent aux parois ; enfin, au bout d'un long moment, surgit un mugissement sourd ; les restes du train spécial étaient entrés en contact avec le fond. La chaudière explosa sans doute, car un coup de tonnerre éclata après le mugissement, et un nuage épais de vapeur et de fumée remonta en tourbillonnant des entrailles de la mine pour retomber en pluie autour de nous. Puis la vapeur se déchira, s'effilocha en tortillons minces qui s'en allèrent flotter sous le soleil de l'été, et tout redevint tranquille dans la mine de Heartsease.

Maintenant, il ne nous restait plus qu'à faire disparaître toute trace de notre succès. Notre petite équipe d'ouvriers à l'autre bout de la voie avait déjà retiré les rails et rétabli l'aiguillage. Les lieux se retrouvèrent vite dans leur état antérieur. À la mine nous eûmes davantage de travail. La cheminée et d'autres débris furent évacués à l'intérieur du puits. L'ouverture fut rebouchée par des planches. Les rails que nous avions ajoutés furent arrachés, portés plus loin. Puis, sans nous énerver mais sans perdre de temps, nous jouâmes la fille de l'air. Beaucoup se retrouvèrent à Paris ; mon collègue anglais se fixa à Manchester ; McPherson se rendit à Southampton d'où il émigra en Amérique. Les journaux anglais de l'époque sont suffisamment éloquents sur la manière dont nous avons accompli notre tâche, en damant le pion aux plus habiles policiers du monde.

Vous vous rappelez que Gomez avait jeté par la portière sa serviette de documents. Je n'ai pas besoin de vous dire que nous nous emparâmes de cette serviette et que nous la remîmes à nos employeurs. Mais ceux-ci n'apprendront peut-être pas sans intérêt aujourd'hui que j'ai subtilisé quelques petits papiers en guise de souvenir. Je ne souhaite absolument pas les divulguer. Mais dans ce monde, chacun pour soi ! Et que pourrais-je faire d'autre si mes amis ne viennent pas à mon aide quand j'ai besoin d'eux ? Messieurs, vous avez de bonnes raisons pour savoir que Herbert de Lernac est aussi formidable quand il est contre quelqu'un que quand il est avec quelqu'un. Il n'est pas homme à marcher à la guillotine avant de vous avoir vus tous en route pour la Nouvelle-Calédonie. Dans votre propre intérêt, sinon par amour pour moi, faites vite, monsieur de… et vous, général… et vous, baron… ! Vous pourrez aisément remplacer ces points par des noms quand vous lirez ce journal. Je vous en donne ma parole : dans la prochaine édition, il n'y aura plus de blancs !

P.-S. – En relisant ma déclaration, je ne constate qu'une omission. Elle concerne le malheureux McPherson, qui a été assez stupide pour écrire à sa femme et lui donner rendez-vous à New York. On comprendra que, des intérêts aussi considérables que les nôtres étant en jeu, nous ne pouvions pas courir le risque qu'un homme de cette catégorie sociale bavardât avec sa femme. Il avait manqué à sa parole en correspondant avec elle. Nous ne pouvions plus lui faire confiance. Nous prîmes donc des dispositions pour qu'il ne la revît point. À plusieurs reprises j'ai pensé qu'il aurait été correct d'informer cette femme qu'elle pouvait se remarier en toute tranquillité.

L'Aventure du grand homme*

I

L'intrigue

Une jeune fille très angoissée vient rendre visite à Sherlock Holmes. Un meurtre a été commis dans son village : le corps de son oncle a été retrouvé sans vie dans sa chambre. Il a reçu une balle qui, apparemment, est passée par la fenêtre ouverte. Son prétendant a été arrêté. Il est suspecté pour plusieurs motifs :

• Il s'était violemment disputé avec le vieil homme. Ce dernier avait menacé sa nièce de modifier son testament, qui était rédigé en sa faveur, si jamais elle reparlait à son amoureux.

• Un revolver a été découvert dans sa maison, avec ses initiales grossièrement gravées dans la crosse, ainsi qu'un chargeur vide. La balle extraite du corps de la victime correspond à ce modèle de revolver.

• Il possède une échelle légère, la seule du village, et les empreintes d'une échelle de ce genre ont été relevées dans la terre sous la fenêtre de la chambre, et de la terre (fraîche) d'une composition identique a été prélevée sur les pieds de l'échelle.

---

* Titre original : *The Adventure of the Tall Man*, traduit par Thierry Beauchamp et Romain Rabier.

Pour seule réponse, il déclare qu'il n'a jamais eu de revolver, et que l'arme a été trouvée dans un tiroir du porte-chapeaux, dans le couloir, où n'importe qui aurait pu facilement l'y déposer. Quant à la terre sur l'échelle (qu'il n'a pas utilisée depuis un mois), il n'a aucune explication valable à donner.

Malgré ces preuves accablantes, la jeune fille persiste à croire à la complète innocence de son amant et suspecte un autre homme, qui lui a également fait la cour. Elle ne dispose d'aucun élément contre lui mais elle a l'intime conviction que c'est un être malfaisant prêt à toutes les bassesses.

Sherlock et Watson se déplacent au village et inspectent les lieux en compagnie du détective chargé de l'enquête. Les traces laissées par l'échelle attirent tout spécialement l'attention de Holmes. Il réfléchit un instant, regarde autour de lui, demande s'il y a un endroit où l'on pourrait dissimuler quelque chose d'encombrant. Il en existe un : un puits à l'abandon qui n'a pas été fouillé parce que rien ne semblait manquer. Cependant, Sherlock insiste pour que le puits soit exploré. Un enfant du village accepte d'y descendre avec une chandelle. Avant sa descente, Holmes lui murmure quelque chose à l'oreille ; il paraît surpris. Le garçon est descendu et, à son signal, remonté. Il rapporte une paire d'échasses à la surface !

— Mon Dieu ! s'écrie le détective. Qui aurait bien pu s'attendre à une chose pareille ?

— Moi, réplique Holmes.

— Mais pourquoi ?

— Parce que les empreintes dans le sol du jardin ont été faites par deux bâtons perpendiculaires. Les pieds de l'échelle, qui est posée sur la pente, auraient dû laisser des marques inclinées du côté du mur.

(N.B. La bande de terre longe une allée de graviers sur laquelle les échasses n'ont pas laissé de traces.)

Cette découverte invalide en partie la preuve de l'échelle, bien que l'autre preuve subsiste.

L'étape suivante consiste à identifier – si possible – l'utilisateur des échasses. Mais il a été très prudent, et, après deux jours de recherches, rien n'a été trouvé. À l'issue de l'enquête, le jeune homme a été inculpé de meurtre. Mais Holmes est convaincu de son innocence. Dans ces conditions, et en dernier recours, il élabore un incroyable stratagème.

Il retourne à Londres et revient le soir des funérailles du vieil homme. Lui, Watson et le détective se rendent au domicile de l'individu que la jeune fille suspecte. Ils sont accompagnés d'un homme que Holmes a convié : celui-ci est déguisé de telle sorte qu'il ressemble à s'y méprendre à la victime – corps ratatiné, peau grise toute ridée, crâne chauve, etc. Ils ont également emporté la paire d'échasses. En arrivant au cottage, l'homme grimé monte sur les échasses et se dirige vers la fenêtre ouverte de la chambre du suspect en criant son nom d'une voix d'outre-tombe. Le suspect, que le remords a déjà rendu à moitié fou, se rue vers la fenêtre et découvre dans la clarté lunaire le terrifiant spectacle de sa victime avançant vers lui. Il recule en hurlant tandis que l'apparition, s'approchant de la fenêtre, déclare de la même voix sépulcrale :

— De même que tu es venu pour moi, je suis venu pour toi !

Quand le trio se précipite en haut de l'escalier, le suspect fonce vers eux. Tout essoufflé, il s'accroche à eux et leur indique la fenêtre où le visage de l'homme mort le fixe impitoyablement.

— Sauvez-moi ! Mon Dieu ! Il est venu pour moi comme je suis venu pour lui.

S'effondrant à l'issue de cette scène dramatique, il fait une entière confession. C'est lui qui a gravé les initiales sur la crosse du revolver et qui l'a ensuite caché à l'endroit où il a été découvert. C'est lui qui a déposé de la terre du jardin du vieil homme sur les pieds de l'échelle. Son but était d'écarter son rival et de récupérer ainsi la jeune fille et son argent.

II

L'aventure complète

C'était la fin de l'été 1900, par un après-midi venteux. Après une courte promenade, je revins à notre appartement de Baker Street où je retrouvai Holmes tel que je l'avais laissé un peu plus tôt dans la journée. Il était étendu sur le sofa, les yeux mi-clos, tandis que les volutes de fumée de sa pipe en terre noire montaient doucement vers le plafond.

Le voyant ainsi perdu dans ses pensées, j'évitai de le déranger et déplaçai le tas de journaux froissés qui s'étaient amoncelés sur mon fauteuil. Puis je m'assis pour lire la dernière parution du *Journal médical.* Quelques instants plus tard, je fus arraché à ma solitude par la cloche d'entrée et le claquement de talons plein de dignité de Mme Hudson.

— Holmes, dis-je en me tournant vers mon ami, qui cela peut-il être ?

— Un client, sans le moindre doute, répondit-il, et si j'en juge par ces coups de sonnette répétés, il doit s'agir d'une affaire urgente.

Ses yeux brillèrent, et il se frotta les mains avec une évidente satisfaction. Un bruit de pas précipités résonna dans l'escalier puis quelqu'un frappa impatiemment à notre porte. Holmes tendit la main vers la lampe de lecture et la repoussa près du fauteuil vacant dans lequel notre visiteur allait s'asseoir.

— Entrez ! dit-il.

La femme qui se présenta était jeune, pas plus de vingt-deux ans. Elle était élégamment vêtue, mais je remarquai aussitôt qu'elle semblait en proie à une immense anxiété. Elle regarda d'abord Holmes, puis ce fut mon tour, et je vis que ses yeux avaient la même expression que ceux d'un animal effrayé

— Je suis Sherlock Holmes, et voici mon ami et collègue, le Dr Watson.

— Veuillez m'excuser, lâcha-t-elle, de venir vous déranger à cette heure, sans avoir pris rendez-vous, mais je viens vous demander votre aide.

— Asseyez-vous, je vous prie, et détendez-vous, dit Holmes en l'examinant avec cet air détaché qui lui était propre. Pourquoi avez-vous fait en train ce long voyage depuis le Yorkshire pour me consulter ?

— Monsieur Holmes, s'écria-t-elle, vous me connaissez ?

— Pas du tout, c'est une simple déduction. J'aperçois la moitié d'un billet aller-retour dépassant de votre gant. La tourbe collée à la pointe de votre parapluie et au bas de votre robe est caractéristique du Yorkshire.

— Eh bien, ça semble plus simple quand vous l'expliquez.

— En effet, répliqua Holmes, légèrement vexé.

— À présent, je suis sûre que vous pouvez m'aider.

— Je peux essayer. Veuillez m'exposer les faits principaux de votre problème.

En prononçant ces mots, mon ami se renversa en arrière, les sourcils froncés, les mains jointes, pour écouter son histoire.

— Mon nom est Emila Pratt, commença-t-elle. Depuis la mort de mon père, survenue il y a quatre ans, je vis – ou plutôt vivais – avec mon oncle, Sir Charles Goodlin, dans sa résidence près de Sheffield, dans le Yorkshire. Je ne peux pas dire que j'étais malheureuse, en tout cas pas avant ces derniers mois. À cette époque, j'ai fait la connaissance d'Arthur Morley. Il n'était qu'un modeste employé de la banque locale, mais nous sommes tout de suite tombés amoureux. Cela déplut fortement à mon oncle, et quand Arthur vint lui demander ma main, ils se disputèrent violemment. L'oncle Charles pensait qu'Arthur en avait après la fortune dont je devais hériter à sa mort et il menaça de modifier les termes de son testament si jamais nous continuions de nous voir. Il s'arrangea même pour faire renvoyer Charles de son travail. La nuit dernière, mon oncle était assis dans son lit, au premier étage, quand quelqu'un lui a tiré dessus depuis la fenêtre de sa chambre. Quand les messieurs de la police sont venus et que les domestiques leur ont parlé de la querelle entre mon oncle et Arthur, ils se sont mis à fouiller la maison. Dans le porte-chapeaux, ils ont trouvé un revolver avec « A M » gravé sur la crosse. Une seule cartouche avait été tirée et la balle extraite du corps de mon oncle correspondait au calibre de ce revolver.

— Eh bien, dit Holmes, les choses me paraissent bien mal engagées pour ce jeune homme. Qu'a-t-il déclaré pour sa défense ?

— Arthur jure qu'il n'a jamais eu d'arme à feu de sa vie. Le porte-chapeaux est dans le couloir, n'importe qui peut y avoir accès sans être vu.

— Cette thèse est plausible. Y a-t-il autre chose ?

— Oui. Arthur possède une petite échelle, et la police a trouvé de la terre fraîche sur les barreaux et les pieds. Ils ont également repéré deux trous dans le sol juste sous la fenêtre de mon oncle. Il s'agit d'empreintes d'échelle. Mais Arthur n'a pas utilisé la sienne depuis un mois, et il ne voit aucune explication.

— L'échelle aurait-elle pu être soustraite un certain temps puis remise à sa place ?

— Non, monsieur Holmes. Elle est enchaînée au mur du jardin.

Après avoir fait cette révélation accablante, notre cliente craqua et se mit à sangloter dans son mouchoir. Holmes se pencha en avant et posa ses doigts fins sur son épaule, usant de cette capacité proche de l'hypnose qu'il avait à apaiser les esprits. Les traits contractés du visage de la jeune femme se relâchèrent, et son corps affaissé se redressa doucement.

— Vous devez retrouver votre calme, commença Holmes, si vous voulez que nous aidions ce jeune homme.

— Pensez-vous pouvoir faire libérer Arthur, monsieur Holmes ?

— Ah, je n'ai pas encore suffisamment d'éléments pour pouvoir me prononcer. Peut-être avez-vous vous-même quelques soupçons sur l'identité du meurtrier ?

— Oui, j'en ai. Je suis aussi sûre de la culpabilité de Jack Morgan que de l'innocence d'Arthur. Mais je n'ai aucune preuve contre lui, j'ai juste l'intuition que c'est lui l'assassin. Ce que je peux affirmer, en revanche, c'est que c'est un bon à rien. Tenez, il a même eu l'audace de me proposer de m'enfuir avec lui pour pouvoir m'épouser.

— On n'arrête pas les gens pour ça, vous savez. Mais nous nous pencherons sur son cas quand nous serons à Sheffield. À ce jour, il est notre principal suspect. Est-ce tout, mademoiselle Pratt ?

— Oui, monsieur Holmes, sauf que j'aimerais vous remercier du fond du cœur pour ce que vous êtes en train de faire.

— Vous me remercierez si je fais libérer votre jeune M. Morley. Vous devez cependant comprendre que, si je découvre de nouvelles preuves contre lui, je serai dans l'obligation d'en avertir immédiatement la police.

— J'en suis parfaitement consciente. Partez-vous maintenant ?

— Non, pas tout de suite. Je dois d'abord en finir avec une autre affaire. Quand j'aurai été informé de l'arrestation du criminel, le Dr Watson et moi nous rendrons à Sheffield aussi vite que possible.

— Très bien. Au revoir, messieurs.

Quand Emila Pratt quitta la pièce, elle paraissait avoir repris courage. Après son départ, Holmes se tourna vers moi.

— Qu'en pensez-vous, Watson ?

— La situation semble mal engagée pour Morley. Et vous ne pouvez vous appuyer que sur la suspicion d'une femme.

— L'intuition d'une femme, corrigea-t-il. L'expérience m'a appris que l'on pouvait souvent s'y fier. Enfin, nous verrons.

Holmes passa le reste de la soirée à disserter sur les similitudes et les différences du vieux cornique et de la langue gaélique. Puis un commissionnaire se présenta avec un message adressé à mon ami.

— Ah, se réjouit-il, Wilson a été interpellé ! À présent, nous pouvons nous intéresser à l'affaire de Mlle Pratt.

Il tendit son bras long et fin pour s'emparer de l'indicateur de chemin de fer.

— Si nous nous dépêchons, nous pouvons attraper le train de 1 h 30 en partance de St Pancras.

Nous dévalâmes l'escalier et sautâmes dans un cabriolet que Holmes avait réussi à intercepter. En arrivant à la gare, nous parvînmes d'extrême justesse à monter à bord du train, au moment précis où il commençait à se mettre en mouvement, juste après que le coup de sifflet du départ eut été donné. Quelques instants plus tard, nous étions confortablement installés dans un wagon de première classe lancé à pleine vitesse dans la nuit.

C'était une des caractéristiques de Holmes que de pouvoir s'endormir à tout moment. Malheureusement, il avait aussi la capacité de résister au sommeil, et j'eus maintes fois l'occasion de le sermonner sur le mal qu'il se faisait à lui-même quand, profondément absorbé par l'une de ses étranges et énigmatiques affaires, il passait plusieurs jours et plusieurs nuits consécutives sans fermer l'œil. Il baissa les abat-jour, s'enfonça dans son coin et, en moins de deux minutes, sa respiration régulière m'indiqua qu'il s'était endormi. N'ayant pas eu la chance de recevoir ce don, je me laissai bercer quelque temps par le roulement mécanique de l'express. De temps à autre, nous traversions une gare fortement éclairée ou passions devant une succession de fourneaux flamboyants, et Holmes m'apparaissait fugitivement, bien calé dans son coin, avec sa tête reposant sur sa poitrine.

Nous arrivâmes à Sheffield tôt dans la matinée et nous prîmes un fiacre pour nous rendre à la résidence des Goodlin, à quelques miles à l'extérieur de la ville. Nous fîmes une seule halte pour rencontrer l'inspecteur en charge de l'enquête. Dès que le nom de Holmes fut mentionné, il se déclara prêt à nous apporter son aide et, à la demande de mon ami, il nous accompagna sur les lieux de la tragédie.

L'inspecteur Baynes nous montra une bande de terre qui longeait une allée de gravier encerclant la maison.

— Regardez ici, dit-il, ce sont les marques laissées par l'échelle de Morley.

Holmes s'agenouilla et, comme je le vis faire maintes fois, sortit de sa poche une grande loupe ronde. Il examina patiemment la terre du jardin et l'allée. Puis, après s'être relevé, il observa d'un air dégagé le sol, le ciel, la maison et le terrain environnant.

— Y a-t-il un endroit dans les parages où l'on pourrait cacher un objet long et étroit ? demanda-t-il.

— Un objet long et étroit ? Alors là, je ne saisis pas, mais, pour répondre à votre question, je ne vois qu'un seul endroit. De l'autre côté de la maison, il y a un puits abandonné.

— L'avez-vous fouillé ?

— Pourquoi devrions-nous le fouiller ? Rien ne manque dans la maison. Je ne vois pas…

— Vous n'êtes pas le seul, Watson. Venez, allons y jeter un coup d'œil.

L'inspecteur nous fit faire le tour du pavillon et nous arrivâmes au puits qui était en partie couvert et, selon toute apparence, depuis longtemps à l'abandon. Holmes sortit une demi-couronne et persuada Tom, un garçon du village, qui semblait vivement intéressé par le spectacle, d'accepter de se laisser descendre attaché à une corde au fond du puits. Avant de disparaître dans le trou, Holmes se pencha vers lui pour lui murmurer quelque chose à l'oreille. Le garçon poussa un petit cri de surprise mais hocha la tête en signe d'acquiescement. Nous descendîmes doucement Tommy et la lanterne qu'il portait éclaira bientôt les murs et le fond du puits. Quelques secondes plus tard, il tira sur la corde – le signal pour que nous le remontions à la surface. Nous le hissâmes, et avec lui deux longues perches : une paire d'échasses.

— Mon Dieu, s'écria Baynes, qui se serait douté d'une chose pareille ?

— Moi, répliqua Holmes, les traces dans le jardin sont celles de deux perches perpendiculaires. Les pieds d'une échelle, qui auraient été forcément inclinés, auraient laissé des empreintes plus profondes du côté du mur. Rappelez-vous que l'allée est en gravier : les échasses n'y laissent pas de traces.

— Eh bien, monsieur Holmes, dit l'inspecteur, cette découverte fait tomber la preuve de l'échelle, mais il y a encore le mobile et le revolver.

— Exact, nous allons nous en occuper en temps utile. Mais nous devons d'abord retrouver l'individu qui s'est servi de ces échasses. Si c'est possible.

Nous passâmes les deux journées suivantes à rechercher cette information, sans résultat. Holmes identifia l'artisan londonien qui avait fabriqué les échasses, mais la piste s'arrêta là. L'acheteur s'était montré très prudent. Pendant ce temps, une enquête officielle était en cours, et le jeune Morley avait été officiellement inculpé de meurtre. Holmes faisait les cent pas dans la chambre que nous avions louée dans l'auberge locale.

— Je suis convaincu de l'innocence de Morley, Watson. Mais comment puis-je la prouver ? En attendant une réponse de Londres, j'ai mené mon enquête sur le suspect de Mlle Pratt, Jack Morgan. Ses soupçons sont bien fondés : il a une triste réputation dans le voisinage. Mais qu'importe puisqu'il n'y a rien contre lui. D'ailleurs, il n'est pas fiché ! Aux yeux de la police, il n'avait même pas de mobile. Une chose, toutefois, je l'ai vu au pub hier et il est clair qu'en dépit de l'air nonchalant qu'il se donne cet homme est rongé par la peur et le remords. Eurêka ! J'ai trouvé ! Notre dernière chance, Watson ! C'est à coup sûr un plan risqué, mais s'il fonctionne, le jeune Morley sera libre. Je pars immédiatement pour Londres, je serai de retour demain dans la soirée.

Le lendemain, Sir Charles fut enterré dans le caveau familial, au cimetière du village. Mlle Pratt, déjà très abattue, commençait à douter que Holmes pût l'aider. Ce soir-là, pourtant, il revint d'excellente humeur, accompagné d'un mystérieux M. Fairchild. Holmes, Fairchild, l'inspecteur et moi-même prîmes la direction du cottage de Jack Morgan. Sur la requête de mon ami, Baynes portait les échasses que nous avions trouvées le premier jour. À notre arrivée au cottage, Fairchild nous quitta.

— Vous savez ce que vous avez à faire, dit Holmes.

— Oui, répondit-il. Laissez-moi dix minutes pour me préparer.

— Donnez les échasses à M. Fairchild, inspecteur.

— Très bien, monsieur Holmes. Mais c'est vous qui en endossez la responsabilité. Ce sont des preuves, vous comprenez.

Fairchild s'empara des échasses et se glissa en silence dans les buissons.

— Venez, murmura Holmes, d'ici nous pourrons surveiller l'évolution des événements. Tenez-vous prêts à agir si nécessaire.

— Holmes, m'étonnai-je, qu'est-ce…

— Patience, Watson, patience. Regardez la fenêtre du premier étage.

Au bout de quelques minutes, il y eut un bruit de feuillage et un spectre sortit des arbres, monté sur des échasses.

— Holmes, m'écriai-je, c'est Sir Charles !

— C'est un fantôme, éructa l'inspecteur.

— Taisez-vous, avertit Holmes, ou vous allez tout faire échouer. C'est Fairchild, un très bon acteur, comme vous pouvez le constater. Grâce à son déguisement, il ressemble comme deux gouttes d'eau à Sir Charles. Mais écoutez…

La sinistre silhouette emprunta l'allée du jardin puis se dirigea vers la fenêtre ouverte de la chambre de Morgan. Soudain, elle hurla son nom d'une voix sépulcrale. Morgan se rua vers sa fenêtre et vit le spectre qui approchait de lui.

— Je viens à toi comme tu es venu à moi.

L'homme terrifié recula de la fenêtre et un cri d'horreur retentit dans la nuit. Holmes en tête, nous nous précipitâmes vers la porte, l'enfonçâmes et nous gravîmes les escaliers quatre à quatre jusqu'à la chambre. Il se tourna et, en nous apercevant, se jeta à nos pieds. S'accrochant aux mains de Holmes, il nous montra du doigt le visage du spectre qui le fixait par la fenêtre.

— Sauvez-moi ! Sauvez-moi ! Mon Dieu ! Il vient à moi comme je suis venu à lui.

— Le seul moyen de te sauver est d'avouer, cria Holmes.

— J'avoue... C'est moi qui l'ai tué. C'est moi qui ai étalé de la terre sur l'échelle de Morley. C'est moi qui ai gravé ses initiales sur le revolver et l'ai caché dans sa maison.

— Pourquoi avez-vous fait cela ?

— Pour ne plus avoir Morley sur mon chemin. Une fois débarrassé de lui, je pensais pouvoir épouser Emila Pratt et récupérer tout l'argent de l'héritage de son oncle.

Après cette déconcertante confession, Morgan s'effondra.

— Stupéfiant ! s'écria l'inspecteur. Stupéfiant !

— À présent, vous devez obtenir la libération du jeune Morley dans les plus brefs délais, déclara Holmes. Je crois bien que vous lui devez aussi quelques excuses. Quand ce cauchemar sera terminé, Mlle Pratt et lui vont probablement se marier. Watson, quand la police n'aura plus besoin de nous, nous aurons mérité de prendre un remontant à l'auberge. Et l'express du matin part à 2 h 10, ce qui devrait nous permettre d'être de retour à Baker Street pour le petit déjeuner.

Sherlock Holmes en fâcheuse posture*

Une fantaisie en un dixième d'acte

La pièce a pour cadre l'appartement de Sherlock Holmes, dans Baker Street, à peu près avant-hier.

Les personnages :
GWENDOLYN COBB
SHERLOCK HOLMES
BILLY
DEUX ASSISTANTS DE VALEUR

(On découvre Sherlock Holmes assis par terre en train de fumer devant un feu de cheminée. Le feu est sur la gauche. Une table, au centre, est recouverte de diverses choses, un fauteuil sur la droite. Sur la gauche se trouve un haut tabouret capitonné. Éclairage du feu de cheminée venant de la gauche. Éclairage de la lune par la fenêtre sur le centre et la gauche de la scène.)

(Étranges lumières provenant de la porte, sur la droite, et au-dessus de la porte quand elle est ouverte. Après le lever du rideau, une fois que le feu de cheminée est allumé, observer une pause.*)*

* Titre original : *The Painful Predicament of Sherlock Holmes*, traduit par Thierry Beauchamp et Romain Rabier.

(Soudain, on sonne à la porte d'entrée, en coulisses, derrière le côté droit de la scène. Sonneries impatientes. On va ouvrir, puis on entend parler fort, des protestations sans doute, en coulisses, derrière le côté droit de la scène. Gwendolyn déverse un flot continu de paroles d'une voix élevée : elle insiste sur le fait qu'elle doit voir M. Holmes, que c'est très important, une question de vie ou de mort, etc. Billy essaie de lui dire qu'elle ne peut pas monter, il crie de plus en plus fort pour se faire comprendre. Cela continue un moment puis la dispute monte d'un ton à mesure que les deux gravissent l'escalier et s'approchent de la porte. La voix de Billy nous indique qu'il est devant.)

(Billy entre par la porte, très énervé. Il la referme derrière lui et la bloque pendant qu'il se tourne vers Holmes pour lui parler.)

BILLY

Je vous demande pardon, monsieur…

(La porte est tirée de l'extérieur et Billy fait volte-face pour la refermer, puis se retourne rapidement vers Holmes.)

(Répétition du même effet.)

Je vous demande pardon, monsieur. Si vous me le permettez, monsieur ! Il s'agit d'une jeune dame qui vient d'entrer. Elle dit qu'elle doit vous parler. Elle est ici, monsieur, c'est elle qui essaie d'ouvrir la porte, mais je n'aime pas son air, monsieur !… Je ne l'aime pas du tout, monsieur !

(Holmes se lève et se déplace vers le centre gauche de la scène. Il allume une lampe. La scène s'éclaire.)

Elle a vraiment l'air méchant, monsieur ! Et elle… Elle ne paraît pas pouvoir s'arrêter de parler suffisamment de temps pour que je lui dise qu'elle ne peut pas vous voir maintenant.

(Holmes descend vers le centre de la scène en tenant sa pipe dans la main gauche. Il regarde Billy et la porte avec intérêt.)

J'ai essayé de lui expliquer que vous m'aviez donné des instructions pour que je ne laisse entrer personne. Je le lui ai crié à pleine gorge, mais elle parlait si fort qu'elle ne m'a même pas entendu. Alors je me suis précipité pour vous prévenir, et elle m'a suivi en courant… et… et…

(La porte est brusquement tirée de l'extérieur pendant que Billy s'adresse à Holmes.)

Et… et la voici, monsieur !

(Gwendolyn entre par la porte, débordante d'enthousiasme.)

GWENDOLYN

(Entrant joyeusement.)

Oh ! Vous voici enfin ! C'est M. Holmes, je le sais. Oh… j'ai tant entendu parler de vous ! Vous ne pouvez pas imaginer ! *(Elle se dirige vers Holmes.)* Et moi-même j'avais le plus vif désir de vous rencontrer pour voir si… Oh, serrez-moi la main. *(Ils se serrent la main.)* Quand je pense que je suis en train de serrer la main de Sherlock Holmes ! N'est-ce pas merveilleux ? C'est tout bonnement formidable ! De me dire que j'ai vécu pour voir ce jour ! *(Elle le regarde.)* Bien sûr, je suppose que vous êtes le vrai. Les détectives ont tant de déguisements et de postiches que vous pourriez très bien faire semblant d'être le vrai, mais, au fond, pourquoi feriez-vous semblant ?

(Il l'invite à s'asseoir, elle ne semble pas pouvoir s'arrêter de parler.)

Oh, merci ! Oui… je vais m'asseoir.

(Elle descend vers le centre de la scène, légèrement sur la droite pour s'installer à droite de la table, sur l'un des bras du fauteuil.)

(Holmes fait signe à Billy de se retirer.)

(Billy sort.)

(Holmes redescend vers le centre de la scène, près de la table.)

Parce que je suis venue vous demander conseil ! Oh oui, ce n'est pas la simple curiosité qui m'a conduite ici. Je suis dans une fâcheuse situation. C'est ce que vous aimez, n'est-ce pas, les fâcheuses situations ! Eh bien, en voici une ; c'est même un modèle du genre ! Elle est tout simplement affreuse ! Vous n'avez pas idée ! Je n'arrive pas à croire que vous ayez pu avoir une affaire aussi horrible à résoudre par le passé. Il ne s'agit pas d'un meurtre ou de quelque chose comme ça ; c'est un millier de fois pire ! Oh, des millions de fois pire ! Il y a des choses bien plus terribles qu'un meurtre, n'est-ce pas, monsieur Holmes ?

(Holmes hoche la tête en signe d'acquiescement.)

Oh, comme c'est aimable de votre part de m'approuver sur ce point. Rares sont ceux qui l'auraient fait aussi vite. Mais vous pouvez sonder les tréfonds de mon âme – je sens que c'est ce que vous êtes en train de faire en ce moment – et cela me donne la force de continuer ; oui, je vous l'affirme, monsieur Holmes ! Votre présence et votre compréhension me remplissent de courage ! *(Elle le regarde avec admiration.)* Et c'est vraiment vous. Et il y a le feu.

(Gwendolyn bondit de son fauteuil et se rue vers le feu en contournant la table.)

(Holmes se déplace vers la droite de la table et s'immobilise pour regarder Gwendolyn.)

Je suppose que c'est un vrai feu, n'est-ce pas ? Vous savez, de nos jours, plus personne n'arrive à s'y reconnaître, tout semble si trafiqué. Vous n'avez aucune idée de ce que vous achetez, n'est-ce pas ?

(Holmes hoche la tête avec emphase.)

Non, bien sûr ! Une fois de plus, vous êtes d'accord avec moi. Comme c'est gentil ! C'est revigorant ! *(Elle le regarde, l'air ravi.)* Et c'est si extraordinaire de vous voir ici devant moi ! Mais vous ne fumez pas. Oh, j'aimerais tant vous voir fumer. Je vous ai toujours imaginé ainsi ! Sinon ça ne semble pas vrai ! Fumez, je vous en prie !

(Holmes allume sa pipe.)

Où est le tabac ? *(Elle regarde sur le manteau de la cheminée, se saisit du pot.)* Voilà !

(Elle renifle.) Est-il exact que vous fumiez cet horrible tabac fort ? À quoi cela ressemble-t-il ?

(Le pot lui échappe des mains.) Oh, je suis si navrée ! *(Elle fait un pas en arrière et écrase son violon.)* Oh ! N'est-ce pas malheureux ?

(Elle piétine le violon pour essayer de se dégager le pied. Elle continue de parler et de s'excuser en même temps. Elle s'assied brusquement dans le fauteuil pour se débarrasser du violon et brise l'archet posé en appui sur les bras du fauteuil.)

Oh, mon Dieu ! Je suis si navrée ! Oh, Seigneur, quel était ce bruit ?

(Elle attrape l'archet cassé.)

Je crains que vous ne vouliez plus jamais me recevoir si je continue ainsi ! Oh ! *(Elle bondit sur ses pieds.)* Qu'avez-vous là qui bouillonne sous la lampe : une tasse de thé me ferait le plus grand bien !

(Elle remonte vers le centre de la scène où se trouve la cornue.)

Mais je suppose. *(Elle renifle l'odeur.)* Non, ce n'est pas du thé ! Qu'êtes-vous donc en train de faire bouillir ? Ça ressemble à une bulle de savon avec une poignée. Je vais vérifier ce que… *(Elle soulève la cornue et la laisse aussitôt tomber par terre.)* Oh ! C'était chaud ! Pourquoi ne m'avez-vous pas dit que c'était si chaud ? *(Elle fait de grands gestes énervés.)* Comment pouvais-je savoir ? Je ne suis jamais venue ici auparavant. Il est impossible de tout savoir, surtout quand on est seule et sans protection…

(En reculant, elle fait tomber la lampe qui s'écrase bruyamment.)

(Les lumières s'éteignent, la scène n'est plus éclairée que par le feu de cheminée, les rayons de la lune passant par la fenêtre et la lumière rouge de la porte. La lumière rouge est projetée de la droite vers la gauche, etc.)

Voilà autre chose ! Il me semble qu'il y a tellement de choses qui traînent ici que… Oh, je comprends ! C'est pour piéger les gens ! Quelle magnifique idée ! Ils cassent du verre et vous les tenez à votre merci. *(Elle se dirige vers lui, pleine d'admiration.)* Et vous pouvez dire d'après le type de verre qu'ils ont cassé où ils sont nés et pourquoi ils ont assassiné leur victime. Oh, c'est si excitant ! Je suppose que vous savez maintenant quelle sorte de personne je suis grâce à toutes ces petites choses que j'ai faites depuis mon arrivée, n'est-ce pas ?

(Holmes hoche silencieusement la tête. Il allume une chandelle. La lumière revient sur scène.)

Oh, comme c'est merveilleux ! Tout semble si merveilleux ! Toutes ces choses qui se trouvent ici... Seulement c'est si... Oh ! *(Elle remonte vers le centre de la scène, légèrement sur la gauche.)* Tiens, on dirait un de mes amis !

(Elle retourne des portraits épinglés sur le mur.)

Et en voici un autre ! Quel bel homme ! Mais pourquoi a-t-il toutes ces lignes qui lui barrent le visage ? J'imagine que ça doit être douloureux. Et voici, oh, c'est formidable ! *(Elle l'arrache.)* Laissez-moi garder ce portrait-là, s'il vous plaît, il me fait tant penser à un jeune homme de ma connaissance.

(Les autres portraits tombent par terre.)

Oh, mon Dieu, voici les autres. Mais vous en avez plein d'autres, n'est-ce pas ? *(Elle regarde autour d'elle.)* Et ce pied de femme ? Pourquoi avez-vous une chose aussi laide épinglée ici ? Ce n'est vraiment pas joli !

(Elle le décroche. Les autres dessins avec lesquels il était épinglé tombent aussitôt.)

Je vous enverrai une adorable aquarelle de vaches s'abreuvant dans une rivière. Ce sera tellement mieux ! Oh, quelle pitié ! Les doigts de cet homme ont-ils vraiment poussé comme ça ? Comme il a dû souffrir !... Qu'avez-vous fait pour lui ? Je suppose que le Dr Watson s'est occupé de lui. Oh, si seulement je pouvais le rencontrer ! Et je tiens à ce qu'il vous assiste dans mon horrible affaire ! *(Elle redescend vers la gauche de la table.)* Vous ne serez pas trop de deux ! Et si le Dr Watson ne vous accompagnait pas, nous n'aurions pas l'impression que vous êtes en train de mener une enquête. C'est une histoire horrible. J'ai de gros ennuis.

(Holmes l'invite à s'asseoir.)

(Elle s'assied sur un tabouret à gauche de la table. Holmes reste debout.)

Oh, merci. Je crois que je ferais mieux de tout vous raconter maintenant... Vous pourrez alors en parler avec le Dr Watson et lui demander ce qu'il en pense. Il apparaîtra ensuite qu'il avait tort et que vous l'avez toujours su... Oh, c'est si merveilleux ; ça me donne ce délicieux frisson, comme si des souris me couraient le long de la colonne vertébrale... Oh !... *(Elle se tourne face au public.)* Oh !...

(Holmes s'approche discrètement en passant derrière la table et, tandis qu'elle frissonne, il s'empare subrepticement d'un mouchoir qui dépasse de sa robe ou de son sac, puis revient tranquillement s'asseoir à la droite de la table. Il l'écoute en recrachant une bouffée de fumée de temps à autre. Il examine le mouchoir avec sa loupe quand elle ne regarde pas dans sa direction.)

J'en viens donc à la raison de ma visite. Je suis certaine que vous n'avez jamais eu à résoudre une affaire aussi douloureuse, parce qu'elle concerne deux âmes humaines... Pas des corps... Bah... Que sont les corps ? Rien de plus que de la boue... Mais les âmes... Elles sont immortelles ; elles vivent pour toujours... Son nom est Levi Lichenstein. C'est un Yankee, comme ils disent. Bien sûr, vous savez déjà, sans que j'aie besoin de vous le préciser, que nous nous adorons. Oh, monsieur Holmes, nous nous adorons. Ça ne peut pas s'exprimer avec des mots ! Les poètes ne le pourraient pas !... Que sont les poètes ? Peuh ! *(Elle claque des doigts.)* Nous nous adorons. Ai-je besoin d'en dire plus ?

(Holmes hoche la tête.)

Non ! Bien sûr que non... Ah, comme vous me comprenez ! C'est tout bonnement merveilleux ! À présent écoutez, je vais vous raconter mon problème.

(Holmes griffonne quelques notes sur un bloc de papier.)

Vous avez raison, notez ce que je vais dire. Chaque mot est important. Il est en prison. Notez-le bien. C'est scandaleux. Et par la faute de mon propre père. Je n'en ai pas honte. Mais si ! *(Émue.)* Si ! Oh, mon Dieu ! *(Elle cherche son mouchoir pour pouvoir pleurer mais ne le trouve pas.)* Alors ça ! *(Elle bondit.)* On me l'a volé. Je savais que je perdrais quelque chose si je venais ici... L'atmosphère semble idéale pour les assassins et les pickpockets.

(Holmes se lève et lui rend poliment son mouchoir. Il se rassied.)

Oh, merci ! *(Elle s'assied.)* Mon père l'a fait enfermer ! *(Elle sanglote.)*

(Holmes agite une cloche sur la table.)

(Gwendolyn se met à sangloter convulsivement. Mais elle continue son récit, sans prêter la moindre attention à ce qui se passe. Elle parle d'une voix précipitée tout en sanglotant et en s'essuyant les yeux.)

(Sur un signe de Holmes, Billy entre par la porte située en haut à droite de la scène. Il descend se poster en bas à droite, derrière Holmes.)

(Holmes lui tend la feuille de papier sur laquelle il a écrit et lui montre la porte.)

(Billy sort par la porte en haut à droite.)

Oh, monsieur Holmes... Imaginez que votre propre père soit celui par qui votre malheur arrive ! Imaginez que votre propre père ait commis toutes ces choses cruelles et honteuses. Mais il reste quand même votre propre père. Il est le seul au monde qui saute à pieds joints sur l'occasion de se montrer sans cœur et cruel et... et...

(Au loin, on entend résonner trois coups sourds, comme si quelqu'un martelait une lourde poutre sur le sol.)

(Gwendolyn bondit en poussant un cri.)

(Musique mélodramatique.)

Oh !... Nous y voilà... Ces trois horribles coups ! Quelque chose va arriver. Y a-t-il du danger ? Dites-le-moi...

(Holmes griffonne quelques mots sur une feuille de papier.)

Oh, ne me laissez pas dans cette horrible incertitude ! J'ai rêvé de ces trois terribles coups... Mais pourquoi devraient-ils venir pour moi ? Oh, ciel... Vous n'allez pas les laisser...

(Holmes pousse le papier vers elle. Elle s'en saisit et le lit à voix haute.)

Des plombiers... dans... la... maison.

(La musique s'arrête.)

Oh, je vois ! Des plombiers ! *(Elle se rassied.)* Et vous le saviez... Vous pouviez dire qu'il s'agissait des plombiers sans même avoir besoin de quitter votre fauteuil ! Oh, comme c'est prodigieux... Vous savez, Levi est un petit peu comme ça, lui aussi. Vraiment, monsieur Holmes. C'est la raison pour laquelle je l'aime tant. Peut-être voit-il trop bien les choses ! Croyez-vous que cela puisse être dangereux ?... Oh, monsicur Holmes, dites-moi, pensez-vous que nous serons heureux tous les deux ? Oh, je suis sûre que vous savez, vous allez me le dire, n'est-ce pas ?

(Holmes griffonne quelques mots sur une feuille de papier.)

Cela vous apparaît clairement sans que vous ayez besoin de le voir. Je le sais bien. Et tant de choses en dépendent... Quand deux âmes semblent liées l'une à l'autre. Dites-le-moi, je peux tout supporter, et j'aimerais savoir si nous serons heureux ensemble ou non.

(Holmes pousse le bout de papier vers elle.)

(Elle le ramasse promptement et le lit lentement à haute et claire voix.)

« Vous... a-t-il... jamais... adressé... la parole ? » Oh, oui ! Il l'a fait... Il m'a parlé une fois...

(Musique mélodramatique.)

Oh, mon Dieu... Et il est en prison. Il ne parlera jamais plus. Je ne vous l'ai pas encore dit... Notez bien toutes ces choses... Mon père l'a fait enfermer. Oui, mon propre père ! Levi avait prêté de l'argent à un des mes amis – une misère – et encore, disons la moitié d'une misère. Mon ami a pris une hypothèque au profit de Levi sur des meubles que sa grand-mère lui avait légués et, comme il n'a pas pu rembourser, les meubles sont revenus à Levi. Puis on a découvert un autre testament stipulant que c'est une tante éloignée vivant aux États-Unis qui devait hériter des meubles. Les avocats ont rédigé un acte de restitution des biens. Levi a alors fait jouer l'*habeas corpus* et il a signé un document dans lequel il reconnaissait sa responsabilité – mon père a validé ce document – et les meubles ont été rendus ! Levi dut signer un autre document, et pendant qu'il se préparait à le faire, la tante éloignée est arrivée d'Amérique et l'a fait arrêter pour avoir fait jouer l'*habeas corpus* sous de faux prétextes, et, de son côté, il l'a poursuivie pour avoir tenu sur lui des propos diffamatoires – il était dans son droit – car elle avait déclaré des choses horribles. *(Elle se lève.)* Elle se tenait là, dans le bureau de ses propres avocats, et a parlé de lui comme d'un vaurien et d'un gibier de potence !

(Elle élève la voix, et se déplace nerveusement vers le centre gauche de la scène.)

Cette misérable femme, avec son visage peinturluré et son horrible accent américain, l'a accusé d'avoir falsifié certains des biens. Et mon père, en apprenant que nous nous aimions, a demandé un mandat d'arrêt contre lui et l'a obtenu : à présent il est en prison. *(Cris, etc.)*

(Deux hommes en uniforme suivis de Billy entrent par la gauche vers le centre de la scène. Ils s'arrêtent un instant pour regarder Gwendolyn, à leur droite. En les voyant, elle cesse brusquement de s'agiter et pousse un sourd gémissement. Ils s'approchent aussitôt d'elle et l'emmènent vers la porte en haut à droite de la scène. Elle n'oppose aucune résistance.)

BILLY

Vous aviez raison, monsieur, c'était bien cet asile-là ! *(Il sort par la porte en haut à droite.)*

(Holmes se lève. Se fait une injection de cocaïne. Éteint une chandelle en allumant sa pipe.)

(Les lumières s'éteignent à l'exception de la lumière rouge du feu de cheminée, etc.)

(Holmes se dirige vers le fauteuil sur la gauche de la scène, devant la cheminée, et s'y installe. Il s'incline en arrière, pour caler sa tête dans les coussins.)

(La lumière baisse graduellement.)

(Le rideau tombe.)

(La musique s'arrête.)

Sur la piste du faussaire*

À la fin de l'automne 1895, j'eus de nouveau la chance de prendre part à l'une des fascinantes enquêtes de mon ami Sherlock Holmes.

Depuis quelque temps, ma femme ne se sentait pas très bien, et j'avais fini par la persuader d'aller se reposer en Suisse en compagnie de sa vieille amie d'école Kate Whitney, dont j'avais déjà eu l'occasion de parler dans cette étrange affaire que j'avais intitulée *L'Homme à la lèvre tordue*. Mon cabinet prospérait ; je travaillais très dur depuis de nombreux mois et je n'avais jamais ressenti à ce point le besoin de souffler un peu ou de partir en vacances. Malheureusement, je ne pouvais pas m'absenter pour une période aussi longue que le réclamait un séjour dans les Alpes. Cependant, je promis à mon épouse que je m'arrêterais une semaine, voire dix jours, et ce fut à cette condition qu'elle accepta ce voyage en Suisse qui me tenait tant à cœur. À cette époque, un de mes clients était dans un état particulièrement critique, et il fallut attendre la fin du mois d'août pour que la crise passât et qu'il commençât à se remettre. Estimant alors en toute conscience que je

---

* Titre original : *The Case of the Man who was Wanted*, traduit par Thierry Beauchamp et Romain Rabier. Nous sommes conscients que cette nouvelle contient plusieurs invraisemblances. Nous n'avons pas essayé de les corriger. La nouvelle est publiée telle qu'elle a été trouvée, à l'exception de quelques modifications mineures concernant la ponctuation. *(N.d.É.)*

pouvais laisser mon cabinet entre les mains d'un *locum tenens*, je me posai la question de savoir où et comment je pourrais trouver le repos dont j'avais besoin.

L'idée me vint presque aussitôt à l'esprit d'appeler mon vieil ami Sherlock Holmes, dont je n'avais plus reçu de nouvelles depuis plusieurs mois. S'il n'était pas occupé par une importante affaire, je ferais mon possible pour le convaincre de se joindre à moi.

Moins d'une demi-heure après avoir pris cette résolution, je me présentai sur le seuil de la porte du vieil appartement de Baker Street.

Holmes, étendu sur le divan, me tournait le dos. Il portait sa robe de chambre habituelle et tenait sa vieille pipe de bruyère avec la même ostentation que par le passé.

— Entrez, Watson, s'écria-t-il, sans prendre la peine de vérifier que c'était bien moi, entrez et dites-moi donc quel bon vent vous amène.

— Quelle oreille vous avez, Holmes ! dis-je. Je ne crois pas que j'aurais pu reconnaître votre pas aussi facilement.

— Mais je n'aurais pas reconnu le vôtre non plus, si vous n'aviez enjambé quatre à quatre ces sombres escaliers avec l'assurance d'un vieux locataire de la maison. À cet instant précis, je n'étais pas encore sûr de l'identité de mon visiteur ; ce n'est qu'au moment où vous avez trébuché sur le nouveau paillasson devant la porte, qui n'a été posé là que depuis à peine trois mois, que vous n'avez plus eu besoin de vous faire annoncer.

Holmes tira deux ou trois coussins de la pile sur laquelle il était affalé et les lança dans le fauteuil.

— Asseyez-vous, Watson, et mettez-vous à l'aise. Vous trouverez des cigarettes dans la boîte derrière la pendule.

Comme je m'apprêtais à lui obéir, Holmes m'adressa un curieux regard.

— Je crains de devoir vous décevoir, mon ami, dit-il. J'ai reçu un câble il y a tout juste une demi-heure qui m'empêche de me joindre à vous pour quelque petite escapade que vous veniez me proposer.

— Vraiment, Holmes, m'étonnai-je, ne pensez-vous pas que tout ça va un peu trop loin ? Je commence à croire que vous abusez de ma confiance et que vous feignez de découvrir les choses en les observant, alors qu'en fait il s'agit ni plus ni moins de clairvoyance !

Holmes gloussa.

— Vous connaissant comme je vous connais, tout cela me paraît d'une simplicité enfantine. Vos consultations vous retiennent entre 5 et 7 heures, et pourtant, à 6 heures, vous vous présentez chez moi, le sourire aux lèvres. Vous avez l'air en bonne forme, mais fatigué, la raison en est donc que vous êtes ou allez être en vacances. Le thermomètre médical dépassant de votre poche m'indique que vous avez fait vos visites aujourd'hui. Il devient désormais évident que vos vacances commencent demain. Vu les circonstances, quand vous vous précipitez ainsi chez moi – je vous signale au passage, Watson, que vous ne l'avez pas fait depuis presque trois mois – avec un indicateur de chemin de fer tout neuf et un guide des excursions gonflant la poche de votre manteau, il apparaît plus que probable que vous êtes venu dans l'idée de m'inviter à me joindre à votre périple.

— Tout cela est rigoureusement exact, dis-je.

Et je lui expliquai mes projets en quelques mots.

— Et je suis déçu au-delà de ce que vous pouvez imaginer, conclus-je, que vous ne puissiez entrer dans mes petits plans.

Holmes ramassa un télégramme sur la table et le regarda d'un air pensif.

— Si l'enquête que je viens d'évoquer promettait d'être aussi intéressante que certaines de celles que nous avons menées ensemble, rien ne m'aurait plus réjoui que de vous persuader de m'accompagner quelque temps ; mais je n'ose pas vous le demander, car cette affaire me semble d'une grande banalité.

Et il fit une boule du papier qu'il jeta ensuite dans ma direction.

Je la défroissai et lus : « À Holmes, 221B Baker Street, Londres, S.W. Pourriez-vous venir à Sheffield le plus vite possible pour enquêter sur une affaire de faux, s'il vous plaît ? Jervis, directeur de la British Consolidated Bank. »

— Je leur ai envoyé un télégramme pour les prévenir que je prendrai à Saint-Pancras l'express de 1 h 30 du matin pour Sheffield, dit Holmes. Je ne peux pas partir plus tôt car j'ai un rendez-vous intéressant, ce soir, dans l'East End, qui devrait me permettre de remonter la trace de l'auteur d'un vol audacieux au British Museum. Cet homme possède l'un des titres les plus glorieux et l'une des plus belles maisons du pays, mais il nourrit aussi une passion dévorante – on pourrait même parler de manie à son sujet – pour les documents historiques. Avant de discuter davantage de l'affaire de Sheffield, nous ferions peut-être bien de voir ce que les journaux du soir en disent, continua Holmes tandis que son garçon de courses entrait avec *Evening News*, *Standard*, *Globe* et *Star*.

— Ah, voici, dit-il en montrant du doigt un paragraphe intitulé : « Remarquables exploits d'un intrépide faussaire à Sheffield. »

> *À l'instant où nous mettions sous presse, nous avons appris qu'une série de chèques particulièrement bien imités a été utilisée avec succès pour extorquer aux banques de Sheffield une somme qui atteindrait plus de six mille livres. Les directeurs des différentes banques concernées, interviewés par notre correspondant local, se sont montrés très évasifs sur l'étendue réelle des pertes.*
>
> *Il semblerait qu'un certain M. Jabez Booth, résidant dans le quartier de Broomhill, à Sheffield, employé depuis janvier 1881 à la British Consolidated Bank de Sheffield, ait réussi hier à encaisser un grand nombre de chèques contrefaits auprès de douze des principaux établissements bancaires de la ville et se soit enfui avec son butin.*

D'après les premières observations, le crime a été minutieusement préparé. Par sa position au sein de l'une des plus importantes banques de Sheffield, M. Booth avait eu, bien sûr, la possibilité d'étudier de près les signatures qu'il a imitées, et il a facilité ses chances de recevoir rapidement l'argent des chèques en ouvrant des comptes, l'année dernière, dans chacune des douze banques auxquelles il a présenté ses faux, ce qui lui a aussi permis de s'en faire personnellement connaître.

De plus, il a su ne pas éveiller les soupçons en reversant l'argent des chèques sur ses comptes tout en prélevant sur ces mêmes comptes une somme équivalente à la moitié de celle des chèques contrefaits.

Ce n'est qu'en début de matinée, ce mardi, que la fraude a été détectée, ce qui signifie que le voleur a eu une vingtaine d'heures pour prendre la fuite. En dépit de cela, il ne fait guère de doute qu'il sera bientôt repris, car nous avons appris que les meilleurs détectives de Scotland Yard étaient déjà sur ses traces, et il se murmure aussi que l'aide de M. Sherlock Holmes, le célèbre expert criminel de Baker Street, aurait été requise pour participer à la traque de l'audacieux escroc.

— Il y a ensuite une longue description de l'individu qu'il n'est pas utile de lire maintenant, mais que je vais garder pour plus tard, dit Holmes, en pliant le journal et en jetant un coup d'œil dans ma direction. Il semble qu'on ait affaire à quelqu'un de très rusé. Ce Booth ne sera sans doute pas facile à attraper car, bien qu'il n'ait pas eu beaucoup de temps pour s'échapper, nous ne devons pas perdre de vue le fait qu'il a eu douze mois pour planifier sa disparition. Eh bien ? Qu'en dites-vous, Watson ? Certains des petits problèmes que nous avons résolus par le passé nous ont enseigné que les énigmes les plus intéressantes ne sont pas nécessairement celles qui paraissent les plus étranges à première vue.

— Loin de là, au contraire, ce serait plutôt l'inverse, si vous me permettez de citer Sam Weller, répliquai-je. Personnellement, rien ne me ferait plus plaisir que de me joindre à vous.

— Alors, voilà qui est réglé, dit mon ami. À présent, je dois m'occuper de cette autre petite affaire dont je vous ai parlé. Rappelez-vous, me dit-il tandis que nous nous séparions, 1 h 30 à Saint-Pancras.

Je fus ponctuel au rendez-vous, mais je n'aperçus pas la longue et familière silhouette de Holmes avant que les aiguilles de la grande horloge de la gare indiquassent l'heure exacte de notre départ et que les porteurs eussent commencé à refermer les portières des wagons.

— Ah, vous voici, Watson ! s'écria-t-il joyeusement. J'ai craint un instant que l'idée que je puisse arriver en retard ne vous passe par la tête. J'ai été occupé toute la soirée et je n'ai pas eu une minute de battement. J'ai cependant réussi à appliquer la théorie de Phileas Fogg selon laquelle « un minimum bien utilisé suffit pour tout », et me voici.

— C'est probablement la dernière chose à laquelle je m'attendrais de votre part, dis-je tandis que nous prenions place dans les deux coins opposés d'un compartiment vide de première classe, que vous puissiez faire une chose aussi peu méthodique que de rater un train. En fait, ce qui me surprendrait davantage, ce serait de vous trouver sur le quai dix minutes en avance.

— Je vais réfléchir à celui des deux maux qui est le pire, dit Holmes d'un ton sentencieux. Mais à présent, nous devons dormir ; il faut nous attendre à une rude journée.

C'était une des particularités de Holmes que de pouvoir contrôler son sommeil ; malheureusement, y résister ne lui posait pas non plus de problèmes, et je dus souvent le sermonner sur le mal qu'il se faisait quand, profondément absorbé par une de ses stupéfiantes enquêtes, il passait plusieurs jours et plusieurs nuits consécutifs sans fermer l'œil un seul instant.

Il baissa les abat-jour, s'enfonça dans son coin et, en moins de deux minutes, sa respiration régulière m'indiqua qu'il s'était endormi. N'étant pas pourvu du même don, je tâchais également de me mettre à l'aise, bercé par le roulis mécanique de l'express qui avançait à grande vitesse dans la nuit. De temps à autre, comme nous dépassions une gare puissamment éclairée ou devant une succession de fourneaux en flammes, la silhouette de Holmes, lovée à l'autre bout du wagon, avec sa tête appuyée contre sa poitrine, m'apparaissait l'espace d'un instant.

Je ne trouvai pas le sommeil avant Nottingham et, lorsqu'une violente secousse me réveilla, il faisait déjà grand jour, et Holmes était occupé à consulter un indicateur de chemin de fer et un horaire des bateaux. En me voyant remuer, il me dit :

— Si je ne me trompe pas, Watson, nous venons de traverser le tunnel de Dore et Totley et, si c'est bien le cas, nous devrions arriver à Sheffield dans quelques minutes. Comme vous pouvez le constater, Watson, je n'ai pas perdu mon temps en étudiant mon *Bradshaw*, à ma connaissance, le livre le plus utile qui soit.

— Comment peut-il vous être utile, en ce moment ? demandai-je, quelque peu interloqué.

— Disons qu'il l'est et ne l'est pas, répliqua Holmes. Quoi qu'il en soit, j'apprécie d'avoir sous la main tous les renseignements dont je pourrais avoir besoin. Il est assez probable que ce Jabez Booth ait décidé de quitter le pays et, si cette supposition se vérifie, il aura sans doute mis au point sa petite escapade en se servant des informations contenues dans cet instructif volume. Je viens d'apprendre dans le *Sheffield Telegraph* que j'ai récupéré à Leicester alors que vous dormiez à poings fermés, que M. Booth a encaissé le dernier de ses chèques frauduleux à la North British Bank, dans Saville Street, à 14 h 15 précises, mercredi dernier. Il a effectué en fiacre sa tournée des différentes banques qu'il a escroquées, et il lui a fallu trois minutes environ pour passer de cette banque à la gare centrale.

D'après ce que j'ai saisi de l'ordre dans lequel les banques ont été visitées, il a suivi un circuit qui s'est terminé à l'endroit le plus proche de la gare, où il a pu arriver aux environs de 14 h 18. Je découvre à présent qu'un express quitte Sheffield à 14 h 22 pour atteindre sa destination, Liverpool, à 16 h 20. De la gare, il est possible de rejoindre les docks et d'embarquer à bord du paquebot de la compagnie White Star, *Empress Queen*, qui largue les amarres à 18 h 30 à destination de New York. Par ailleurs, un autre train part de Sheffield à 14 h 45 pour arriver à Hull à 16 h 30, ce qui permet, à 18 h 30, de prendre le vapeur hollandais *Comet* à destination d'Amsterdam. Nous voici confrontés à deux itinéraires de fuite possibles : le premier paraît le plus probable, mais les deux méritent d'être pris en considération.

Holmes avait à peine fini de parler que le train s'arrêta.

— Presque 4 h 05, notai-je.

— Oui, dit Holmes, nous avons exactement une minute et trente secondes de retard. À présent, je propose que nous prenions un petit déjeuner copieux et une tasse de café noir, car nous avons deux bonnes heures devant nous.

Après nous être restaurés, nous nous rendîmes d'abord au poste de police où nous apprîmes que l'affaire que nous étions venus examiner n'avait connu aucun autre développement. M. Lestrade, de Scotland Yard, était arrivé la veille au soir et avait été officiellement chargé de l'enquête.

Nous obtînmes l'adresse de M. Jervis, le directeur de la banque dans laquelle Booth avait été employé, et également celle de sa logeuse à Broomhill.

Un fiacre nous déposa à 7 h 30 devant la maison de Jervis, à Fulwood. Holmes insista pour que je vinsse avec lui, et nous fûmes tous deux introduits dans un spacieux salon où l'on nous pria d'attendre que le banquier pût nous voir.

Très peu de temps après, M. Jervis, un homme bien en chair, au visage rougeaud, qui devait avoir une cinquantaine d'années environ, pénétra dans la pièce en soufflant. Tout en lui respirait la prospérité.

— Pardonnez-moi de vous avoir fait attendre, messieurs, déclara-t-il. Mais l'heure est bien matinale.

— En effet, monsieur Jervis, dit Holmes, et s'il y a des excuses à présenter, c'est plutôt à nous de les faire. Il est cependant nécessaire que je vous pose un certain nombre de questions à propos de ce M. Booth, avant que je puisse me lancer dans cette affaire, et je n'ai pas d'autre raison à avancer pour justifier cette visite intempestive.

— Je serai très heureux de répondre à vos questions dans la mesure de mes capacités, répondit le banquier en faisant glisser entre ses gros doigts les sceaux qui se trouvaient au bout de la chaîne en or massif de sa montre.

— Quand M. Booth a-t-il été embauché dans votre banque ?

— En janvier 1881.

— Savez-vous où il habitait à son arrivée à Sheffield ?

— Il s'est installé dans Ashgate Road et, à ma connaissance, il a toujours vécu là depuis.

— Savez-vous quelque chose de son histoire, du type d'existence qu'il menait avant sa venue chez vous ?

— Très peu, je le crains, sinon que ses parents sont tous les deux morts et qu'il s'est présenté à nous muni d'excellentes lettres de recommandation de la part de notre succursale de Leeds.

— L'estimiez-vous efficace et digne de confiance ?

— Cet homme a été l'un des employés les plus capables et les plus intelligents que j'aie jamais eus sous ma direction.

— Savez-vous s'il connaissait d'autres langues que l'anglais ?

— Je suis presque sûr que non. Nous avons un agent qui s'occupe tout spécialement de la correspondance étrangère qu'il nous arrive de recevoir, et je sais que Booth lui a transmis à plusieurs reprises des lettres et des documents.

— Avec votre expérience dans le domaine de la banque, pouvez-vous me dire, monsieur Jervis, quelle estimation il a pu faire du temps qui s'écoulerait entre le moment où il a déposé ses faux et le moment où ils ont été détectés ?

— Eh bien, tout cela dépend en grande partie des circonstances, dit M. Jervis. S'il ne s'agissait que d'un seul chèque, il faudrait compter une semaine ou deux, à moins que les sommes soient si élevées qu'elles donnent lieu à une vérification supplémentaire. En ce cas, le chèque n'aurait pas pu être encaissé tant que cette vérification n'aurait pas été faite. Dans le cas présent, où il est question de douze chèques contrefaits, il était très improbable qu'au moins l'un d'entre eux ne fût pas repéré dans les vingt-quatre heures et permît ainsi la découverte de la fraude. Aucune personne saine d'esprit n'aurait osé présumer qu'un tel crime pût rester ignoré plus longtemps.

— Merci, dit Holmes en se levant. Il s'agissait de points essentiels dont je voulais m'entretenir avec vous. Si quoi que ce soit d'important arrive, je ne manquerai pas de vous en tenir informé.

— Je vous en suis très reconnaissant, monsieur Holmes. Cette affaire nous cause naturellement beaucoup de soucis. Nous vous laissons entièrement libre de la résoudre par les moyens qui vous sembleront les mieux adaptés. À propos, j'ai donné des instructions à la logeuse de Booth pour qu'elle ne touche à rien dans son appartement tant que vous ne l'aurez pas inspecté.

— Vous avez bien fait, dit Holmes, cela nous permettra peut-être de recueillir quelques éléments matériels.

— Ma compagnie m'a également prié, ajouta le banquier en prenant poliment congé de nous, de vous demander de tenir un compte exact de vos dépenses, qu'elle se fera un honneur de vous rembourser.

Peu de temps après, nous sonnions la cloche de la maison de Ashgate Road, dans Broomhill, où M. Booth avait habité pendant plus de sept ans. Une femme de chambre vint nous ouvrir, qui nous informa que Mme Purnell était occupée avec un monsieur à l'étage. Quand nous lui expliquâmes le motif de notre visite, elle nous conduisit aussitôt dans l'appartement de M. Booth, au premier étage, où nous trouvâmes Mme Purnell, une petite femme dodue et volubile d'une quarantaine d'années, en grande conversation avec M. Lestrade, qui semblait sur le point de terminer son inspection de l'appartement.

— Bonjour, Holmes, dit le détective visiblement très satisfait de lui-même. Vous arrivez sur scène un peu trop tard, je crois avoir déjà récolté toutes les informations nécessaires à la capture de notre homme.

— Je suis ravi de l'entendre, répliqua sèchement Holmes, et je vous en félicite, si c'est vraiment le cas. Peut-être pourrons-nous comparer nos notes après que j'aurai fait un petit tour des lieux...

— Comme vous voulez, dit Lestrade avec l'air de quelqu'un qui peut se permettre d'être gracieux, mais j'ai la naïveté de penser que vous allez perdre votre temps, et vous penseriez de même si vous saviez ce que j'ai découvert.

— Mais je dois quand même vous demander de satisfaire mon petit caprice, dit Holmes en s'appuyant sur le manteau de la cheminée.

Puis il se mit à siffloter en regardant la pièce autour de lui. Au bout d'un moment, il se tourna vers Mme Purnell.

— Le mobilier de cette chambre vous appartient, n'est-ce pas ?

Mme Purnell acquiesça.

— Le tableau qui a été décroché de la cheminée mercredi matin, continua Holmes, était à M. Booth, je présume ?

Je suivis le regard de Holmes et remarquai sur le papier peint l'empreinte laissée par un tableau. Malgré ce que je savais de la manière de raisonner de mon ami, je n'avais pas réalisé un instant que les restes de toile d'araignée qui se trouvaient derrière le tableau et pendaient encore au mur, lui avaient appris que le tableau n'avait pu être retiré qu'immédiatement avant que Mme Purnell ait reçu l'ordre de ne toucher à rien dans la pièce. Autrement, son chiffon à poussière, qui avait été à l'ouvrage partout ailleurs, ne les aurait pas épargnés.

La bonne dame regarda Sherlock Holmes avec stupéfaction.

— M. Boots l'a descendu lui-même mercredi matin, dit-elle. C'était un tableau qu'il avait peint lui-même, et il en pensait beaucoup de bien. Il l'a enveloppé dans du papier et l'a emporté avec lui. Il a déclaré qu'il comptait en faire cadeau à un ami. J'ai été très surprise de l'entendre dire ça, car je savais qu'il y tenait vraiment beaucoup. En fait, une fois, il m'a même confié qu'il ne s'en séparerait pour rien au monde. Bien sûr, il est maintenant facile de comprendre pourquoi il s'en est débarrassé.

— Oui, dit Holmes. Ce n'était pas une grande toile, à ce que je vois. Une aquarelle, n'est-ce pas ?

— Oui, elle représentait un paysage de lande, avec trois ou quatre gros rochers qui formaient comme une immense table au sommet d'une colline dénudée. Des « druidiques », comme M. Booth les appelait, ou quelque chose dans le genre.

— Est-ce que M. Booth peignait beaucoup, alors ? s'enquit Holmes.

— Jamais tant qu'il a été ici, monsieur. Il m'a dit avoir beaucoup peint dans sa jeunesse, mais il a abandonné.

Les yeux de Holmes parcouraient de nouveau la pièce, et une exclamation de surprise lui échappa quand ils s'arrêtèrent sur une photographie posée sur le piano.

— Il s'agit sûrement d'une photographie de M. Booth, dit-il. Elle correspond exactement à la description que j'ai de lui.

— Oui, dit Mme Purnell, c'est un très bon portrait de lui.

— Elle a été prise il y a longtemps ? demanda Holmes en s'en saisissant.

— Quelques semaines, tout au plus, monsieur. J'étais là le jour où le garçon du photographe les a apportées. M. Booth a ouvert le paquet en ma présence. Il y avait seulement deux photos, celle-ci et une autre qu'il m'a donnée.

— Vous m'intéressez excessivement, dit Holmes. Ce complet veston à rayures qu'il porte sur la photo, est-ce le même qu'il avait quand il est parti mercredi matin ?

— Oui, autant que je m'en souvienne, il était vêtu exactement de la même façon.

— Vous rappelez-vous quelque chose d'important que M. Booth vous aurait dit mercredi dernier avant de s'en aller ?

— Je crains que non, monsieur. Mais quand je lui ai monté sa tasse de chocolat dans sa chambre, il a dit...

— Un instant, l'interrompit Holmes. M. Booth avait-il l'habitude de prendre une tasse de chocolat le matin ?

— Oh, oui, monsieur, été comme hiver. Il était inflexible là-dessus et sonnait pour qu'on la lui monte dès qu'il était réveillé. Je crois qu'il aurait préféré s'abstenir de petit déjeuner plutôt que de se passer de sa tasse de chocolat. Bien, comme je le disais, monsieur, c'est moi qui la lui ai apportée mercredi matin... Il a fait un commentaire sur le temps et puis, au moment où je quittais la pièce, il a déclaré : « Oh, à propos, madame Purnell, je m'en vais ce soir pour deux semaines. J'ai préparé mon bagage, je passerai le récupérer dans l'après-midi. »

— Vous avez sans doute été très surprise de l'apprendre si brusquement ? demanda Holmes.

— Pas tellement, monsieur. Depuis qu'il avait accepté ce travail de vérification d'écriture à faire pour les différentes agences de la banque, il n'y avait plus moyen de savoir à l'avance quand il s'absenterait. Bien sûr, il n'était jamais parti plus de deux semaines, sauf pendant les vacances, mais il était si souvent en déplacement pour quelques jours que je m'étais habituée à en être prévenue au tout dernier moment.

— Dites-moi, depuis combien de temps faisait-il ce travail supplémentaire pour la banque, plusieurs mois, n'est ce pas ?

— Plus. Il a commencé aux environs de Noël, je crois.

— Oh, oui, évidemment, dit Holmes d'un ton insouciant, et du coup il était souvent retenu loin de chez lui, n'est-ce pas ?

— Oui, en effet, et ça semblait beaucoup le fatiguer, toutes ces soirées et ces nuits passées au travail, vous comprenez, monsieur. Il ne lui en fallait pas plus pour s'écrouler, car il avait toujours été un homme calme, réservé et qui ne sortait presque jamais le soir auparavant.

— M. Booth a-t-il laissé beaucoup d'affaires personnelles ? demanda Holmes.

— Très peu, en vérité. Ce qu'il n'a pas emporté, ce sont essentiellement des vieilleries sans intérêt. Mais c'est un voleur très honnête, monsieur, dit Mme Purnell d'une manière paradoxale. Il m'a payé son loyer avant de partir mercredi matin, jusqu'au samedi suivant, parce qu'il pensait qu'il ne serait pas encore rentré.

— C'était bien aimable de sa part, dit Holmes en souriant d'un air pensif. Au fait, savez-vous s'il lui est arrivé de se débarrasser d'autres de ses trésors avant son départ ?

— Pas juste avant, non, mais au cours des derniers mois, il a vendu la plupart de ses livres. Par petits lots, j'imagine... Il a toujours eu une passion pour les vieux livres, et il m'a dit que certaines des éditions qu'il possédait valaient une vraie fortune.

Tout au long de cette conversation, Lestrade était resté assis, tambourinant sur la table avec ses doigts. À bout de patience, il finit par se lever.

— Je suis vraiment désolé mais je crains de devoir vous abandonner à vos bavardages, dit-il. Je dois aller télégraphier mes ordres pour qu'on arrête ce M. Booth. Si seulement vous aviez commencé par examiner ce vieux buvard, que j'ai trouvé dans la corbeille à papier, vous vous seriez épargné bien des efforts inutiles, monsieur Holmes.

Et il déposa triomphalement une feuille de papier buvard usagée sur la table.

Holmes s'en empara et la plaça devant le miroir surplombant le buffet. Regardant par-dessus son épaule, je vis distinctement se réfléchir une note écrite de la main de M. Booth, dont Holmes s'était procuré des échantillons.

Elle était adressée à une agence de voyages de Liverpool : il s'agissait d'une demande de réservation d'une cabine privée en première classe à bord du *Empress Queen*, partant de Liverpool à destination de New York. Certains passages de la note étaient légèrement effacés par d'autres impressions, mais elle disait ensuite qu'un chèque était joint pour le règlement des billets, etc. Elle était signée J. Booth.

Silencieux, Holmes resta plusieurs minutes à examiner le papier.

La feuille avait bien servi, mais, heureusement, la note était imprimée au centre, et elle avait été épargnée en grande partie par les taches et les autres impressions qui se trouvaient toutes sur les bords du buvard. Dans un coin, l'adresse de l'agence de voyages de Liverpool était facilement déchiffrable, le papier ayant été également utilisé pour sécher l'adresse de l'enveloppe.

— Mon cher Lestrade, vous avez en effet été plus chanceux que je ne me l'étais figuré, finit par dire Holmes en lui rendant le papier buvard. Puis-je vous demander ce que vous comptez faire, à présent ?

— Je vais tout de suite aller télégraphier à la police de New York pour qu'elle arrête notre homme à son arrivée, dit Lestrade. Mais je dois d'abord m'assurer que le bateau ne fait pas escale à Queenstown ou dans un autre port, car cela lui permettrait de nous filer entre les doigts.

— Il n'y a pas d'escale, dit Holmes d'une voix calme, j'ai déjà vérifié car, *a priori*, il ne m'avait pas paru improbable que ce M. Booth cherchât à s'embarquer sur le *Empress Queen*.

Lestrade m'adressa un clin d'œil pour lequel je l'aurais volontiers envoyé au tapis, car je voyais bien qu'il ne croyait pas mon ami. J'étais quelque peu déçu que la prescience de Holmes ait été éclipsée de cette manière par ce qui n'était, après tout, qu'un concours de circonstances favorable à Lestrade.

Holmes se tourna vers Mme Purnell et la remercia.

— Il n'y a pas de quoi, monsieur, dit-elle. M. Booth mérite d'être pris, même si je dois reconnaître qu'il s'est toujours conduit en parfait gentleman avec moi. J'aurais simplement aimé pouvoir vous être plus utile.

— Mais vous l'avez été, dit Holmes. Je peux vous assurer que ce que vous nous avez appris est de la plus haute importance et nous sera d'une aide précieuse dans notre enquête. À propos, une idée vient de me traverser l'esprit : pourriez-vous nous loger quelques jours, mon ami, le Dr Watson, et moi-même, jusqu'à ce que nous ayons eu le temps d'y voir plus clair dans cette petite affaire ?

— Certainement, monsieur, j'en serais très heureuse.

— Bien, dit Holmes. Alors nous devrions être de retour pour le dîner, vers 19 heures.

Une fois dehors, Lestrade nous annonça aussitôt son intention de retourner au poste de police pour prendre les dispositions nécessaires à l'arrestation de Booth à son arrivée à New York. Holmes garda un silence énigmatique sur ce qu'il comptait faire mais manifesta son désir de rester à Broomhill pour poursuivre son enquête, sans moi.

— Rappelez-vous, Watson, vous êtes ici en vacances, pour vous reposer, et je peux vous assurer que, si vous m'accompagnez, vous allez trouver le programme bien ennuyeux. J'insiste donc pour que vous consacriez le reste de cette journée à des activités plus distrayantes.

J'avais appris par le passé qu'il était inutile d'essayer de discuter avec Holmes quand il avait une idée en tête, alors j'acceptai en faisant contre mauvaise fortune bon cœur. Je descendis donc du fiacre où nous étions montés, et il m'affirma qu'il n'en aurait pas pour très longtemps.

Je passai quelques heures dans une galerie d'art et au musée puis, après le déjeuner, je partis en promenade sur la route de Manchester pour profiter du grand air et de la beauté des landes environnantes. Quand je revins à

Ashgate Road, à 19 heures, j'avais retrouvé un appétit tel que je ne m'en avais plus connu depuis des mois.

Holmes n'était pas là, et il était presque 19 h 30 quand il rentra. Je pus aussitôt constater qu'il était d'une humeur sombre et silencieuse, et toutes mes tentatives pour le faire parler de sa journée ou de ce qu'il pensait de l'affaire se heurtèrent à une fin de non-recevoir.

Toute la soirée, il demeura prostré dans un fauteuil à tirer sur sa pipe, et c'est à peine si nous échangeâmes un mot.

Son comportement insondable et son mutisme persistant ne me livraient aucune information sur l'évolution de son enquête, même si je pus me rendre compte que cela occupait entièrement son esprit.

Le lendemain matin, alors que nous terminions notre petit déjeuner, la domestique entra avec un courrier.

— De la part de M. Jervis, monsieur. Vous n'avez pas besoin de répondre, dit-elle.

Holmes déchira l'enveloppe et parcourut rapidement la missive. Je remarquai son irritation quand son visage habituellement si pâle s'empourpra.

— Quelle impudence ! grommela-t-il. Lisez ça, Watson. Je ne me rappelle pas avoir été aussi grossièrement traité par le passé.

La lettre était brève.

The Cedars, Fulwood.

Le 6 septembre

M. Jervis, de la part des directeurs de la British Consolidated Bank, tient à remercier M. Sherlock Holmes pour sa prompte intervention et la qualité de ses services dans l'affaire concernant la fraude et la fuite de leur ex-employé, M. Jabez Booth.

M. Lestrade, de Scotland Yard, nous informe qu'il est parvenu à retrouver la trace de l'individu en question qui sera arrêté dans les plus brefs délais. Vu les circonstances, ils ne jugent plus nécessaire de prendre davantage du temps précieux de M. Holmes.

— Plutôt froid, hein, Watson ? Je ne crois pas me tromper en disant qu'il sera déjà trop tard quand ils regretteront cette décision. Après un coup pareil, je n'ai aucunement l'intention d'aller plus loin dans cette enquête, même s'ils me supplient à genoux. D'une certaine manière, j'en suis désolé parce que l'affaire présente certains aspects particulièrement intéressants et n'a rien d'une simple formalité comme le pense notre ami Lestrade.

— Comment, vous croyez qu'il fait fausse route ? m'exclamai-je.

— Attendre et voir, Watson, dit mystérieusement Holmes. Rappelez-vous que M. Booth n'a pas encore été pris.

Et ce fut tout ce que je pus tirer de lui.

Une des conséquences de la manière expéditive avec laquelle le banquier avait renoncé aux services de mon ami fut que Holmes et moi passâmes une semaine très agréable et reposante dans le petit village de Hathersage, en bordure des landes du Derbyshire, et revînmes en excellente forme de nos longues randonnées dans ces terres de bruyères.

Holmes ayant alors très peu de travail, et ma femme n'étant pas encore de retour de ses vacances en Suisse, je réussis à le persuader, non sans d'énormes difficultés, de rester avec moi encore quelque temps plutôt que de retrouver son appartement de Baker Street.

Bien sûr, nous suivîmes avec beaucoup d'intérêt les développements de l'affaire de faux de Sheffield. Les journaux se firent l'écho des découvertes de Lestrade et, le lendemain de notre départ de Sheffield, il n'y était plus question que de la passionnante traque de M. Booth, l'homme recherché pour avoir escroqué les banques de la ville.

Ils décrivaient le « coupable arpentant fiévreusement le pont de l'*Empress Queen*, tandis que le majestueux navire fendait les flots immenses et indomptables de l'Atlantique, sans se douter que l'inexorable main de la justice pût s'étendre au-delà de l'océan pour s'abattre sur lui quand il débarquerait sur le sol du Nouveau Monde ». Et Holmes, après avoir lu de tels paragraphes, reposait toujours le journal avec un énigmatique sourire au coin des lèvres.

Enfin, le jour où l'*Empress Queen* était supposé accoster arriva, et je ne pus m'empêcher de remarquer qu'au moment où Holmes déplia le journal du soir son visage, habituellement si impassible, prit une expression de vive curiosité. Mais nous n'étions pas au bout de nos surprises. Il y avait un court article annonçant que l'*Empress Queen* avait jeté l'ancre à Long Island à 18 heures après une traversée sans histoire. Un cas de choléra s'était cependant déclaré à bord, et les autorités du port de New York avaient décidé de mettre le navire en quarantaine : aucun passager ni aucun membre de l'équipage n'étaient plus autorisés à en descendre pour une période de douze jours.

Deux jours plus tard, les journaux consacrèrent une colonne entière à l'affaire pour affirmer qu'il était désormais certain que M. Booth se trouvait à bord de l'*Empress Queen*. Un inspecteur des services sanitaires lui avait parlé et l'avait identifié. Il avait été placé sous bonne garde, et il n'avait aucune possibilité de s'échapper. M. Lestrade, le détective de Scotland Yard qui avait si brillamment déjoué le plan de fuite de Booth, avait embarqué à bord de l'*Oceania* dont l'arrivée à New York était prévue le 10. C'est lui qui se chargerait en personne de l'arrestation de Booth, une fois que ce dernier aurait reçu l'autorisation de descendre à terre.

Jamais auparavant, ni depuis, je n'avais vu mon ami Holmes aussi étonné que lorsqu'il eut fini de lire cet article. Je voyais bien que l'homme qui pouvait si facilement me surprendre était à son tour complètement mystifié. Il demeura recroquevillé dans son fauteuil toute la journée, les sourcils froncés et les yeux mi-clos tandis qu'il tirait silencieusement sur sa vieille pipe de bruyère.

— Watson, me dit-il à un moment en me regardant, c'est peut-être une bonne chose que l'on m'ait demandé d'abandonner cette affaire de Sheffield. Telles que les choses se présentent, je crois que je me serais couvert de ridicule.

— Pourquoi ? répondis-je.

— Parce que j'ai commencé par surestimer quelqu'un, et il semble bien que je me sois trompé.

Les jours suivants, Holmes apparut plutôt déprimé, car rien ne le perturbait plus que de sentir qu'il avait fait une erreur de déduction et qu'il avait suivi un mauvais raisonnement.

Enfin, le 10 septembre, le jour où Booth devait être appréhendé, arriva. Nous consultâmes avidement les journaux du soir, mais en vain. Le matin du 11 vint et il n'y avait toujours pas de nouvelles de l'arrestation. Mais les journaux du soir publièrent un bref article pour annoncer que le criminel avait réussi à s'échapper.

Pendant plusieurs jours, les quotidiens furent remplis de rumeurs contradictoires et de conjectures hasardeuses sur ce qui s'était réellement passé, mais tous s'accordaient sur un point : M. Lestrade rentrait seul et son arrivée à Liverpool était prévue pour le 17 ou le 18.

Le soir du 18, alors que Holmes et moi étions occupés à fumer dans son appartement de Baker Street, le garçon de courses fit irruption pour nous informer que M. Lestrade, de Scotland Yard, attendait en bas qu'on lui accordât la faveur d'un entretien de quelques minutes.

— Faites-le monter, faites-le monter, dit Holmes en se frottant les mains avec une excitation qui ne lui était pas coutumière.

Lestrade entra dans le salon et s'assit dans le fauteuil que Holmes lui désigna d'un air particulièrement dédaigneux.

— Ce n'est pas souvent que je suis dans mon tort, monsieur Holmes, commença-t-il, mais dans cette affaire de Sheffield, j'ai été en dessous de tout.

— Mon Dieu, dit Holmes sur le ton de la plaisanterie, vous ne voulez sûrement pas dire que vous n'avez pas encore arrêté votre homme.

— Si, répondit Lestrade. Qui plus est, je crois qu'il ne sera jamais pris !

— Ne désespérez pas si vite, lui dit Holmes pour le remonter. Après que vous nous aurez raconté tout ce qui s'est vraiment passé, il n'est pas tout à fait impossible que je sois en mesure de vous aider en vous livrant quelques petites suggestions.

Ces paroles encouragèrent Lestrade à se lancer dans son étrange récit que nous écoutâmes tous deux avec le plus vif intérêt.

— Il n'est sans doute pas nécessaire de revenir sur les incidents qui sont déjà connus, dit-il. Vous savez que c'est la découverte que je fis à Sheffield qui m'a convaincu que l'homme que je recherchais avait embarqué sur l'*Empress Queen* à destination de New York. Je bouillais d'impatience de l'arrêter, et quand j'ai appris que le bateau sur lequel il avait effectué la traversée avait été mis en quarantaine, je suis monté à bord du premier bateau en partance pour pouvoir lui mettre la main dessus moi-même. Jamais de ma vie je n'ai trouvé le temps si long qu'au cours de ces cinq jours passés en mer.

Nous avons atteint New York le 9 au soir, et je me suis aussitôt précipité au quartier général de la police où l'on m'a informé de la présence de M. Jabez Booth à bord de l'*Empress Queen*. Un des inspecteurs des services sanitaires qui s'était rendu à bord l'avait vu et lui avait parlé. L'homme correspondait exactement à la description de Booth qui avait été donnée par les journaux. Un des détectives new-yorkais avait été envoyé à bord pour procéder à quelques vérifications et pour prévenir secrètement le capitaine de l'arrestation à venir. Il apprit que M. Jabez Booz avait eu l'audace de réserver sa cabine et son titre de transport sous son véritable nom et n'avait rien fait pour cacher son identité. Il occupait une cabine privée en première classe, et le commissaire de bord a déclaré qu'il avait tout de suite trouvé l'individu suspect. Il était resté enfermé pendant la plus grande partie de la traversée, se conduisant comme un excentrique plus ou moins valide qui ne devait être dérangé sous aucun prétexte. La plupart de ses repas lui étaient servis dans sa cabine, et on l'avait rarement vu sur le pont et encore moins à table avec les autres passagers. Il cherchait évidemment à se soustraire aux regards et à attirer le moins possible l'attention sur lui. Les stewards et certains des passagers à qui on a posé la question ont tous été formels sur ce point.

Il a été décidé que, tant que le bateau serait en quarantaine, il ne fallait surtout rien dire à Booth qui pût éveiller sa suspicion mais que le commissaire de bord, les stewards et le capitaine, qui étaient les seules personnes tenues dans le secret, devaient le garder à l'œil jusqu'au 10, jour où les passagers seraient autorisés à quitter le navire. C'est alors que nous procéderions à son arrestation.

À cet instant, nous fûmes interrompus par le garçon de courses qui se présenta avec un télégramme. Holmes y jeta un coup d'œil avec un léger sourire.

— Il n'y a pas de réponse, dit-il en le glissant dans la poche de son gilet. Mais je vous en prie, Lestrade, reprenez votre si passionnante histoire.

— Bien, l'après-midi du 10, accompagné de l'inspecteur en chef de la police de New York et du détective Forsyth, enchaîna Lestrade, je suis monté à bord de l'*Empress Queen* une demi-heure avant que l'autorisation d'accoster lui soit donnée et que les passagers puissent enfin débarquer.

Le commissaire nous a déclaré qu'il avait rencontré M. Booth sur le pont et qu'il avait conversé avec lui environ quinze minutes avant notre arrivée. Il était alors redescendu à sa cabine et le commissaire, trouvant un prétexte pour l'accompagner, l'y avait vu entrer. Depuis lors, il s'était posté en haut de l'escalier des cabines et était certain que M. Booth n'était pas ressorti.

« Enfin », me suis-je dit, alors que le commissaire nous guidait vers la cabine de Booth. Nous avons frappé à la porte mais, n'obtenant pas de réponse, nous avons essayé de l'ouvrir. Elle était fermée à clé. Le commissaire nous a alors assuré qu'il n'y avait là rien d'inhabituel. M. Booth était resté enfermé à clé dans sa cabine pendant la plus grande partie de la traversée et ses repas lui avaient été souvent servis sur un chariot que le steward laissait devant sa porte. Nous nous sommes rapidement consultés et, comme le temps pressait, nous avons décidé de forcer la porte. Deux bons coups d'un lourd marteau ont suffi à la faire sortir de ses gonds. Puis nous nous sommes rués à l'intérieur. Vous pouvez imaginer quelle a été notre stupéfaction quand nous avons découvert que la cabine était vide. Nous l'avons fouillée de fond en comble, mais Booth avait disparu.

— Un moment, l'interrompit Holmes. La clé de la porte... était-elle dans la serrure ?

— Elle n'était nulle part, dit Lestrade. J'ai commencé à sérieusement m'inquiéter, d'autant plus que les vibrations des moteurs et de l'hélice m'ont alors indiqué que le navire s'était remis en marche pour gagner le débarcadère.

Nous étions à court d'idées. M. Booth devait être caché à bord mais nous n'avions plus le temps de le chercher car, quelques minutes plus tard, les passagers allaient quitter le bateau. Le capitaine nous déclara alors que, vu les circonstances, seule une passerelle de débarquement serait mise en service pour qu'avec l'aide du commissaire et des stewards je puisse contrôler l'identité de chacun des passagers. De la sorte, Booth pouvait bien se déguiser, il lui devenait impossible de nous échapper.

Un à un, les passagers ont défilé sur la passerelle et ont rejoint la foule qui se bousculait sur le débarcadère. Nous barrions leur nom de la liste aussitôt que nous les avions identifiés. Il y avait cent quatre-vingt-treize passagers de première classe à bord de l'*Empress Queen*, Booth inclus, et quand cent quatre-vingt-douze eurent débarqué, il ne restait plus que son nom !

Vous pouvez difficilement réaliser dans quel état d'impatience nous étions, dit Lestrade, en s'épongeant le front à l'évocation de ce souvenir, et comme le temps nous paraissait long tandis que nous pointions, l'un après l'autre, la totalité des trois cent vingt-quatre passagers de seconde classe et des trois cent dix passagers de l'entrepont. Chacun d'eux prit cette passerelle à l'exception de M. Booth. Il n'y a aucun doute à ce sujet.

Nous en avons alors conclu qu'il devait encore être à bord, mais je commençais à paniquer et je me suis demandé s'il n'y avait pas moyen pour lui de sortir en se dissimulant dans un des bagages que les grandes grues étaient en train de décharger sur le quai.

J'ai fait part de ma crainte au détective Forsyth, et il s'est aussitôt occupé de faire ouvrir et examiner par les agents des douanes chaque malle et chaque caisse susceptible de pouvoir contenir un homme.

C'était là une tâche fastidieuse, mais ils n'ont pas renâclé et, au bout de deux heures, ils nous ont assuré que Booth n'avait pas pu s'échapper de cette manière.

Il ne restait donc plus qu'une seule solution possible au mystère. Il devait encore être caché dans le bateau. Toutes les issues en étaient étroitement surveillées depuis l'accostage, et le directeur de la police venait juste de mettre une vingtaine d'hommes à notre disposition. Aussi, avec l'accord du capitaine et l'assistance des commissaires de bord et des stewards, avons-nous procédé à une fouille en règle de l'*Empress Queen*, de la poupe à la proue. Nous avons inspecté jusqu'à son moindre recoin, mais notre passager manquant est demeuré introuvable. De cela, je suis certain. À présent, monsieur Holmes, vous connaissez toute l'histoire. M. Booth était selon toute probabilité à bord de l'*Empress Queen* jusqu'à 11 heures le matin du 10, et, bien qu'il lui ait été impossible de s'enfuir, nous devons pourtant bien admettre le fait qu'à 5 heures de l'après-midi il avait disparu.

Au moment où Lestrade en termina avec son étrange et fascinant récit, son visage avait une expression où se mêlaient le désespoir et l'affolement, et j'imagine que je n'avais pas l'air plus triomphant. Holmes s'enfonça dans son fauteuil et étendit ses longues et maigres jambes devant lui. Puis son corps fut secoué par un rire silencieux.

— À quelle conclusion en êtes-vous arrivé ? finit-il par lâcher. Que proposez-vous de faire à présent ?

— Je n'en ai aucune idée. Qui saurait quoi faire, d'ailleurs ? Toute cette histoire est impossible, absolument impossible. C'est un mystère insondable. Je suis venu vous voir au cas où, par le plus grand des hasards, vous pourriez nous suggérer une nouvelle piste pour relancer l'enquête.

— Eh bien, dit Holmes en adressant un clin d'œil malicieux à Lestrade, je peux vous donner l'adresse actuelle de Booth, si cela peut vous être utile…

— Sa quoi ? s'écria Lestrade.

— Son adresse actuelle, répéta calmement Holmes. Mais avant cela, mon cher Lestrade, je tiens à préciser une chose. Dans cette affaire, M. Jervis m'a traité avec une certaine légèreté, et je n'ai aucun désir qu'à l'avenir mon nom puisse être de nouveau associé au sien. Quoi que vous fassiez, vous ne devez révéler sous aucun prétexte la source des informations que je vais à présent vous révéler. Le promettez-vous ?

— Oui, murmura Lestrade, en proie à un sentiment plus proche de la panique que de l'excitation.

Holmes déchira une page de son carnet et griffonna dessus : M. A. Winter, c/o Mme Thackary, Glossop Road, Broomhill, Sheffield.

— Voici le nom actuel et l'adresse de l'homme que vous recherchez, dit-il en tendant le papier à Lestrade. Je vous conseille fortement de ne pas perdre une minute pour le faire arrêter, même si le câble que j'ai reçu il y a un instant – et qui a malheureusement interrompu votre passionnant récit – m'informe du retour de M. Winter à son domicile après une absence temporaire, il est plus que probable qu'il va repartir, pour de bon cette fois-ci, dans un futur proche. Je ne saurais pas dire quand avec exactitude, pas avant quelques jours, je pense.

Lestrade se leva.

— Monsieur Holmes, vous êtes prodigieux, s'exclama-t-il avec plus de sincérité que je ne lui en avais jamais connu. Dans cette affaire, vous avez sauvé ma réputation quand j'agissais en parfait idiot et, maintenant, vous me forcez à tirer tout le bénéfice de votre succès alors que je n'en mérite pas un atome. Quant à la manière dont vous vous y êtes pris pour démêler cette histoire, c'est un aussi grand mystère pour moi que l'a été la disparition de Booth.

— Eh bien, à ce propos, dit Holmes d'un air détaché, je ne peux pas être tout à fait sûr de mon analyse des faits, car, bien entendu, je n'ai jamais pu examiner sérieusement cette affaire. Mais ce qui s'est passé est assez facile à deviner, et je serai ravi de vous donner ma version du voyage de Booth à New York quand vous aurez plus de temps...

« Au fait, ajouta Holmes au moment où Lestrade quittait le salon, je ne serais pas surpris que vous appreniez que M. Jabez Booth, alias M. Archibald Winter, ne vous est pas inconnu, car, lorsque vous êtes revenu d'Amérique, vous avez sans doute effectué la traversée sur le même bateau que lui. Il a atteint Sheffield quelques heures avant votre arrivée à Londres et, comme il était certainement de retour de New York, il est évident que vous avez dû voyager sur le même navire. Il devait porter des lunettes fumées et avoir une grosse moustache noire.

— Ah ! s'écria Lestrade, il y avait à bord un homme nommé Winter qui répondait à cette description. Je pense qu'il s'agissait du même individu. Il n'y a plus une seconde à perdre.

Et Lestrade s'éclipsa.

— Eh bien, Watson, vous paraissez presque aussi déboussolé que notre ami Lestrade, dit Holmes en s'enfonçant dans son fauteuil et en me dévisageant d'un air espiègle, tandis qu'il rallumait sa vieille pipe de bruyère.

— Je dois avouer qu'aucune des énigmes que vous avez eu à résoudre par le passé ne m'a jamais semblé aussi insoluble que celle de la disparition de Booth de l'*Empress Queen*, telle que vient de nous la conter Lestrade.

— Cette partie de l'histoire est on ne peut plus claire, s'esclaffa Holmes, mais je vais vous expliquer comment j'ai trouvé la solution du mystère. Je vois que vous êtes prêt à l'écouter... La première chose à faire au début d'une enquête est de jauger l'intelligence et la ruse du criminel. Et ce M. Booth est indiscutablement un homme brillant. Vous vous rappelez que M. Jervis lui-même a insisté sur ce point. S'il a ouvert des comptes en banque douze mois avant de passer à l'acte, c'est qu'il a longuement prémédité son crime. J'ai donc commencé l'enquête en sachant que j'avais affaire à un homme intelligent, qui avait eu douze mois pour préparer sa fuite. Les premiers véritables indices me furent fournis par Mme Purnell. Ses remarques sur ce travail de vérification d'écritures qui retenait Booth loin de chez lui pendant des jours et des nuits d'affilée se révélèrent d'une importance capitale. Je fus aussitôt persuadé, et l'enquête le confirma, que M. Booth n'avait jamais occupé cet emploi. Pourquoi avait-il alors menti à sa logeuse pour justifier ses absences ? Probablement parce qu'elles avaient un lien soit avec la fraude, soit avec son projet de fuite. Il me semblait inconcevable que toutes ces mystérieuses activités extérieures pussent avoir un rapport avec la contrefaçon, et j'en déduisis que Booth avait mis à profit ce temps pour organiser sa fuite dans le moindre détail.

« L'idée qu'il pût mener une double vie m'avait presque aussitôt traversé l'esprit : son intention était sans doute d'abandonner son identité après avoir commis l'escroquerie et d'en prendre une autre définitivement. C'était là un moyen plus sûr et moins maladroit que celui qui consistait à se déguiser au moment où tous ceux qui étaient lancés à vos trousses s'attendaient à cela.

« Il y avait ensuite ces faits intéressants relatifs au tableau et aux livres de Booth. J'essayai de me mettre à sa place. Il tenait beaucoup à ces biens. Ils étaient légers et faciles à transporter, et il n'y avait aucune raison valable pour qu'il s'en séparât. Il a donc dû les déménager par petites quantités dans un lieu où il pourrait les récupérer plus tard. Si je parvenais à trouver cet endroit, j'étais certain de pouvoir l'attraper quand il reviendrait les chercher.

« Le tableau n'était sûrement pas loin puisqu'il l'avait emporté avec lui le jour du crime... Je n'ai pas besoin de vous raconter toute l'histoire par le menu... Je passai deux heures à enquêter dans son quartier avant de dénicher la maison où il l'avait laissé, celle de Mme Thackary dans Glossop Road.

« Je trouvai un faux prétexte pour m'introduire chez cette dame qui m'apparut comme l'une des mortelles les plus faciles à faire parler de la création. En moins d'une demi-heure, je sus qu'elle avait un locataire nommé Winter, qui s'était présenté comme un voyageur de commerce et était la plupart du temps en déplacement. Sa description correspondait à celle de Booth sauf qu'il avait une moustache et portait des lunettes.

« Comme j'ai souvent essayé de vous le faire entrer dans la tête, Watson, ce sont les détails qui importent le plus, et je frémis de satisfaction en apprenant que M. Winter se faisait monter une tasse de chocolat dans sa chambre chaque matin. Le mercredi matin, un individu vint remettre un paquet à Mme Thackary en déclarant qu'il s'agissait d'un tableau qu'il avait promis à M. Winter, et il lui demanda de le lui donner à son retour. M. Winter avait loué son appartement au mois de décembre dernier. Il possédait un grand nombre de livres qu'il avait apportés au fur et à mesure. Tous ces faits réunis me convainquirent que j'étais sur la bonne voie. Winter et Booth étaient une seule et même personne, et, aussitôt que ses poursuivants auraient perdu sa trace, Booth, sous l'identité de Winter, reviendrait chercher ses trésors.

« La photographie récente et le buvard usagé avec ses informations essentielles étaient des moyens un peu trop évidents de mettre la police sur la piste de Booth. Le buvard, je m'en aperçus presque tout de suite, avait été contrefait, car il était quasi impossible de l'utiliser normalement sans que la partie centrale devînt indéchiffrable et, de plus, je pouvais voir où il avait été retouché.

« J'en conclus donc que Booth, alias Winter, n'avait jamais eu réellement l'intention d'embarquer à bord de l'*Empress Queen*, mais, en cela, je sous-estimai son ingéniuité. De toute évidence, il a réservé deux places sur le bateau, une sous son vrai nom, et une autre sous sa fausse identité, et a très habilement réussi à faire coexister les deux personnages au cours du voyage. La plupart du temps, il apparaissait sous les traits de Winter, et c'est pour cette raison que Booth est devenu cet excentrique souffreteux qui restait cloîtré dans sa cabine. Bien entendu, ceci servait parfaitement ses desseins ; sa bizarrerie attirait l'attention et faisait de lui l'un des passagers les plus connus à bord, bien qu'il ne se montrât presque jamais.

« J'avais laissé des instructions à Mme Thackary pour qu'elle m'adresse un câble dès le retour de Winter. Une fois que Booth eut réussi à semer ses poursuivants à New York, il ne lui restait plus qu'à revenir par le premier bateau. Assez logiquement, il a voyagé sur le même bâtiment que celui de notre ami Lestrade, et c'est pourquoi le télégramme de Mme Thackary est arrivé à un moment si opportun.

Quelques renseignements privés sur Sherlock Holmes*

À la demande du directeur du *Strand* je viens de passer quelques jours à fouiller dans un vieux carton à lettres où il m'est arrivé de temps à autre de glisser le courrier directement ou indirectement lié au fameux M. Holmes. Et je me rends compte à présent que j'aurais mieux fait d'être plus soigneux dans l'archivage des documents concernant ce gentleman et ses petits problèmes. Un grand nombre d'entre eux ont été perdus ou égarés. Son biographe a pourtant été assez chanceux de trouver des lecteurs dans de nombreux pays. La lecture de ses aventures a souvent provoqué des réactions similaires, même si ces lettres étaient rédigées dans une langue difficile à comprendre. Parfois, mon lointain correspondant ne savait pas plus orthographier mon nom que celui de mon héros imaginaire ! Plusieurs de ces lettres provenaient de Russie, et je crains d'avoir écarté celles qui avaient été rédigées dans leur langue d'origine. Celles qui, en revanche, avaient été écrites en anglais font certainement partie des plus curieuses de ma collection. Une jeune femme commençait toutes ses épîtres par « Bienveillant Seigneur ». Une autre dissimulait une bonne dose d'astuce derrière sa simplicité. M'écrivant de Varsovie, elle me disait qu'elle était clouée au lit depuis deux ans, et que mes romans avaient été ses seuls, etc., etc. Je fus si touché par le compliment de la

* Titre original : *Some Personalia about Sherlock Holmes*, traduit par Thierry Beauchamp et Romain Rabier.

brave infirme que je lui préparai aussitôt un colis contenant quelques exemplaires dédicacés pour qu'elle pût disposer de toutes mes œuvres. Par un heureux concours de circonstances, le même jour, je rencontrai un ami écrivain à qui je racontai cette émouvante histoire. Avec un sourire cynique, il sortit une lettre similaire de sa poche. Ses romans aussi avaient été depuis deux ans ses seuls, etc., etc. Je ne sais pas combien d'autres lettres la jeune femme avait écrites, mais si, comme je l'imagine, sa correspondance s'est étendue à plusieurs pays, elle a dû se constituer une bibliothèque des plus intéressantes.

L'habitude que la jeune Russe avait prise de m'appeler « Bienveillant Seigneur » eut une sorte d'équivalent encore plus étrange en Grande-Bretagne, ce qui va nous ramener au sujet de cet article. Peu de temps après que je fus anobli, je reçus une facture d'un commerçant dont il n'y avait rien à redire tant sur le fond que sur la forme sinon qu'elle était adressée à Sir Sherlock Holmes. Je crois être capable d'apprécier la plaisanterie aussi bien que n'importe qui, mais cette sorte d'humour ne me semblait pas très appropriée, et je le lui fis savoir en des termes assez vifs. En réponse à ma lettre, un employé repentant se présenta à mon hôtel : il m'exprima ses plus sincères regrets pour l'incident, mais ne cessa pas de répéter :

— Je vous assure, monsieur, que c'était de bonne foi.

— Que voulez-vous dire par là ? demandai-je.

— Eh bien, mes collègues au magasin m'ont dit que vous aviez été anobli, et que lorsqu'un homme était anobli, il changeait de nom, et que vous aviez choisi celui-là.

Je n'ai nul besoin d'ajouter que mon courroux s'évanouit aussitôt, et que je ris probablement d'aussi bon cœur que ses collègues le faisaient au coin de la rue.

Il y a certains problèmes qui reviennent constamment dans ces lettres à propos de Sherlock Holmes et de ses aventures. Une d'entre elles a excité la curiosité d'hommes habitant les contrées les plus reculées, comme le Labrador ou le Tibet. À vrai dire, si une question requiert de la réflexion, ces gens-là sont mieux placés que quiconque pour y consacrer le temps et la solitude nécessaires. J'ose ainsi révéler qu'un simple détail de *L'École du Prieuré* a suscité une vingtaine de lettres. À un moment, Holmes, examinant la trace d'une bicyclette, dit : « De toute évidence, elle s'éloigne de nous, elle ne vient pas dans notre direction. » Il ne nous explique pas son raisonnement, ce dont mes correspondants se plaignent, et tous affirment que cette déduction ne tient pas debout. En fait, elle est plutôt simple à comprendre, appliquée au sol mou et accidenté de la lande en question. Le poids du cycliste porte essentiellement sur la roue arrière, et, sur un sol mou, cela laisse une trace plus profonde. Quand la bicyclette gravit une pente, la trace de la roue arrière est très profonde ; quand elle en descend une rapidement, elle s'imprime à peine. C'est donc la profondeur de la trace laissée par la roue arrière qui nous indique la direction suivie par la bicyclette.

Une des preuves les plus tangibles de la réalité de Holmes aux yeux de nombreuses personnes est que l'on m'a souvent envoyé des livres d'autographes pour que je les lui fasse signer. Quand la nouvelle de sa retraite se répandit et que tout le monde sut qu'il entendait désormais se consacrer à l'élevage des abeilles dans les South Downs, plusieurs correspondants voulurent aussitôt lui apporter leur aide. Deux de leurs lettres se trouvent devant moi tandis que j'écris ces lignes. La première dit : « M. Sherlock Holmes a-t-il l'intention d'engager un gardien pour sa résidence secondaire à Noël ? Je connais quelqu'un qui apprécie la vie calme de la campagne, et tout spécialement les abeilles, une femme âgée, aux manières délicieusement surannées. » Et voici un extrait de la seconde, qui est adressée à Holmes lui-même : « J'apprends dans les journaux du matin que vous vous apprêtez à vous retirer pour vous lancer dans l'apiculture. Si ces informations sont exactes, je me ferai une joie de vous donner tous les conseils dont vous aurez besoin. » Beaucoup d'autres lettres me sont parvenues, dans lesquelles mes correspondants m'imploraient de les mettre en relation avec M. Holmes, pour qu'il puisse élucider tel fait obscur de leurs histoires privées.

Certaines fois, la confusion avec mon personnage est allée si loin qu'on a même voulu m'employer pour résoudre des énigmes criminelles. Je me rappelle ainsi m'être vu proposer, il y a quelques années de cela, d'examiner à ma façon une affaire de meurtre lors d'un procès qui éclaboussa l'aristocratie polonaise. Je n'ai pas besoin de vous dire que je n'aurais jamais fait une chose pareille pour de l'argent, car je n'ai qu'une confiance limitée en ma puissance de déduction. Mais il m'est arrivé, à titre privé, d'avoir réussi à venir en aide à des gens dans l'embarras. Je peux affirmer – je touche du bois en le disant – que je n'ai jamais échoué dans aucune de mes tentatives d'application concrète des méthodes de Holmes, sauf en une occasion dont je reparlerai plus tard. Dans le cas de M. Edalji, je ne saurais décemment en tirer la moindre gloire, car il ne fallait pas se donner beaucoup de mal pour aboutir à la conclusion qu'un homme pratiquement aveugle n'avait pu effectuer un déplacement nocturne qui impliquait de devoir traverser une voie ferrée très fréquentée et de posséder les qualités d'un athlète entraîné pour arriver à l'heure. L'homme était manifestement innocent, et c'est une honte pour ce pays qu'il n'ait jamais reçu le moindre penny de dédommagement pour les trois années qu'il a passées en prison. Le cas d'Oscar Slater, qui n'a pas fini de purger sa peine, est plus complexe. J'ai attentivement examiné les preuves, y compris celles qui ont été ajoutées au dossier par la peu convaincante commission chargée d'approfondir l'enquête, et je n'ai aucun doute sur l'innocence de cet homme. Lors du procès, quand le juge lui a demandé s'il y avait une raison pour qu'il ne soit pas condamné à mort pour le meurtre de Mlle Gilchrist, il a hurlé : « Mon Dieu, je ne savais pas qu'il existait une telle femme dans ce monde ! » Je suis convaincu qu'il s'agissait là de la vérité. Cependant, comme il est impossible de prouver quoi que ce soit par une simple négation, la situation n'évoluera pas tant que le peuple écossais n'exigera pas qu'une enquête digne de ce nom soit menée pour faire toute la lumière sur cette déplorable affaire.

Quelques-unes des énigmes qu'il m'est advenu de résoudre ressemblaient beaucoup à celles que j'avais inventées pour éprouver la puissance de raisonnement de M. Holmes. Je pourrais peut-être en citer une où la méthode déductive de ce gentleman fut copiée avec succès. L'affaire se présentait comme suit. Un individu avait disparu. Il était passé à sa banque retirer une somme de quarante livres. La possibilité d'un meurtre crapuleux était prise très au sérieux, car on savait que l'homme avait cet argent sur lui. Fraîchement arrivé de la campagne ce jour-là, il s'était arrêté dans un grand hôtel de Londres. Le soir venu, il s'était rendu à un spectacle de music-hall et en était sorti aux environs de 22 heures. Puis il était retourné à l'hôtel, s'était débarrassé de son habit de soirée et avait disparu sans laisser de traces. Personne ne l'avait vu quitter l'hôtel, mais un client occupant une chambre voisine déclara l'avoir entendu bouger pendant la nuit. Une semaine s'était écoulée quand on vint me consulter, mais la police n'avait toujours rien trouvé. Où était cet homme ?

Ce furent là tous les éléments que me communiquèrent les membres de sa famille. M'efforçant de voir la situation avec les yeux de M. Holmes, je leur répondis par retour de courrier qu'il se trouvait soit à Glasgow, soit à Édimbourg. Je réussis à démontrer par la suite qu'il s'était rendu à Édimbourg, bien qu'au cours de la semaine précédente il se fût déplacé dans une autre partie de l'Écosse.

Je pourrais en rester là, car, comme le Dr Watson l'a souvent dit, une solution expliquée est un mystère gâché. Cependant, vu le contexte, le lecteur peut tout aussi bien démontrer la simplicité du problème en le résolvant par ses propres moyens. Il a toutes les informations dont je disposais. Par pitié pour ceux qui n'ont aucun goût pour ce genre de devinettes, je vais essayer de relier entre eux les différents maillons de la chaîne. Le seul avantage que je possédais, c'est que je connaissais bien la routine des hôtels de Londres – bien qu'elle diffère assez peu, du moins je le suppose, de celle des autres hôtels.

Il s'agissait d'abord d'examiner les faits et de séparer le vrai de la simple conjecture. Tout était attesté à l'exception du témoignage du client qui avait entendu le disparu pendant la nuit. Comment avait-il pu identifier un tel son parmi tous les bruits d'un grand hôtel ? Ce détail pourrait être ignoré s'il venait confirmer les conclusions générales. La première déduction, évidente, était que l'homme avait voulu disparaître. Sinon pourquoi avait-il retiré tout son argent ? Il avait quitté l'hôtel pendant la nuit. Mais il y a un portier de nuit dans tous les hôtels, et il est impossible de sortir sans qu'il le sache, une fois que la porte a été fermée à clé. La fermeture a lieu au moment où les clients reviennent des théâtres, soit autour de minuit. L'homme a donc quitté l'hôtel avant minuit. Il était revenu du music-hall à 22 heures, avait changé de vêtements et était parti avec son sac. Personne ne l'avait vu faire. Il faut donc en conclure qu'il avait agi au moment où les clients ayant passé la soirée au théâtre revenaient à l'hôtel, c'est-à-dire entre 23 heures et 23 h 30. À partir de ce moment, même si la porte restait ouverte, il n'y avait plus beaucoup d'allées et venues. Il ne serait certainement pas passé inaperçu, surtout avec son bagage.

À présent que nous avons solidement établi ces faits, nous devons nous demander pourquoi un homme qui souhaite se faire le plus discret possible sort à une telle heure. S'il cherchait à se cacher à Londres, il n'aurait jamais dû se rendre dans un hôtel. Il avait donc, selon toute évidence, l'intention de prendre un train. Mais un homme qui arrive en pleine nuit dans n'importe quelle gare de province a toutes les chances de se faire remarquer, et il peut être sûr qu'une fois que l'alerte aura été donnée et que son portrait-robot aura circulé il se trouvera un agent ou un portier pour se souvenir de lui. Sa destination ne pouvait donc être qu'une grande ville qu'il atteindrait le lendemain dans la journée, un terminus où un grand nombre de passagers descendraient et où il pourrait se perdre dans la foule. Quand on consulte l'indicateur de chemin de fer, on constate que les grands express écossais à destination de Glasgow et d'Édimbourg partent vers minuit : le but est atteint. En ce qui concerne son habit de soirée, s'il l'avait abandonné, cela prouvait qu'il avait l'intention de mener une nouvelle vie, débarrassée des contraintes sociales. Cette déduction aussi s'avéra exacte.

J'ai cité en exemple cette affaire pour montrer que les principes généraux de raisonnement prônés par Holmes peuvent s'appliquer avec succès dans la réalité. Dans un autre cas – une jeune femme fiancée à un étranger qui avait soudainement disparu –, j'avais été capable par un processus de déduction similaire d'apprendre à cette personne où son fiancé était parti et à quel point il était indigne de son affection. D'un autre côté, les résultats obtenus par d'autres moyens plus directs et efficaces font parfois apparaître bien lentes et laborieuses ces méthodes semi-scientifiques. Comme je ne voudrais pas laisser l'impression de nous avoir jeté des bouquets de fleurs, à moi et à M. Holmes, permettez-moi d'évoquer certain vol dans l'auberge de mon village, à une portée de pierre de ma maison, dont le coupable fut arrêté par l'agent de police local, sans avoir recours à aucune théorie, alors que j'étais tout juste parvenu à dire qu'il s'agissait d'un gaucher portant des bottes cloutées.

Les situations dramatiques ou exceptionnelles qui conduisent à l'intervention de M. Holmes dans la fiction lui sont d'une aide précieuse, bien entendu, pour arriver à ses conclusions. C'est par exemple le cas lorsqu'une affaire ne semble avoir aucune explication rationnelle. J'ai eu vent d'une histoire de ce genre en Amérique qui aurait certainement constitué une formidable énigme. Un dimanche soir, un homme tout ce qu'il y a de plus respectable partit se promener en compagnie de sa famille. Il s'aperçut en chemin qu'il avait oublié son bâton de marche. Il retourna chez lui, où la porte était restée ouverte. Sa famille l'attendait devant la maison. Mais il n'est jamais plus réapparu. Et, depuis ce jour, on n'a toujours pas trouvé le moindre indice qui puisse expliquer ce qui lui est arrivé. C'est certainement l'une des affaires les plus étranges dont j'aie entendu parler au cours de ma vie.

Un autre cas très singulier a été porté à ma connaissance. Il m'a été soumis par un éminent éditeur londonien. Ce gentleman comptait parmi son personnel un chef de service que nous appellerons Musgrave. C'était quelqu'un de très travailleur sur lequel il n'y avait pas grand-chose à dire. M. Musgrave décéda et, plusieurs années après sa mort, une lettre qui lui était adressée arriva entre les mains de ses employeurs. Le cachet de la poste indiquait qu'elle avait été envoyée depuis un site touristique de l'ouest du Canada. Au dos de l'enveloppe étaient écrits les mots : « Conf1 films » ainsi que « Rapport Sy » dans un coin. Naturellement, les éditeurs ouvrirent la lettre, car ils n'avaient reçu aucune instruction de la part de la famille du défunt. À l'intérieur se trouvaient deux feuilles de papier blanc. La lettre avait été recommandée, ai-je omis de préciser. L'éditeur, ne sachant quoi en faire, me l'envoya, et je soumis les feuilles de papier blanc à tous les tests chimiques et thermiques possibles, sans le moindre résultat. En dépit du fait que l'écriture semblait être celle d'une femme, il n'y a rien d'autre à ajouter à cette histoire qui demeure encore aujourd'hui un insoluble mystère. Que le correspondant de Musgrave ait eu un secret si important à lui transmettre et qu'il n'ait pas su qu'il était mort sept années plus tôt, est très difficile à comprendre, de même que la précaution qu'il a prise d'expédier en recommandé des feuilles de papier blanc. Il me faut préciser que, n'ayant qu'une confiance limitée dans les tests chimiques que j'avais effectués, j'ai demandé à un expert reconnu de les vérifier, sans obtenir plus de résultats. Vue comme une affaire à résoudre, ce fut un échec des plus retentissants !

M. Sherlock Holmes a toujours été une excellente cible pour les farceurs, et l'on m'a adressé de nombreuses affaires bidonnées d'une manière plus ou moins habile, des jeux de cartes biseautées, des avertissements mystérieux, des messages codés et d'autres curieuses communications de ce genre. En une occasion, alors que j'entrais dans une salle de billard pour prendre part à une compétition amateur, on me tendit un petit paquet qui avait été laissé à mon intention. À l'intérieur, je trouvai un morceau de craie verte ordinaire telle qu'on en utilise au billard. L'incident m'amusa, et je mis la craie dans la poche de mon gilet et m'en servis pendant la partie. Par la suite, je continuai à en faire usage jusqu'à ce qu'un beau jour, quelques mois plus tard, comme je frottais le bout de ma queue de billard, le morceau de craie se fissurât : je m'aperçus alors qu'il était creux. De la cavité ainsi découverte je parvins à extraire un petit bout de papier sur lequel était écrit : « De la part d'Arsène Lupin, pour Sherlock Holmes. » Imaginez l'état d'esprit du plaisantin qui se donna autant de peine pour arriver à ce résultat !

M. Holmes s'est aussi vu soumettre un mystère d'ordre psychique, ce qui dépassait ses compétences. Les faits rapportés étaient particulièrement étonnants, bien que je n'aie jamais eu la preuve de leur authenticité en dépit de l'honnêteté affichée par la correspondante qui avait pris soin de laisser son nom et son adresse. Cette dame, que nous appellerons Mme Seagrave, avait reçu en cadeau une curieuse bague d'occasion, en forme de serpent, dont l'or était quelque peu terni. Elle la retirait chaque soir de son doigt mais, une nuit, elle fit un terrible cauchemar dans lequel elle essayait de repousser une furieuse créature qui avait planté ses crocs dans son bras. Une fois réveillée, la douleur persista et, le lendemain, l'empreinte d'une double rangée de dents apparut sur son bras. Une dent de la mâchoire inférieure manquait. Les marques avaient la forme de bleus et la peau ne semblait pas avoir été transpercée. « Je ne sais pas, me dit ma correspondante, ce qui me fit penser que la bague avait un lien avec ce phénomène, mais je l'eus désormais en horreur et cessais de la porter pendant plusieurs mois. Puis je la remis à l'occasion d'un séjour passé chez des amis. » Pour résumer son propos, ajoutons que la même chose se produisit, et la dame résolut le problème en jetant la bague dans le fourneau de sa cuisine. Cette singulière histoire, que je crois véridique, n'est peut-être pas aussi surnaturelle qu'il y paraît. Il est bien connu que chez certains sujets une forte impression mentale peut occasionner des effets physiques. Ainsi un cauchemar particulièrement intense auquel est associée l'impression d'être mordu pourrait provoquer l'apparition des marques d'une morsure. De tels cas sont répertoriés dans les annales médicales. La répétition du phénomène serait déclenchée, bien entendu, par le rappel inconscient du traumatisme originel. Néanmoins, il s'agit là d'un très intéressant petit problème, qu'il soit d'ordre psychique ou matériel.

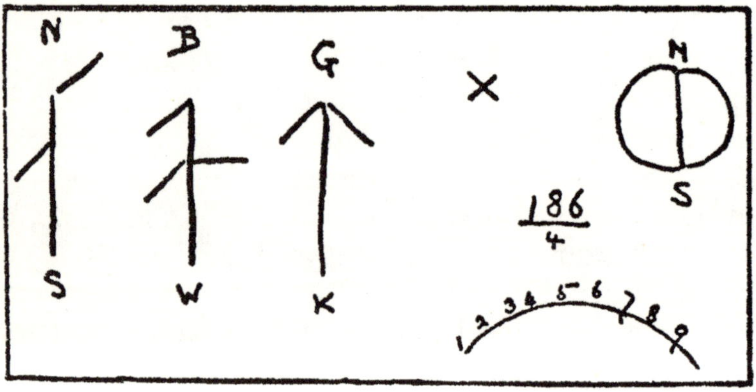

Les trésors cachés font naturellement partie des affaires qui ont été soumises à M. Holmes. Un cas authentique fut accompagné du schéma reproduit ci-dessus. Il se rapporte au naufrage d'un Indiaman à proximité des côtes sud-africaines en 1782. Si j'étais plus jeune, je serais sérieusement tenté de me rendre sur place pour inspecter les lieux. Le trois-mâts contenait un remarquable trésor renfermant, je crois, la couronne en or et les autres insignes royaux de Delhi. Il semblerait que ces joyaux aient été enterrés près de la côte et que ce schéma nous en indique l'emplacement. En ce temps-là, chaque Indiaman était équipé d'un sémaphore. Et l'on peut voir dans les trois dessins à gauche les signaux d'un sémaphore à trois bras. Le cercle sur la droite nous donne l'orientation. Le grand demi-cercle pourrait désigner l'arête d'un rocher ou d'un récif. Les chiffres inscrits au-dessus indiquent comment atteindre la croix qui représente le trésor. Il est également possible qu'ils nous indiquent une position comme, par exemple, à 186 pieds en partant du 4 situé sur le demi-cercle. Le naufrage a eu lieu dans une région particulièrement isolée, mais je ne serais pas surpris si, tôt ou tard, quelqu'un s'employait sérieusement à résoudre ce mystère.

Un dernier mot encore avant que j'en termine avec ces anecdotes sur mon personnage imaginaire. Il n'est pas donné à tout le monde de voir l'enfant de son cerveau doué de vie par le génie d'un grand et sympathique artiste, j'ai pourtant eu ce bonheur quand M. Gillette, avec l'immense talent qu'on lui connaît, a décidé de faire monter Holmes sur les planches. Quelle meilleure façon de conclure cet article qu'en remerciant l'homme qui a transformé une créature immatérielle en un être humain de chair et de sang ?

Le Détective de second ordre*

Deux poèmes sur la controverse
Holmes-Dupin-Lecoq

À Sir Arthur Conan Doyle
Par Arthur Guitermann

Noble Sir Conan, j'ose dire qu'ils sont peu nombreux ceux qui ont été
À moitié aussi prodigieusement chanceux que vous l'avez été.
La bonne fortune, cette enjôleuse ! a été d'une incroyable bonté pour vous,
Toujours bienfaisante, douce et pleine d'attentions pour vous.
Voué comme vous sembliez l'être – on le jurerait sans crainte du déni –
Voué à la pratique de la médecine et de la chirurgie,
Vous vous êtes pourtant lassé des pilules et des consultations,
Vous avez plié bagage pour l'Arctique, en expédition.
Vous vagabondiez en rêvant, l'ambition, ce péché capiteux,
Vous dota d'un esprit trop agité pour rester rebouteux ;

* Titre original : *The Case of the Inferior Sleuth*, traduit par Thierry Beauchamp et Romain Rabier.

C'est ce qui, je suppose, de même que l'amour est notre quête à tous,
Fit de vous un auteur – comme nous le sommes tous.
Ah, mais ! nous interrogeons-nous tous désespérément,
« Comment avez-vous réussi votre coup si brillamment ?
Par le ciel, dites-nous, expliquez-nous comment vous êtes parvenu
À tirer de votre encrier de si mirifiques revenus ! »
Puis, lorsqu'en publiant votre volume vous vous êtes fait l'avocat
Du raid de l'Angleterre en Afrique du Sud (ou de celui du Syndicat),
Affirmant que de la Grande-Bretagne l'extrême agressivité
N'était pas (comme la plupart d'entre nous le pensaient) une atrocité –
Ils vous ont aussitôt remis la Croix avec une chaîne au bout –
(Oh, quel honneur ! Je ne saurais y prétendre, je l'avoue,
Dussé-je vivre aussi longtemps que Mathusalem !) –
Et vous ont fait Chevalier de Saint-Jean de Jérusalem !
Croyez-moi ! Comme conteur d'histoires, vous avez un talent fou !
Mais il y a quand même un compte que j'aimerais régler avec vous.
Holmes est le héros de votre pièce de théâtre et de votre série ;
Chacun de nous sait où vous vous êtes servi
Pour modeler son personnage – c'est presque une platitude ;
Pourtant votre détective, sans vergogne et sans gratitude –
Sherlock, votre limier, pour des raisons que la raison ignore,
Se gausse du Dupin de Poe qu'il juge de « second ordre ! »
Qualifie l'astucieux Lecoq de Gaboriau, purement et simplement,
De « tâcheron », de créature risible, vraiment !
Ceci, quand vos intrigues et les méthodes de votre héros

Doivent plus qu'un peu à Poe et Gaboriau,
Faites pleurer toutes les muses de l'Hélicon.
Empruntez, Sire Chevalier, mais ne vous trompez pas de ton !
Nous voulons pourtant croire que vous êtes d'un naturel joyeux,
Je connais peu de vos récits qui soient ennuyeux,
Certains sont bâclés, mais écrits sans aigreur,
Beaucoup ne manquent ni de charme ni de vigueur.
Donnez-moi des détectives à l'esprit analytique
Plutôt que des mauviettes aux mœurs méphitiques –
Des histoires de batailles, d'hommes intrépides
Plutôt que des gémissements névrotiques et morbides !
Donnez-moi de l'aventure et des féroces dinothériums
Plutôt que de Hewlett les extatiques delirium !
Franchement, Sir Conan, j'ai passé de douces heures grâce à vous
Et, au bout du compte, je suis vraiment très satisfait de vous.

À un critique sans discernement
Par A. Conan Doyle

Il y a bien sûr des moments où l'on crie avec acrimonie :
« Y aura-t-il jamais de limite à l'humaine niaiserie ? »
Voici un critique qui déclare comme si c'était une platitude
Que je suis coupable parce que « sans gratitude,
Sherlock, le limier, pour des raisons que la raison ignore,
Se gausse du Dupin de Poe qu'il juge "de second ordre" ».
N'avez-vous donc pas appris, mon estimé commentateur,
Que la chose créée n'est pas le créateur ?
En tant que créateur je n'ai cessé de célébrer
Le monsieur Dupin de Poe, son talent et sa diversité,
Et j'ai admis que dans mes histoires de détective
Je dois à mon modèle bon nombre d'idées instructives.
Mais n'est-ce pas le comble de l'imbécillité
Que de m'attribuer de ma création la grossière vanité ?
Lui, la chose créée, sarcastique, peut très bien railler
Là où moi, le créateur, je m'incline pour révérer.
Alors veuillez saisir ceci avec votre tentacule cérébral :
Le jouet et son fabricant ne sont jamais du même métal.

Le Diamant de la couronne*

Une soirée avec Sherlock Holmes
Pièce en un acte

Les personnages :
SHERLOCK HOLMES, le célèbre détective.
DR WATSON, son ami.
BILLY, jeune domestique de M. Holmes.
COLONEL SEBASTIAN MORAN, un criminel intellectuel.
SAM MERTON, un forceur de coffres-forts.

Décor : Le bureau de M. Holmes, Baker Street. Son aspect est des plus courant, mais la pièce comporte une profonde fenêtre en rotonde, devant laquelle est tiré un rideau suspendu à une tringle de cuivre fixée à quelque deux mètres cinquante au-dessus du sol.

Entrent Watson et Billy.

WATSON. Bon, Billy, quand sera-t-il de retour ?

BILLY. Je ne peux pas vous le dire, monsieur.

WATSON. Quand l'avez-vous vu en dernier ?

---

* Titre original : *The Crown Diamond*, traduit par Maurice-Bernard Endrèbe.

BILLY. Je ne sais vraiment pas, monsieur.

WATSON. Comment ça, vous ne le savez pas ?

BILLY. Non, monsieur. Hier un clergyman est venu, ainsi qu'un vieux libraire et aussi un ouvrier.

WATSON. Et alors ?

BILLY. Je ne suis pas sûr qu'il ne s'agissait pas chaque fois de M. Holmes. Il est en plein dans une affaire actuellement.

WATSON. Oh !

BILLY. Il ne mange ni ne dort plus, pour ainsi dire. Comme moi, vous avez vécu avec lui, alors vous savez comment il est quand il donne la chasse à quelqu'un.

WATSON. Je sais, oui.

BILLY. C'est vraiment une responsabilité, monsieur... Y'a des fois où ça me donne drôlement du souci. Lorsque je lui demande s'il veut me dire ce qu'il désire pour le dîner, il me répond : « Oui, vous me servirez des côtes-purée après-demain à 19 h 30. » « Vous ne mangerez pas avant, monsieur ? » je lui demande alors. Et il me répond : « Je n'ai pas le temps, Billy, je suis très occupé. » Il devient de plus en plus maigre et pâle, avec les yeux tout brillants. C'est terrible de le voir comme ça !

WATSON. Ça ne peut pas continuer ainsi. Il faut que je lui parle et que j'y mette bon ordre.

BILLY. Oh ! oui, monsieur... Ça me sera un grand soulagement !

WATSON. Mais de quoi s'occupe-t-il ainsi ?

BILLY. C'est cette affaire du diamant de la couronne.

WATSON. Quoi ? Ce vol d'une valeur de cent mille livres ?

BILLY. Oui, monsieur. Il leur faut le récupérer à tout prix. Pensez, j'ai vu le Premier ministre et le ministre de l'Intérieur assis là, sur ce canapé ! M. Holmes leur a promis de faire tout son possible. Il a été vraiment très aimable avec eux, les mettant tout de suite à l'aise...

WATSON. Seigneur ! J'ai lu ça dans le journal... Mais dites-moi, Billy, qu'avez-vous fait dans cette pièce ? Qu'est-ce que ce rideau ?

BILLY. Je ne sais pas, monsieur. M. Holmes l'a fait installer il y a de ça trois jours. Mais derrière, il y a quelque chose de rigolo.

WATSON. Quelque chose de rigolo ?

BILLY
(Riant.)
Oui, monsieur. C'est lui qui l'a fait faire.
(Il s'approche du rideau qu'il tire de côté, découvrant ainsi une effigie en cire de Sherlock Holmes assis dans un fauteuil, le dos au public.)

WATSON. Grand Dieu, Billy !

BILLY. Oui, monsieur... C'est bien lui, hein ?
(Ce disant, il détache la tête du mannequin et l'exhibe.)

WATSON. C'est extraordinaire. Mais quel en est le but, Billy ?

BILLY. Voyez-vous, monsieur, il tient à ce que ceux qui l'épient le croient à la maison quand parfois il n'y est pas. Ah ! on sonne, monsieur.

(Il remet la tête en place et ferme le rideau.)

Il faut que j'y aille.

(Billy sort.)

(Watson s'assied, allume une cigarette et déplie un journal. Entre une vieille dame, grande et voûtée, vêtue de noir avec un voile et des anglaises.)

WATSON

(Se levant.)

Bonjour, madame.

LA DAME. Vous n'êtes pas M. Holmes ?

WATSON. Non, madame. Je suis son ami, le Dr Watson.

LA DAME. Je me doutais que vous ne pouviez pas être M. Holmes. J'ai toujours entendu dire que c'était un bel homme.

WATSON

(À part.)

Mince alors !

LA DAME. Mais il me faut le voir tout de suite.

WATSON. Je vous assure qu'il n'est pas là.

LA DAME. Je ne vous crois pas.

WATSON. Quoi !

LA DAME. Vous avez un visage fourbe, sournois… Oh ! oui, un bien vilain visage. Allez, jeune homme, où est-il ?

WATSON. Madame, vraiment...

LA DAME. Très bien je m'en vais le trouver toute seule. Il doit être par ici, je suppose. Elle se dirige vers la porte de la chambre.

WATSON
(Se levant et lui barrant le chemin.)
C'est sa chambre à coucher. Vraiment, madame, vous passez les bornes !

LA DAME. Je me demande ce qu'il garde dans ce coffre-fort...

Comme elle s'en approche, les lumières s'éteignent et la pièce est plongée dans le noir à l'exception de quatre lampes rouges qui éclairent une inscription « N'Y TOUCHEZ PAS ! » au-dessus du coffre. Après quelques secondes, les lumières se rallument et Holmes est debout à côté de Watson.

WATSON. Ciel, Holmes !

HOLMES. Un bon petit signal d'alarme, n'est-ce pas, Watson ? Il est de mon invention. Vous le déclenchez en marchant sur une lame du parquet ou je peux aussi l'allumer. De la sorte, quand je reviens, je sais si quelqu'un est venu fureter dans mes affaires. Il s'éteint automatiquement, comme vous l'avez pu voir.

WATSON. Mais, mon cher ami, pourquoi diable ce déguisement ?

HOLMES. Un petit entracte comique, Watson. Lorsque je vous ai vu assis là avec un air si solennel, je n'ai vraiment pas pu m'en empêcher. Mais je vous assure que l'affaire dont je m'occupe n'a rien de comique. Bon sang !

(Il se précipite vers la fenêtre et tire soigneusement le rideau qui était resté entrouvert.)

WATSON. Pourquoi ? Qu'y a-t-il ?

HOLMES. Du danger, Watson. Des fusils à air comprimé. Je m'attends à quelque chose ce soir.

WATSON. Vous vous attendez à quoi, Holmes ?

HOLMES
(Allumant sa pipe.)
À être assassiné, Watson.

WATSON. Non, non, vous plaisantez, Holmes !

HOLMES. Bien que mon sens de l'humour soit limité, je pourrais quand même imaginer une meilleure plaisanterie, Watson. Non, c'est la réalité. Et au cas où cela se produirait – il y a environ une chance sur deux – il vaut peut-être mieux que vous chargiez votre mémoire du nom et de l'adresse de l'assassin.

WATSON. Holmes !

HOLMES. Vous pourrez ainsi les donner à Scotland Yard avec mes amitiés et mon ultime bénédiction. Le nom est Moran… Colonel Sebastian Moran… Notez-le, Watson, notez ! 136 Moorside Gardens. C'est noté ?

WATSON. Mais il doit sûrement être possible de faire quelque chose, Holmes. Ne pourriez-vous faire arrêter cet homme ?

HOLMES. Si, Watson, je le pourrais. Et c'est bien ce qui le tourmente.

WATSON. Alors pourquoi ne le faites-vous pas ?

HOLMES. Parce que j'ignore où est le diamant.

WATSON. Quel diamant ?

HOLMES. Le grand diamant jonquille de soixante-dix-sept carats, mon garçon, et d'une pureté… Le diamant de la couronne. J'ai réussi à prendre deux gros poissons dans mon filet, mais je n'ai pas la pierre. Alors, à quoi ça m'avance de les avoir ? C'est le diamant qu'il me faut.

WATSON. Le colonel Moran est-il un des poissons pris dans le filet ?

HOLMES. Oui, et c'est un requin. Il mord. L'autre, c'est Sam Merton, le forceur de coffres-forts. Ce n'est pas un mauvais bougre, Sam, le colonel s'est servi de lui. Sam n'est pas un requin, juste un gros goujon balourd. N'empêche qu'il se débat aussi dans mon filet.

WATSON. Où est ce colonel Moran ?

HOLMES. Toute la matinée, j'ai été près de lui… À un moment donné, il a même ramassé mon ombrelle en me disant : « Permettez-moi, madame… » La vie est pleine de ces imprévus. Je l'ai suivi jusqu'à l'atelier du vieux Straubenzee. Et Straubenzee lui fabrique un fusil à air comprimé… Du très bel ouvrage, à ce que je crois savoir.

WATSON. Un fusil à air comprimé ?

HOLMES. Son idée était de me tuer en tirant à travers la fenêtre. C'est pourquoi j'ai dû faire mettre ce rideau. À propos, avez-vous vu le mannequin ?
(Il tire le rideau tandis que Watson acquiesce.)

Ah ? Billy vous l'a montré. Il peut à tout moment recevoir une balle dans sa belle tête.

(*Entre Billy.*)

Qu'y a-t-il, Billy ?

BILLY. Le colonel Sebastian Moran, monsieur.

HOLMES. Ah ! l'homme en personne. Je m'y attendais plus ou moins... Décidément, c'est un homme qui ne manque pas d'aplomb ! Il a dû sentir que j'étais sur ses talons.

(Regardant par la fenêtre.)

Et je vois Sam Merton dans la rue... Sam aussi bête que fidèle... Où est le colonel, Billy ?

BILLY. Dans la salle d'attente, monsieur.

HOLMES. Introduisez-le quand je sonnerai.

BILLY. Oui, monsieur.

HOLMES. Oh ! une chose encore, Billy... Si je ne suis pas dans la pièce, introduisez quand même le colonel.

BILLY. Très bien, monsieur.

(Il sort.)

WATSON. Je vais rester avec vous, Holmes.

HOLMES. Non, mon cher ami, vous me seriez d'une terrible gêne.

(S'approchant du bureau, il écrit quelque chose sur un papier.)

WATSON. Il peut vous tuer !

HOLMES. Cela ne m'étonnerait pas.

WATSON. Je ne peux vraiment pas vous abandonner ainsi…

HOLMES. Mais si, mon cher Watson, vous le pouvez car vous avez toujours joué le jeu, et je suis certain que vous le jouerez jusqu'au bout. Portez ce message à Scotland Yard et revenez avec la police. Ainsi notre homme sera arrêté.

WATSON. J'y vais avec joie !

HOLMES. D'ici à ce que vous reveniez, j'aurai juste le temps de découvrir où est le diamant.
(Il sonne.)
Par ici, Watson. Nous allons sortir ensemble. Je préfère voir mon requin avant qu'il ne m'aperçoive.

(Watson et Holmes sortent par la porte de la chambre.)
(Entrent Billy et le colonel Sebastian Moran, lequel est un homme robuste à l'air cruel, vêtu de façon voyante et qui tient à la main une lourde canne.)

BILLY. Le colonel Sebastian Moran.
(Il sort.)

(Le colonel Moran regarde autour de lui, avance lentement dans la pièce, et sursaute en voyant le mannequin assis dans l'embrasure de la fenêtre. Il le regarde fixement puis, se ramassant sur lui-même, il progresse sur la pointe des pieds en brandissant son gourdin. Au moment où il va l'abattre sur le mannequin, Holmes sort vivement de la chambre.)

HOLMES. Ne le brisez pas, colonel, ne le brisez pas.

LE COLONEL.
(Il se retourne en chancelant.)
Grand Dieu !

HOLMES. C'est un si bel objet. Il est dû à Tavernier, le modeleur français, aussi expert en cet art que Straubenzee pour ce qui est des fusils à air comprimé.

(Il ferme le rideau.)

LE COLONEL. Des fusils à air comprimé ? De quoi voulez-vous parler, monsieur ?

HOLMES. Posez donc votre canne et votre chapeau sur cette table. Merci... Asseyez-vous, je vous en prie... Cela vous ennuierait-il de déposer aussi votre revolver ? Oh ! bon, comme vous voudrez, si vous préférez être assis dessus.

(Le colonel s'assied.)

(Holmes, poursuivant.)

Je souhaitais avoir cinq minutes d'entretien avec vous.

LE COLONEL. Et moi, avec vous.

(Holmes s'assied à côté de lui et croise les jambes.)

Je ne chercherai pas à nier que j'ai voulu vous agresser voici un instant.

HOLMES. Il m'avait bien semblé que cette idée avait dû vous traverser l'esprit.

LE COLONEL. Et vous ne vous trompiez pas, monsieur.

HOLMES. Mais pourquoi en avez-vous ainsi après moi ?

LE COLONEL. Parce que vous vous ingéniez à me créer des difficultés. Parce que vous lancez sur mes traces vos créatures.

HOLMES. Des créatures à moi ?

LE COLONEL. Je les ai fait suivre et je sais qu'elles viennent vous faire leur rapport.

HOLMES. Je vous assure bien que non !

LE COLONEL. Allons, allons, monsieur ! D'autres sont capables de se montrer aussi observateurs que vous. Hier, il s'agissait d'un vieux turfiste ; aujourd'hui, c'était une vieille dame. De toute la journée, ils ne m'ont pas perdu de vue.

HOLMES. Vraiment, monsieur, vous me faites là un grand compliment ! Avant qu'il ne soit pendu à Newgate, le vieux baron Dowson avait la bonté de dire que, en ce qui me concernait, la scène avait perdu ce que la police y avait gagné. Et à présent, c'est vous qui venez me dire ces choses aimables. Au nom de la vieille dame comme du turfiste, je vous en remercie. Il y avait aussi un plombier désœuvré qui était une belle composition… Mais vous ne semblez pas l'avoir remarqué ?

LE COLONEL. C'était vous… Vous ?

HOLMES. Votre humble serviteur ! Si vous en doutez, vous pouvez voir sur cette causeuse l'ombrelle que vous m'avez si aimablement ramassée ce matin.

LE COLONEL. Si je m'en étais douté, jamais vous n'auriez…

HOLMES. … revu cette modeste demeure. J'en étais pleinement conscient. Mais vous ne vous êtes douté de rien, si bien que nous voici à bavarder tous deux.

LE COLONEL. Ce que vous m'apprenez ne fait qu'aggraver les choses. Ce n'étaient pas vos gens, mais vous-même qui me suiviez ainsi. Pour quelle raison ?

HOLMES. Vous est-il arrivé de chasser le tigre ?

LE COLONEL. Oui, monsieur.

HOLMES. Pour quelle raison ?

LE COLONEL. Pfft ! Pour quelle raison chasse-t-on le tigre ? Pour l'émotion… le danger.

HOLMES. Et sans doute aussi pour avoir la satisfaction de débarrasser le pays d'une bête nuisible, qui le dévaste et nuit à ses habitants.

LE COLONEL. Exactement, oui.

HOLMES. Eh bien, mes raisons sont les mêmes.

LE COLONEL.
(Se levant d'un bond.)
Insolent !

HOLMES. Rasseyez-vous, monsieur, rasseyez-vous. Il y avait aussi une raison d'ordre plus pratique.

LE COLONEL. Et c'est ?

HOLMES. Que je veux ce diamant de la couronne.

LE COLONEL. Ça, c'est le comble ! Bon, continuez.

HOLMES. Vous saviez très bien que c'était pour cela que je vous suivais. Et la véritable raison de votre présence ici ce soir, c'est que vous voudriez découvrir jusqu'à quel point je suis au courant. Eh bien, je vous le dis sans détour : je suis au courant de tout, à l'exception d'une chose que vous allez m'apprendre.

LE COLONEL.
(Sarcastique.)
Et quelle est cette chose, je vous prie ?

HOLMES. L'endroit où est le diamant.

LE COLONEL. Oh ! vous voudriez que je vous dise ça ? Mais comment diable pourrais-je le savoir ?

HOLMES. Non seulement vous le savez, mais vous allez me le dire.

LE COLONEL. Oh vraiment ?

HOLMES. Vous ne pouvez pas me bluffer, colonel. Vous êtes limpide comme de l'eau de roche et je vois jusqu'à vos pensées les plus profondes.

LE COLONEL. Alors vous savez où est le diamant...

HOLMES. Ah ! vous le savez donc ! Vous venez d'en convenir !

LE COLONEL. Je ne conviens de rien du tout.

HOLMES. Écoutez, colonel, si vous voulez bien vous montrer raisonnable, nous pouvons nous entendre. Dans le cas contraire, le risque est gros pour vous.

LE COLONEL. Et c'est vous qui parlez de bluff !

HOLMES.
(Prenant un livre sur la table.)
Savez-vous ce que je garde dans ce livre ?

LE COLONEL. Non, monsieur. Je n'en ai aucune idée.

HOLMES. Vous.

LE COLONEL. Moi !

Holmes. Oui, monsieur, vous ! Vous êtes tout entier là-dedans, avec tous les actes commis au long de votre dangereuse et vile existence.

Le Colonel. Le diable vous emporte, Holmes ! N'allez pas trop loin !

Holmes. Quelques détails intéressants, colonel. La vérité sur la mort de miss Minnie Warrender, de Laburnum Grove. Tout est là, colonel.

Le Colonel. Vous… Vous…

Holmes. Et l'histoire du jeune Arbothnot qui fut trouvé noyé dans le Canal Regents alors qu'il s'apprêtait à vous dénoncer pour avoir triché aux cartes.

Le Colonel. Je… Je n'ai jamais touché à ce garçon.

Holmes. Mais il n'en est pas moins mort bien opportunément. De quoi voulez-vous que je vous parle encore, colonel ? Ce n'est pas la matière qui manque dans ce livre. Par exemple, le vol commis dans le train de luxe allant à la Riviera, le 13 février 1892 ? Ou bien le chèque sur le Crédit Lyonnais falsifié cette même année ?

Le Colonel. Non, là, vous êtes dans l'erreur.

Holmes. C'est donc que le reste est exact. Colonel, vous jouez aux cartes. Vous savez par conséquent que, lorsque l'adversaire détient tous les atouts, c'est un gain de temps que d'abattre son jeu.

Le Colonel. S'il y avait un seul mot de vrai dans tout ce que vous racontez, m'aurait-on laissé en liberté depuis tant d'années ?

HOLMES. On n'avait pas eu recours à moi. Dans l'enquête menée par la police, il y avait des chaînons manquants. Mais les chaînons manquants, j'ai le don de les retrouver, vous pouvez m'en croire.

LE COLONEL. Du bluff, monsieur Holmes. Du bluff !

HOLMES. Oh ! vous souhaitez que je prouve mes dires ? Eh bien, si je tire cette sonnette, la police arrivera et je n'aurai plus dès lors à m'occuper de cette affaire. Je sonne ?

LE COLONEL. Quel rapport tout cela a-t-il avec le joyau dont vous parliez ?

HOLMES. Doucement, colonel ! Ne brûlons pas les étapes et laissez-moi en venir au fait à ma façon. J'ai tout ce qui est là contre vous et aussi des preuves irréfutables dans cette affaire du diamant de la couronne, tant contre vous que contre votre brute d'acolyte.

LE COLONEL. Vraiment !

HOLMES. J'ai le cocher du fiacre qui vous a conduit à Whitehall et celui qui vous en a ramené. J'ai l'huissier qui vous a vu près de la vitrine. J'ai également Ikey Cohen qui a refusé de tailler le diamant pour vous. Ikey a mangé le morceau, et la partie est terminée.

LE COLONEL. Bon sang !

HOLMES. Voilà les atouts que j'ai en main. Mais il me manque une carte. J'ignore où est le roi des diamants.

LE COLONEL. Vous ne le saurez jamais.

HOLMES. Eh là ! Ne devenez pas méchant comme ça. Réfléchissez : vous allez passer vingt ans en prison, et Sam

Merton aussi. Alors, à quoi vous servira-t-il d'avoir le diamant ? À rien du tout. Mais si vous me dites où il est... Eh bien, ma foi, je transigerai... Ce qui nous intéresse, ce n'est pas de vous avoir, vous ou Sam. C'est la pierre. Donnez-la-moi et, en ce qui me concerne, vous pourrez à l'avenir continuer à jouir de la liberté aussi longtemps que vous saurez vous tenir. Mais, si vous vous laissez aller de nouveau, alors que Dieu vous vienne en aide ! Personnellement, j'ai été chargé de récupérer la pierre, et non de mettre la main sur vous.

(Il sonne.)

LE COLONEL. Mais si je refuse ?

HOLMES. Alors, hélas, ce sera vous que je livrerai au lieu du diamant.

(Entre Billy.)

BILLY. Oui, monsieur ?

HOLMES

(Au Colonel.)

Je pense préférable que votre ami Sam participe à cet entretien. Billy, devant la porte d'entrée, vous verrez un monsieur très costaud et très laid. Demandez-lui de monter, voulez-vous ?

BILLY. Oui, monsieur. Mais supposons qu'il ne veuille pas venir ?

HOLMES. Ne recourez pas à la force, Billy ! Ne le malmenez pas ! Si vous lui dites que le colonel Moran le demande, il viendra.

BILLY. Bien, monsieur.

(Billy sort.)

LE COLONEL. Où voulez-vous en venir ?

HOLMES. Tout à l'heure, mon ami Watson était avec moi. Je lui ai dit que j'avais pris dans mon filet un requin et un goujon. À présent, je hisse le filet avec son contenu.

LE COLONEL.
(Se penchant en avant.)
Vous ne mourrez pas dans votre lit, Holmes.

HOLMES. Figurez-vous que j'y ai souvent pensé, en effet. Mais en ce qui vous concerne, vous avez plus de chances de finir à la verticale qu'à l'horizontale. Toutefois, ce sont là des anticipations morbides. Abandonnons-nous sans réserve aux joies du présent. Inutile de tripoter votre revolver, mon ami, vous savez très bien que vous n'oserez pas vous en servir. C'est bruyant, les revolvers. Mieux vaut s'en tenir aux fusils à air comprimé. Colonel Moran... Ah ! il me semble entendre le pas léger de votre digne associé...

BILLY. M. Sam Merton.

(Sam Merton entre, vêtu d'un costume à gros carreaux d'une cravate voyante et d'un pardessus mastic.)

HOLMES. Bonjour, monsieur Merton. Il fait plutôt humide dehors, non ?

MERTON.
(Au Colonel.)
Qu'est-ce que ça signifie ? Que se passe-t-il ?

HOLMES. Pour être concis, monsieur Merton, je dirai que *tout* est fini.

MERTON.
(Au Colonel.)
Il cherche à être marrant ou quoi ? J'suis pas d'humeur à rigoler.

HOLMES. Vous y serez encore moins enclin à mesure que la soirée s'avancera, je crois pouvoir vous l'assurer. Bon, cela dit, colonel, je suis très occupé et je n'ai pas de temps à perdre. Je vais dans ma chambre. En mon absence, faites comme chez vous, je vous prie. Vous pourrez en profiter pour expliquer la situation à votre ami. Je vais travailler la Barcarolle sur mon violon.
(Regardant sa montre.)
Dans cinq minutes, je reviendrai pour que vous me donniez votre réponse définitive. Vous avez bien compris l'alternative, n'est-ce pas ? Nous mettons la main sur la pierre… ou sur vous.
(Il passe dans la chambre en emportant son violon.)

MERTON. Mais qu'est-ce que c'est ? Il est au courant pour la pierre ?

LE COLONEL. Oui, il en sait beaucoup trop à ce sujet… Je ne suis même pas sûr qu'il ne sache pas *tout.*

MERTON. Bon sang !

LE COLONEL. Ikey Cohen a mangé le morceau.

MERTON. Il a fait ça ? Alors il n'y coupera pas, je m'en vais lui casser la gueule !

LE COLONEL. Mais ça ne nous aidera en rien. Il nous faut décider de ce que nous allons faire.

MERTON. Un moment ! Il écoute pas, au moins ?
(S'approchant de la porte de la chambre.)

Non, c'est fermé. Et même à clef, j'en ai l'impression…
(Musique en provenance de la chambre.)
Oui, pas de doute, il est là-dedans.
(Allant au rideau.)
Mettons-nous ici…
(Il tire le rideau, découvrant le mannequin.)
Oh ! le diable l'emporte, il était là !

LE COLONEL. Tut ! C'est un mannequin, rassure-toi.

MERTON. Un mannequin ?
(Il l'examine, fait tourner la tête.)
Mince alors ! J'voudrais bien pouvoir lui tordre le cou aussi facilement ! C'est lui tout craché, Mme Tussaud ne fait pas mieux !

(Comme Merton revient vers le Colonel, les lumières s'éteignent brusquement et l'inscription N'Y TOUCHEZ PAS apparaît dans une clarté rouge. Après quelques instants, l'éclairage redevient normal. C'est dans cet intervalle que doit s'opérer la substitution.)

Oh ! J'aime pas ça ! Qu'est-ce que c'est donc ? Ça commence à me porter sur les nerfs, Patron !

LE COLONEL. Allons, allons, il s'agit simplement d'un de ces trucs enfantins qu'affectionne Holmes… Un ressort ou un déclic actionné par un réveil… Écoute, nous n'avons pas de temps à perdre. Il peut nous faire arrêter pour le diamant.

MERTON. Bon Dieu de bon sang !

LE COLONEL. Mais il nous laissera filer si nous lui disons où se trouve la pierre…

MERTON. Ça, il peut se l'accrocher ! Une pierre de cent mille livres !

LE COLONEL. C'est ça ou aller en taule.

MERTON. Y a pas un moyen de s'en tirer ? C'est vous le cerveau, Patron. Vous devez sûrement pouvoir trouver une combine ?

LE COLONEL.

Attends voir ! J'en ai abusé de plus malins que lui. J'ai la pierre ici, dans ma poche secrète. Elle peut être hors d'Angleterre dès cette nuit, et taillée en quatre à Amsterdam avant samedi. Il ne sait rien de Van Seddor, tu comprends ?

MERTON. Je croyais que Van Seddor, ça devait attendre jusqu'à la semaine prochaine ?

LE COLONEL. Oui, ça *devait.* Mais à présent il va lui falloir partir par le premier bateau. L'un de nous deux va devoir s'arranger pour filer à l'Excelsior avec la pierre dire à Van Seddor de faire cela.

MERTON. Mais on n'a pas encore mis le double fond au carton à chapeau !

LE COLONEL. Alors, il lui faudra courir le risque d'emporter la pierre comme ça. Il n'y a pas un instant à perdre. Quant à Holmes, nous n'allons pas avoir grand-mal à le posséder. Il ne nous fera pas arrêter s'il pense pouvoir récupérer la pierre. Nous allons le lancer sur une fausse piste. Avant qu'il ne découvre la manœuvre, la pierre sera à Amsterdam, et nous aussi nous aurons quitté le pays.

MERTON. Formidable !

LE COLONEL. À présent, file dire à Van Seddor de faire diligence. Moi, je m'occupe du jobard, à qui je vais servir une histoire de ma façon. Je vais lui raconter que la pierre est à Liverpool... Quand il constatera qu'elle n'y est pas, elle aura été divisée et nous voguerons sur la grande bleue !

(Il regarde avec circonspection autour de lui, puis sort de sa poche une petite bourse de cuir qu'il tend à son complice.)
Tiens, voilà le diamant de la couronne.

HOLMES
(Il s'en saisit en se levant du fauteuil.)
Merci.

LE COLONEL
(Marquant un arrêt sous l'effet de la stupeur.)
Le diable vous emporte, Holmes ! Il enfonce une main dans sa poche.

MERTON. Allez-y, Patron !

HOLMES. Pas de violence, messieurs, pas de violence, je vous en prie. Il faut vous convaincre que vous vous trouvez dans une situation impossible. La police est en bas.

LE COLONEL. Maudit... ? Comment vous trouviez-vous là ?

HOLMES. Grâce à un moyen tout simple mais efficace : il suffit de faire l'obscurité pendant quelques instants, le reste tombe sous le sens. J'ai pu ainsi vous entendre converser librement, sans que ma présence vous gêne. Non, colonel, non : mon Derringer 450 est braqué sur vous dans la poche de ma robe de chambre.
(Il sonne.)
(Entre Billy.)
Faites-les monter, Billy.

Billy sort.

LE COLONEL. Vous nous avez possédés, salaud !

MERTON. Ah ! c'est bien un flic... Mais ce bon sang de violon que j'ai entendu ?

Holmes. Ah, oui, ces nouveaux gramophones ! Une merveilleuse invention… Mer-veilleuse !

Comment Watson apprit le truc*

Depuis qu'il s'était assis à la table du petit déjeuner, Watson observait son compagnon avec attention. Levant les yeux, Holmes surprit son regard.

— Eh bien, Watson, à quoi pensez-vous donc ? demanda-t-il.

— À vous.

— À moi ?

— Oui, Holmes. Je pensais combien vos trucs sont superficiels et comme il est extraordinaire que le public continue de s'y intéresser.

— Entièrement d'accord, dit Holmes. En fait, j'ai souvenir d'avoir fait moi-même une remarque similaire.

— Vos méthodes, poursuivit Watson d'un ton sévère, sont vraiment faciles à assimiler.

— Sans aucun doute, répondit Holmes avec un sourire. Peut-être vous-même pouvez-vous donner un exemple de cette méthode de raisonnement ?

— Avec plaisir, acquiesça Watson. Je suis en mesure de dire que vous étiez fort préoccupé lorsque vous vous êtes levé ce matin.

— Excellent ! apprécia Holmes. Et comment cela vous est-il possible ?

— Parce que vous êtes d'ordinaire un homme très soigné et que vous avez cependant oublié de vous raser.

---

* Titre original : *How Watson Learned the Trick*, traduit par Maurice-Bernard Endrèbe.

— Ma parole ! Mais comme c'est astucieux ! s'exclama Holmes. Je n'imaginais pas, Watson, que vous pussiez être un aussi bon élève. Vos yeux d'aigle ont-ils détecté encore quelque autre chose ?

— Oui, Holmes. Vous avez un client nommé Barlow, et vous n'avez pas réussi en ce qui concerne son affaire.

— Mais comment diable pouvez-vous savoir ça ?

— J'ai vu son nom au dos de l'enveloppe. Quand vous avez décacheté sa lettre, vous avez émis un grognement avant de la fourrer dans votre poche en fronçant les sourcils.

— Admirable ! Vous êtes vraiment très observateur. Quelque autre chose encore ?

— Je crains, Holmes, que vous ne vous soyez lancé dans la spéculation boursière.

— Qu'est-ce qui vous permet de l'affirmer, Watson ?

— En ouvrant le journal, vous vous êtes porté immédiatement à la page financière et vous avez eu une exclamation empreinte d'intérêt.

— Vous êtes vraiment très futé, Watson. Rien d'autre ?

— Si, Holmes : vous avez mis votre costume noir au lieu d'être en robe de chambre, ce qui prouve que vous attendez sous peu une visite importante.

— Vous avez terminé ?

— Je suis certain que je pourrais déduire encore d'autres faits, Holmes, mais en mentionnant ces quelques points, j'ai voulu vous montrer qu'il est en ce monde des gens capables de se montrer aussi habiles que vous.

— Et d'autres nettement moins, rétorqua Holmes. Je reconnais qu'ils sont peu nombreux mais je crains, mon cher Watson, de devoir vous compter parmi eux.

— Que voulez-vous dire, Holmes ?

— Simplement, mon cher ami, que j'ai grand-peur que vos déductions ne soient pas aussi heureuses que je l'aurais souhaité.

— Vous voulez dire que je me suis trompé ?

— C'est plus ou moins ça, oui, je le crains. Prenons les faits dans l'ordre. Je ne me suis pas rasé parce que j'ai donné mon rasoir à aiguiser. J'ai mis mon costume parce que, hélas, j'ai rendez-vous de bonne heure avec mon dentiste. Il se nomme Barlow, et sa lettre confirmait le rendez-vous. La page sportive fait face à la page financière et j'ai voulu voir si, en cricket, le Surrey l'avait emporté sur le Kent. Mais continuez, Watson, continuez ! C'est un truc des plus superficiels et, sans aucun doute, vous l'aurez vite appris.

APPENDICES

Une mort spectaculaire[*]

Conan Doyle nous révèle toute la vérité
sur la fin de Sherlock Holmes

Interviewer le Dr Conan Doyle, le créateur de Sherlock Holmes, n'est pas chose facile. Le Dr Doyle n'y était guère favorable, bien qu'il n'eût aucun grief personnel contre l'interviewer. Mais, après avoir pris en compte sa longue et amicale collaboration avec la firme de George Newnes Ltd, dont le célèbre Strand Magazine *a permis à Sherlock Holmes d'exister, le Dr Doyle a surmonté ses réticences et a consenti à nous fournir les informations suivantes que ses admirateurs du monde entier liront avec intérêt.*

Tit-Bits, *15 décembre 1900*

Avant de vous parler de la mort de Sherlock Holmes, il est sans doute utile de rappeler les circonstances de sa naissance. Vous vous souvenez qu'il fit sa première apparition dans le roman intitulé *Une étude en rouge*. L'idée du détective me fut suggérée par un professeur dont j'avais suivi les cours à Édimbourg, et en partie par le personnage d'Edgar Allan Poe dont les caractéristiques étaient après tout les mêmes que celles des autres détectives qui sont apparus dans la littérature.

---

[*] Titre original : *A Gaudy Death*, traduit par Thierry Beauchamp et Romain Rabier.

Seules une ou deux qualités permettent de construire un personnage de détective, et l'auteur est contraint de les ressasser sans cesse, si bien que tous les détectives se ressemblent plus ou moins. Un tel travail d'invention n'exige pas une grande originalité, et le seul moyen d'être original dans une histoire de détective est de trouver de bonnes intrigues et de bonnes énigmes à résoudre. C'est pourquoi le détective doit nécessairement être doué d'un esprit prompt à observer et à analyser ce qui relie les faits entre eux.

À l'époque où j'ai commencé à songer à un détective – c'était aux alentours de 1886 –, j'avais lu plusieurs histoires de ce type et j'avais été frappé par leur ineptie, pour dire les choses gentiment, en ce sens que les auteurs s'appuyaient toujours sur une coïncidence pour donner la solution du mystère. À mon goût, ce n'était pas une manière très loyale de jouer le jeu, parce que le détective doit obtenir son succès en puisant dans ses ressources intérieures et non bénéficier d'un heureux concours de circonstances, ce qui n'arrive pas toujours – loin s'en faut – dans la réalité. Je ne me portais pas très bien, alors, et ne travaillant pas beaucoup, j'avais du temps pour lire : je dévorai ainsi une demi-douzaine d'énigmes policières, en français et en anglais, mais elles me laissèrent sur ma faim et j'eus le sentiment qu'elles seraient beaucoup plus intéressantes si le héros méritait vraiment de venir à bout du criminel ou du mystère qu'il avait été chargé d'élucider.

Ce fut alors que je me mis à imaginer mon vieux professeur d'Édimbourg à la place d'un de ces détectives chanceux. Il aurait examiné les relations de cause à effet avec la même logique qu'il aurait diagnostiqué une maladie, plutôt que d'attendre un signe favorable du destin.

Ce fut donc pour me divertir que je commençai à bâtir une histoire en donnant à mon détective un système scientifique qui lui permît de tout passer au crible de sa raison. Sur un plan intellectuel, Edgar Allan Poe avait déjà fait de même avec M. Dupin, mais Holmes différait de lui en ce qu'il pouvait à tout moment compter sur des connaissances très précises acquises lors de ses études scientifiques. Ce que je veux dire par là, c'est qu'il lui suffisait de regarder la main d'un homme pour savoir quel métier il exerçait, et qu'il pouvait se faire une idée de son caractère par le simple examen de son pantalon. Il avait autant de goût pour la pratique que pour la théorie, et il ne devait pas à la chance les succès qu'il obtenait dans ses enquêtes criminelles mais à ses propres compétences.

Dans cet esprit, en respectant les règles que je viens d'indiquer, j'écrivis *Une étude en rouge*, pour le *Beeton's Christmas Annual* de 1887. Ce fut la première apparition de Sherlock ; mais il n'intéressa pas grand monde, et il n'y eut personne pour lui trouver quoi que ce soit de particulier. Pourtant, à peu près trois ans plus tard, le *Lippincott's Magazine*, qui publie, comme vous le savez, une histoire dans chacun de ses numéros, me proposa d'écrire un titre pour sa collection de livres à un shilling. Je ne savais trop dans quelle direction aller, et soudain l'idée me traversa l'esprit. « Pourquoi ne pas essayer de remettre en selle le même personnage ? » C'est ce que je fis, et le résultat fut *Le Signe de quatre*. Bien que les critiques fussent favorables, je ne pense pas que Sherlock attira alors beaucoup l'attention sur lui.

À la même époque, je commençai à réfléchir pour livrer des nouvelles aux magazines. Il m'apparut que le principe du feuilleton était une erreur, car ceux qui avaient raté le début n'avaient naturellement pas envie d'acheter un périodique dans lequel un grand nombre de pages étaient consacrées à un récit qui les laissait indifférents.

J'en vins donc à penser que, si l'on parvenait à créer une série dont chaque livraison pourrait être lue comme un récit à part entière, mais dont le lien avec les épisodes qui la précéderaient et la suivraient serait assuré par ses personnages principaux –, on décuplerait ainsi la curiosité du lecteur, ce à quoi ne pouvait prétendre un simple feuilleton. De ce point de vue, j'étais un révolutionnaire, et je crois pouvoir revendiquer en toute légitimité la paternité d'un système qui a depuis largement fait ses preuves.

Le *Strand Magazine* fut lancé à peu près à la même époque et je me demandai : « Pourquoi ne pas mettre mon idée à exécution et écrire une série d'histoires de Sherlock Holmes dont les mécanismes mentaux m'étaient familiers ? » J'exerçai alors comme ophtalmologue dans un cabinet de Wimpole Street, et c'est en attendant la visite de mes patients que j'écrivis trois histoires qui furent par la suite publiées dans *Les Aventures de Sherlock Holmes*. Je les envoyai au *Strand Magazine*. Le directeur de la publication les apprécia, et même un peu plus, et il m'en commanda d'autres. Plus il m'en demandait, plus j'en produisais, et il y en eut bientôt une douzaine qui constituèrent le volume des *Aventures*.

Une fois que ces douze histoires furent achevées, je décidai de ne pas donner de suite aux exploits de Sherlock. Cependant, on m'encouragea vivement à continuer. Je n'y tenais guère, car je pense qu'il est toujours préférable de ne pas entièrement satisfaire l'attente du public, et je ne crois pas utile de l'ennuyer avec cette sorte de littérature. De plus, j'avais d'autres projets en tête. Mais la popularité de Sherlock Holmes et le succès des nouvelles histoires me mirent une énorme pression sur les épaules : je finis par accepter de poursuivre la série et composai douze récits supplémentaires que je réunis sous le titre *Les Mémoires de Sherlock Holmes*.

Au moment où je terminai ces histoires, j'étais réellement convaincu du fait de ne pas continuer. J'étais encore un jeune homme et un jeune romancier, et j'avais remarqué que le déclin d'un écrivain apprécié du public intervient toujours de la même manière. Les lecteurs achètent ce qu'ils aiment et insistent pour l'obtenir, ce qui le pousse à continuer dans la même voie jusqu'à ce qu'il perde sa fraîcheur. Puis le public se détourne en disant : « Il n'a qu'une seule idée et ne peut écrire qu'une seule sorte d'histoire. » Le résultat, c'est que l'auteur est fini car il a alors probablement épuisé sa capacité de s'adapter à de nouvelles conditions de travail. D'ailleurs, pourquoi un homme devrait-il s'enfermer dans un genre plutôt que d'écrire sur ce qui l'intéresse ? Quand Holmes stimulait mon imagination, j'écrivais sur Holmes, et cela me distrayait de lui proposer de nouvelles énigmes à résoudre. Mais quand j'eus écrit vingt-six histoires, chacune contenant une intrigue inédite, je commençai à trouver pénible cette recherche de nouvelles idées – et si cela devenait pénible pour moi, il y avait de bonnes chances, supposai-je, que cela le devînt aussi pour les autres.

Je savais que j'avais fait du meilleur travail dans d'autres domaines de la littérature, et selon moi *La Compagnie blanche*, par exemple, vaut cent fois les histoires de Sherlock Holmes. Pourtant, en raison de la popularité temporaire des histoires de Sherlock Holmes, c'est le créateur de Sherlock Holmes qui était de plus en plus célèbre et non celui de *La Compagnie blanche*. Mes plus basses œuvres rejetaient dans l'ombre ce dont j'étais le plus fier.

Je choisis donc d'arrêter la série des Holmes et, comme dans mon esprit cette décision était irrévocable, il m'apparut que la meilleure solution était encore de faire coïncider la fin de Holmes avec celle de ses aventures.

À l'époque où je réfléchissais aux détails de cet ultime récit, je m'étais rendu en Suisse pour y donner une conférence. J'effectuais une randonnée à travers le pays, et j'arrivai un jour au bord d'une cascade. Je me dis que, si un homme cherchait une mort spectaculaire, ce beau cadre romantique conviendrait parfaitement. Par la suite, j'imaginai l'arrivée de Holmes dans cet endroit et sa chute fatale.

C'est vraiment ainsi que j'en vins à tuer Holmes. Mais quand je mis mon projet à exécution, je fus surpris de constater à quel point son sort préoccupait les lecteurs. Je n'aurais jamais cru qu'ils prendraient tant les choses à cœur. Je reçus des lettres de protestation du monde entier. Je me souviens d'une en particulier, écrite par une dame que je ne connaissais pas, commençant par : « Espèce de brute. »

Depuis ce jour, je n'ai jamais regretté un seul instant d'avoir supprimé Sherlock. Cela ne signifie pas que je ne réécrirai pas une histoire le mettant en scène si l'envie m'en prenait. Il n'y a pas de limites aux archives qu'il a laissées ou aux souvenirs gravés dans la mémoire de son biographe.

Le reproche que j'adresse aux récits policiers est qu'ils ne font appel qu'à un certain registre de notre imagination – l'invention de l'intrigue – au détriment de la peinture des personnages.

Une œuvre littéraire digne de ce nom est celle qui donne le sentiment d'avoir tiré un bénéfice de sa lecture. Et je ne crois pas que quiconque puisse prétendre avoir tiré un quelconque bénéfice – dans le sens noble où je l'entends – de la lecture de Sherlock Holmes, bien qu'on puisse y passer un moment agréable. À mes yeux, ce n'était pas un travail ambitieux, aucune histoire policière ne l'est, en dehors du fait qu'une œuvre traitant de faits criminels éveille plus facilement la curiosité du lecteur qu'une autre.

C'est pour cette raison qu'il m'aurait été préjudiciable, au début de ma carrière, d'accorder trop d'attention à Sherlock Holmes. Si j'avais continué la série, j'aurais aujourd'hui épuisé les possibilités du personnage ainsi que la patience du public et je n'aurais pas écrit *Rodney Stone, Les Exploits du brigadier Gérard, Les Lettres de Stark Munro, Les Réfugiés*, et tous ces autres livres qui ont abordé la vie sous des angles divers, dont certains s'accordent avec mes propres opinions, ce qui n'a jamais été le cas avec Sherlock Holmes.

Il y a encore une chose à propos de Holmes qui ne manquera pas d'intéresser ceux qui ont suivi son parcours depuis le début, et sur laquelle – autant que je le sache – on n'a jamais mis l'accent. Quand on traite de faits criminels, il est naturel de s'efforcer de garder le crime à l'arrière-plan. Dans presque la moitié des histoires de Sherlock Holmes, cependant, aucun crime n'était réellement commis au sens légal du terme. Il était beaucoup question de crimes et de criminels, mais le lecteur se trouvait complètement mystifié. Bien sûr, je ne pouvais pas me permettre de l'abuser chaque fois et, de temps à autre, je devais lui concéder un crime, parfois même des plus horribles.

L'image que j'ai de Sherlock Holmes – je veux dire de l'homme tel que je me le représente – est très éloignée du portrait que M. Paget a fait de lui dans le *Strand Magazine*. Je suis néanmoins très satisfait de son travail et comprends parfaitement l'aspect qu'il a voulu donner au personnage. Je suis même prêt à l'imaginer tel que M. Paget l'a croqué. Mais dans mon esprit, Holmes tient davantage du rapace avec son nez crochu, voire du Peau-Rouge, que M. Paget ne l'a montré. Mais, comme je l'ai déjà dit, les dessins de M. Paget me plaisent énormément.

Le Mystère de la vallée de Sasassa*

Si je sais pourquoi Tom Donahue est surnommé Tom le chanceux ? Oui, bien sûr. Et c'est déjà plus que ne peut le dire un dixième des types qui l'appellent ainsi. J'ai pas mal roulé ma bosse dans ma jeunesse, et j'ai vu bien des choses étranges, mais aucune qui le soit plus que la manière dont Tom gagna ce sobriquet en même temps que sa fortune. Car, à cette époque, je me trouvais avec lui. Vous voulez que je vous raconte ? Oh, certainement. Mais c'est une longue histoire, et très étrange aussi. Alors servez-vous un autre verre et allumez-vous un autre cigare pendant que j'essaie de vous la dégoiser. Oui, une histoire encore plus étrange que certains contes de fées qu'il m'est arrivé d'entendre ; mais elle est vraie, monsieur, jusque dans son moindre détail. Il y a encore des témoins vivants dans la colonie du Cap qui pourraient s'en souvenir et vous confirmer ce que je dis. Ce récit a maintes fois été raconté autour du feu dans les cabanes des Boers, depuis l'État d'Orange jusqu'au Griqualand – oui, et dans le bush et les mines de diamant aussi.

Aujourd'hui, j'ai perdu mes bonnes manières, monsieur, mais autrefois je suivais des études d'avocat à l'université de Middle Temple. Tom – pas de chance ! – était un de mes condisciples. Et nous nous payions du bon temps alors, jusqu'au jour où nos finances commencèrent à

---

* Titre original : *The Mystery of the Sasassa Valley*, traduit par Thierry Beauchamp.

s'épuiser ! Alors nous fûmes obligés d'abandonner nos prétendues études pour nous mettre à la recherche d'un endroit dans le monde où deux jeunes gaillards en pleine santé, aux bras solides, pourraient faire leur chemin. À cette époque, le flux de la migration avait à peine commencé à dévier son cours vers l'Afrique, et nous pensâmes donc que nous avions tout intérêt à tenter notre chance là-bas, dans la colonie du Cap. Eh bien, pour raccourcir cette longue histoire, je vous dirai que nous nous embarquâmes à destination du Cap avec moins de cinq livres en poche et, quand nous posâmes le pied en Afrique du Sud, nous décidâmes de nous séparer. Nous nous essayâmes chacun à bien des métiers et connûmes des hauts et des bas ; mais, lorsqu'au bout de trois ans le hasard nous mena tous deux dans le haut pays et nous fit nous retrouver, j'ai le regret de dire que nous étions dans une situation aussi difficile qu'à notre arrivée.

Bon, ce n'était pas un début très prometteur ; et nous étions vraiment découragés, si découragés que Tom parlait de repartir en Angleterre pour y travailler comme employé de bureau. Comme vous le voyez, nous ne nous rendions pas compte que nous n'avions joué que nos petites cartes et que nous avions encore en main tous nos atouts. Non, nous étions persuadés que nous serions poissards jusqu'au bout. La région du pays où nous séjournions était particulièrement sauvage et les quelques fermes isolées qui s'y trouvaient étaient toutes barricadées pour se défendre des Cafres. Tom Donahue et moi habitions une petite hutte dans la brousse, mais les gens savaient que nous ne possédions rien et que nous n'étions pas maladroits avec nos revolvers, alors ils ne s'inquiétaient pas pour nous. Nous demeurions là, vivotant de petits boulots, avec l'espoir que notre chance finirait par tourner. Eh bien, au bout d'un mois environ, un soir, quelque chose arriva enfin qui allait nous permettre de nous illustrer. Et c'est de cette nuit, monsieur, que je vais à présent vous parler. Je m'en souviens bien. Le vent hurlait autour de notre cabane, et la pluie menaçait de s'infiltrer par notre fenêtre rudimentaire. Dans le foyer, nous avions allumé un grand feu de bois qui crépitait en projetant des étincelles. J'étais assis à côté, occupé à réparer un fouet, pendant que Tom, étendu sur sa couchette, gémissait lamentablement contre la mauvaise fortune qui l'avait mené dans un endroit pareil.

— Haut les cœurs, Tom, haut les cœurs ! dis-je. Personne ne sait de quoi demain sera fait.

— De malchance, Jack, de malchance. J'ai jamais eu de veine. Voilà trois ans que je végète dans cet abominable pays, et je vois des jeunes gars fraîchement arrivés d'Angleterre qui font déjà tinter l'argent dans leur poche, alors que moi je suis toujours aussi fauché qu'au premier jour. Ah, Jack, si tu tiens vraiment à garder la tête hors de l'eau, vieux frère, tu ferais mieux de chercher fortune ailleurs qu'en ma compagnie.

— Tu dis des bêtises, Tom ! Tu es peut-être noir ce soir, mais... Écoute ! Quelqu'un approche ! Ça ressemble au pas de Dick Wharton. Si quelqu'un peut te remonter le moral, c'est bien lui !

Je n'avais pas encore refermé la bouche que la porte s'ouvrit, et le brave Dick Wharton entra, dégoulinant, sa bonne trogne rouge brillant dans l'obscurité comme la pleine lune. Il se secoua et, après nous avoir salués, il s'assit près du feu pour se réchauffer.

— Qu'est-ce que tu fais dehors par une nuit pareille, Dick ? dis-je. Tu vas vite t'apercevoir que les rhumatismes sont des adversaires autrement plus redoutables que les Cafres.

Dick avait l'air plus sérieux que d'habitude. Si je ne l'avais pas connu, j'aurais même pu croire qu'il était effrayé.

— Je devais y aller, répondit-il. Je devais y aller. Une des bêtes de Madison a été vue en train d'errer dans la vallée de Sasassa. Et, bien sûr, aucun de nos Noirs ne voulait descendre de nuit dans cette vallée. Et si nous avions attendu le matin, l'animal se serait retrouvé en pays cafre.

— Et pourquoi refusent-ils de descendre de nuit dans cette vallée de Sasassa ? demanda Tom.

— À cause des Cafres, je suppose, dis-je.

— Des fantômes, répondit Dick.

Nous nous mîmes tous deux à rire.

— J'imagine qu'ils n'ont pas osé donner un aperçu de leurs charmes à un type aussi terre à terre que toi ? lança Tom du fond de sa couchette.

— Si, répliqua Dick le plus sérieusement du monde, si. J'ai vu ce dont parlent les Nègres, les gars. Et je vous donne ma parole que je n'ai pas envie de le revoir un jour.

Tom se redressa.

— Des blagues, Dick ! Tu plaisantes, l'ami ! Allez, raconte-nous toute l'histoire. La légende d'abord, et ta propre version des faits ensuite. Passe-lui donc la bouteille, Jack.

— Eh bien, en ce qui concerne la légende, commença Dick, d'après les Nègres la vallée de Sasassa est hantée par un terrible démon. Des chasseurs et des voyageurs qui empruntaient le défilé auraient vu ses yeux briller à travers l'ombre d'un à-pic. Et le bruit court que quiconque a croisé ce sinistre regard est poursuivi le reste de sa vie durant par l'influence maléfique de cette créature. Que cela soit vrai ou non, je vais pouvoir en juger par moi-même…

— Continue, Dick, continue, s'écria Tom. Raconte-nous ce que tu as vu.

— Eh bien, je descendais à tâtons dans la vallée en cherchant la vache de Madison et j'étais arrivé à peu près à mi-chemin de la pente, à un endroit où la paroi sombre d'un à-pic s'élève au-dessus du ravin sur la droite, quand je décidai de faire une pause pour boire un coup. À cet instant, j'avais les yeux fixés sur l'impressionnante paroi rocheuse dont je viens de parler, et je n'avais rien remarqué d'anormal. Je pris ma flasque et fis un ou deux pas en avant, et c'est alors qu'apparut au niveau de la base de l'à-pic, à environ huit pieds du sol et à une centaine de mètres de distance, un étrange et lugubre regard, qui se ravivait au moment précis où il semblait sur le point de s'éteindre. Non, non, j'ai souvent vu des vers luisants et des mouches de feu, mais il n'y avait rien de comparable. Il était là qui brûlait comme une torche, et je suppose que je dus bien rester dix bonnes minutes à le fixer en tremblant de tous mes membres. Puis je fis un pas en avant et il disparut instantanément, comme la flamme d'une bougie qu'on viendrait de souffler. Je reculai, mais il me fallut un peu de temps avant de pouvoir repérer l'emplacement exact d'où il était visible. Et, soudain, elle se remit à vaciller, cette singulière lueur rougeâtre. Alors je pris mon courage à deux mains et me dirigeai vers le rocher. Mais le sol était si accidenté qu'il m'était impossible d'avancer en ligne droite. Et même en faisant le tour du rocher, je ne pus rien voir. Alors je décidai de rentrer chez moi, et je peux vous dire, les gars, qu'il a fallu que vous me le fassiez remarquer pour que je m'aperçoive qu'il pleuvait, car je ne m'en étais pas rendu compte pendant le trajet. Mais, qu'est-ce qui lui prend, à Tom ?

Qu'est-ce qui lui prenait, en effet ? Tom était maintenant assis, les jambes pendant au bord de sa couchette, et son visage exprimait une excitation si intense qu'elle aurait facilement pu être prise pour de la souffrance.

— Le démon aurait deux yeux. Combien as-tu vu de lumières, Dick ? Parle…

— Seulement une.

— Hourra ! s'exclama Tom. C'est mieux !

Sur quoi il projeta d'un coup de pied ses couvertures au milieu de la pièce qu'il se mit à arpenter de long en large à grands pas fiévreux. Soudain il s'arrêta devant Dick, en lui mettant la main sur l'épaule :

— Dis-moi, Dick, y a-t-il moyen d'atteindre la vallée de Sasassa avant le lever du soleil ?

— Ça me paraît difficile.

— Bon, écoute-moi ! Nous sommes de vieux amis, toi et moi, Dick Wharton. Alors je te demande d'attendre une semaine avant de parler à qui que ce soit de ce que tu viens de nous raconter. Peux-tu me donner ta parole ?

Dick acquiesça d'u hochement de tête, mais je vis à l'expression de son visage qu'il croyait que le pauvre Tom avait perdu la raison. Et je dois avouer que sa conduite me laissa quelque peu interloqué. Mais j'avais déjà eu tant de preuves du bon sens et de la rapidité d'esprit de mon ami que j'estimai tout à fait possible que l'histoire de Wharton ait eu une signification pour lui que j'étais trop obtus pour saisir.

Pendant toute la nuit, Tom fut extrêmement agité. Et quand Wharton s'en alla, il lui demanda de ne pas oublier sa promesse, de lui faire une description précise de l'endroit où il avait vu l'apparition et de lui indiquer l'heure à laquelle elle avait eu lieu. Après son départ, vers 4 heures du matin, je m'étendis dans ma couchette et observai Tom, assis près du feu, en train de fendre deux bâtons. Quelques instants plus tard, le sommeil me gagna. Je suppose que je dus dormir environ deux heures ; mais quand je me réveillai, Tom était toujours assis dans la même position, occupé au même ouvrage. Il avait attaché un des bouts de bois à l'extrémité de l'autre de manière à former une sorte de T, et il s'efforçait à présent de leur adjoindre un bâton plus petit dont la manipulation permettrait ensuite d'écarter ou de réduire l'ouverture de l'angle de la croix. Il avait également creusé des crans de mire dans le bâton perpendiculaire, pour qu'au moyen de ce petit support il soit possible de bloquer le bâton transversal dans la même position.

— Regarde ça, Jack ! s'écria-t-il en me voyant réveillé. Viens donc me donner ton avis. Supposons que j'oriente le bâton transversal dans la direction d'un objet et que je me serve du petit bout de bois pour la maintenir dans cette position, qu'ensuite je laisse l'instrument là où il est, croistu qu'il me serait possible de retrouver l'objet, si je le voulais ? Ça te paraît logique, n'est-ce pas, Jack ? Ça te paraît logique ? insista-t-il en m'attrapant par le bras.

— Eh bien, répondis-je, ça dépendrait de la distance à laquelle se trouverait l'objet et de la précision avec laquelle elle aurait été orientée. Si l'objet devait se situer à une certaine distance, je taillerais des crans de mire sur ton bâton transversal et j'ajouterais un fil à plomb à son extrémité. Et j'aurais ainsi une idée assez exacte de la position de l'objet. Mais, Tom, ne me dis pas que tu envisages sérieusement de localiser le fantôme de cette manière ?

— Tu le découvriras ce soir, mon vieux, tu le découvriras ce soir. J'emporte cet objet avec moi dans la vallée de Sasassa. Occupe-toi de récupérer le levier de Madison et rejoins-moi ; mais prends garde à ne rien lui dire de ce que nous comptons en faire ni de l'endroit où nous nous rendons.

Tom passa toute la journée à faire les cent pas dans la cabane et à perfectionner son appareil. Ses yeux brillaient, ses joues étaient cramoisies, et il présentait tous les symptômes d'une forte fièvre.

— Fasse le ciel que le diagnostic de Dick soit erroné ! pensai-je en revenant avec le levier.

Et, pourtant, quand le soir tomba, je me sentis imperceptiblement envahi par la même excitation.

Vers 6 heures, Tom se leva brusquement et s'empara de ses bâtons.

— Je ne peux plus attendre davantage, Jack, s'écria-t-il. Prends ton levier, et en route pour la vallée de Sasassa ! Le travail de ce soir fera notre fortune ou notre ruine ! N'oublie pas ton six coups, au cas où nous rencontrerions des Cafres. Je n'ose pas emporter le mien, Jack, reprit-il en me mettant ses mains sur les épaules, car si ma déveine me poursuit encore cette nuit, je ne sais pas ce que je serais capable d'en faire.

Ayant garni nos poches de provisions, nous nous lançâmes dans cette course fatigante en direction de la vallée de Sasassa. Une fois en chemin, j'essayai fréquemment d'arracher à mon compagnon quelques aveux sur ses intentions. Mais il répondait invariablement :

— Hâtons-nous, Jack. Qui sait combien de types ont eu vent de l'aventure de Wharton, à cette heure ! Hâtons-nous ou nous ne serons pas les premiers dans la place !

Eh bien, monsieur, nous nous frayâmes péniblement un chemin à travers les collines sur une distance de dix miles. Enfin, après avoir descendu le long d'un rocher escarpé, nous vîmes s'ouvrir devant nous un ravin si sombre et si inquiétant qu'on eût pu le confondre sans peine avec la porte de l'Enfer. Des falaises hautes de plusieurs centaines de pieds enserraient de tous côtés ce sinistre défilé parsemé de rocs qui traversait la montagne hantée en direction du pays des Cafres. La lune s'élevait au-dessus des escarpements, éclairant les crêtes déchiquetées des sommets, quand, plus bas, s'étendait le royaume des ombres.

— C'est la vallée de Sasassa ? dis-je.

— Oui, répondit Tom.

Je le regardai. Il avait retrouvé son calme. Il n'y avait plus en lui aucune trace de fébrilité. Ses mouvements étaient lents et résolus. Cependant, la rigidité des traits de son visage et la lueur qui brillait dans son œil annonçaient que le temps de l'action était venu.

Nous entrâmes dans la passe en trébuchant sur les éboulis. Soudain, j'entendis Tom s'exclamer vivement.

— Voici le rocher ! s'écria-t-il en désignant une énorme masse qui se dressait devant nous dans l'obscurité. Maintenant, Jack, ouvre bien les yeux ! Nous devons nous trouver à environ cent mètres de cette falaise. Tu vas t'approcher doucement en passant par ce côté-ci et je vais en faire autant de l'autre côté. Si tu aperçois quoi que ce soit, tu t'arrêtes et tu m'appelles. Fais des petits pas et garde les yeux braqués sur la paroi rocheuse à environ huit pieds au-dessus du sol. Tu es prêt ?

— Oui.

À ce moment, j'étais encore plus excité que Tom. Quelles étaient ses intentions, je n'en avais aucune idée, en dehors du fait qu'il voulait examiner à la lumière du jour la partie de la falaise d'où venait la lumière. Mais l'influence provoquée par cette situation romanesque et l'agitation contenue de mon compagnon étaient si grandes que je sentais mon sang courir dans mes veines et mon pouls battre violemment à mes tempes.

— Allons-y ! lança Tom.

Et nous nous mîmes en marche, lui à droite et moi à gauche, en fixant intensément la base de l'escarpement rocheux. J'avais peut-être fait vingt pas quand la chose m'apparut brusquement. À travers les ténèbres de plus en plus épaisses brillait une petite lueur rouge qui diminuait et augmentait, vacillait et oscillait, chaque changement produisant un effet plus étrange que le précédent. La vieille superstition cafre me revint à l'esprit et je sentis passer en moi un frisson glacé. Dans la panique du moment, je fis un pas en arrière et la lumière disparut aussitôt, laissant place à une profonde obscurité. Mais quand j'avançai de nouveau, la lueur rouge se remit à briller à la base de la falaise.

— Tom ! Tom ! appelai-je.

— Oui ! Oui ! l'entendis-je s'exclamer tandis qu'il accourait dans ma direction.

— Elle est là-haut, tout contre le rocher !

Tom se tenait près de moi.

— Je ne vois rien, dit-il.

— Comment ça, camarade, elle est là, juste en face de toi !

En disant ces mots, je fis un pas sur ma droite, et la lueur disparut aussitôt de ma vue.

Mais, à en juger par les cris de joie de Tom, qui avait pris ma place, elle était toujours visible.

— Jack, s'exclama-t-il en se tournant vers moi pour me serrer la main, Jack, toi et moi, nous ne pourrons jamais plus nous plaindre de notre manque de chance. À présent, marque la position où nous nous trouvons avec quelques pierres… C'est bien. Nous devons fixer solidement notre poteau indicateur au sommet du monticule. Voilà ! Il faudrait un sacré coup de vent pour le faire tomber, et il nous suffit qu'il tienne bon jusqu'au matin. Oh ! Jack, mon pote, quand je pense qu'hier encore je parlais de travailler dans un bureau, et que tu disais qu'aucun homme ne sait ce que le sort lui réserve ! Bon sang, Jack, ça ferait une histoire du tonnerre !

À cet instant nous avions calé solidement le bâton vertical entre deux grosses pierres ; et Tom se pencha en avant et regarda à travers la fente du bâton horizontal. Pendant un bon quart d'heure, il le souleva et le rabaissa jusqu'à ce qu'il parvînt enfin, avec un soupir de satisfaction, à fixer le support dans l'angle exact. Puis il se redressa.

— Regarde à travers la fente du bâton, Jack, dit-il, j'ai jamais connu personne avec un coup d'œil aussi juste que le tien.

Je suivis la direction indiquée par l'appareil et vis la lueur rouge qui semblait briller juste au bout du bâton, tant la manœuvre avait été finement exécutée.

— Et maintenant, dit Tom, allons nous restaurer et prendre un peu de repos. Il n'y a plus rien à faire cette nuit ; mais, demain, nous aurons besoin de toute notre tête et de toutes nos forces. Ramassons un peu de bois et allumons un feu ici. Nous pourrons alors garder un œil sur notre poteau indicateur et veiller à ce qu'il ne lui arrive rien pendant la nuit.

Et nous allumâmes donc un feu, monsieur, et nous dînâmes avec en point de mire l'œil du démon de la vallée de Sasassa qui brilla toute la nuit. Mais il ne resta pas toujours à la même place, car, après le souper, quand je jetai un coup d'œil dans la fente du bâton horizontal, il demeura invisible. Cette nouvelle ne sembla pas perturber Tom le moins du monde.

— C'est la lune qui s'est déplacée, et non la chose, se borna-t-il à dire, puis il se recroquevilla sur lui-même et ne tarda pas à s'endormir.

Aux premières lueurs de l'aube, nous étions déjà debout, occupés à observer la base de la falaise avec notre viseur. Mais nous ne distinguions rien qu'une paroi rocheuse uniforme et ardoisée, peut-être un peu plus raboteuse à l'endroit que nous examinions qu'ailleurs, mais sans autre particularité remarquable.

— C'est le moment de tester ton idée, Jack ! déclara Tom Donahue en déroulant une longue ficelle qu'il avait nouée autour de sa taille. Tu l'attaches, et ensuite tu me guides pendant que je prends l'autre bout.

Sur ces mots, il descendit au pied de la falaise, en tenant l'une des extrémités de la ficelle, pendant que je tirais l'autre bout en l'enroulant d'abord autour du bâton horizontal, puis en le faisant passer entre les crans de mire de notre poteau indicateur. De cette manière, je pouvais diriger Tom à droite ou à gauche. Quelques instants plus tard, notre corde fut enfin tendue depuis son point d'attache, à travers la mire, et, de là, en direction de l'escarpement rocheux, qu'elle atteignait à environ huit pieds au-dessus du sol. Tom traça à la craie un cercle d'environ trois pieds de diamètre autour de ce point. Puis il me cria de venir le rejoindre.

— Nous avons monté cette affaire ensemble, Jack, dit-il, et c'est ensemble que nous allons trouver ce que nous devons trouver.

Le cercle qu'il avait dessiné entourait une partie du rocher plus lisse que le reste, excepté au centre où quelques grosses protubérances faisaient saillie. Tom désigna l'une d'entre elles en poussant un hurlement de joie. C'était une masse d'un brun rougeâtre, qui avait à peu près la taille du poing fermé d'un homme. Elle ressemblait à un morceau de verre sale incrusté dans la paroi rocheuse.

— Le voilà !

— Le voilà quoi ?

— Mais le diamant, camarade, un diamant tellement gros qu'il n'y aura pas un monarque en Europe pour ne pas en envier la possession à Tom Donahue. Passe-moi ton levier, et nous aurons bientôt exorcisé la vallée de la Sasassa de son démon !

J'étais si abasourdi que, l'espace d'un instant, j'en restai muet de surprise, contemplant le trésor qui était tombé entre nos mains de manière si inattendue.

— Vas-y, donne-moi le levier, dit Tom. Si nous prenons comme point d'appui cette protubérance ronde qui fait saillie dans la roche, nous devrions pouvoir l'extraire. Oui, il vient. Je n'aurais jamais cru que ce serait si facile. À présent, Jack, plus vite nous rentrerons au Cap, mieux ce sera.

Nous enveloppâmes notre trésor et prîmes la route du retour à travers les collines. En chemin, Tom me raconta qu'à l'époque où il était étudiant en droit à Middle Temple il était tombé sur une brochure poussiéreuse d'un certain Jans Van Hounym, relatant une aventure très similaire à la nôtre, qui était arrivée à ce brave Hollandais vers la fin du XVIIe siècle et qui avait abouti à la découverte d'un diamant étincelant. C'est ce récit qui était revenu à l'esprit de Tom pendant qu'il écoutait l'histoire de fantôme de l'honnête Dick Wharton. Mais la méthode utilisée pour vérifier sa supposition était née dans son fertile cerveau d'Irlandais.

— Nous allons l'emporter au Cap, continua Tom, et si nous ne parvenons pas à en tirer un bon prix là-bas, nous ne perdrons rien au change à rembarquer pour Londres. Faisons d'abord une halte chez Madison ; ces affaires-là ne lui sont pas inconnues et peut-être qu'il pourra nous conseiller sur ce que l'on est en droit de demander pour un pareil trésor.

Nous quittâmes donc la piste avant d'atteindre notre hutte et suivîmes l'étroit sentier qui conduisait à la ferme de Madison. Quand nous entrâmes, il était en train de déjeuner. Un instant plus tard, nous étions assis à ses côtés, profitant de l'hospitalité sud-africaine.

— Bien, dit-il, après que les domestiques furent partis, que me cachez-vous, tous les deux ? Je vois bien que vous avez quelque chose à me dire. Qu'est-ce que c'est ?

Tom sortit son paquet et dénoua solennellement les mouchoirs qui l'enveloppaient.

— Ça ! dit-il en déposant le cristal sur la table. Quel prix sommes-nous en droit d'en attendre ?

Madison le prit en main et l'examina d'un œil critique.

— À l'état brut, répondit-il en le remettant sur la table, dans les douze shillings la tonne.

— Douze shillings ! s'écria Tom en bondissant sur ses pieds. Tu ne vois donc pas ce que c'est ?

— Du sel gemme !

— Du sel, mon cul ! C'est un diamant !

— Goûtez-le ! dit Madison.

Tom le porta à ses lèvres, le jeta à terre en poussant un horrible juron, et se précipita dehors.

Je me sentais moi-même très triste et cruellement déçu ; mais je me souvins alors de ce que Tom avait dit à propos du revolver : je quittai à mon tour la pièce, laissant Madison bouche bée, et me hâtai de regagner la hutte. Quand j'entrai, je trouvai Tom allongé sur sa couchette, le visage tourné vers le mur, visiblement trop abattu pour écouter mes paroles de consolation. Maudissant Dick, Madison, le démon de la Sasassa et tout le reste, j'allai faire un tour dehors et me réconfortai de notre pénible mésaventure en fumant une pipe. Je devais être à une cinquantaine de mètres de la cabane quand il en jaillit un cri que je ne m'attendais certainement pas à entendre. S'il s'était agi d'un gémissement ou d'un juron, cela m'aurait semblé tout naturel, mais ce qui me fit m'arrêter et retirer la pipe de ma bouche était un sincère éclat de rire. L'instant d'après, Tom apparaissait sur le pas de la porte, la figure rayonnant de joie.

— Prêt pour une nouvelle balade de dix miles, vieux frère ?

— Quoi ! Pour un autre morceau de sel gemme à dix shillings la tonne ?

— « Si tu m'aimes, Hal, n'en parlons plus », sourit Tom. Maintenant, prête-moi toute ton attention, Jack. Nous avons été de sacrés idiots de nous être monté la tête pour si peu. Assieds-toi sur cette souche cinq petites minutes, et je vais te rendre la chose aussi claire que le jour. Il t'est souvent arrivé tout comme à moi de voir des incrustations de sel gemme dans un rocher, bien que nous n'ayons pas fait le rapport dans ce cas-là. Mais dis-moi, Jack, en as-tu déjà vu une briller dans l'obscurité plus qu'une luciole.

— Non, je ne peux pas dire ça.

— Je crois pouvoir prédire que si nous attendions jusqu'à la nuit, ce que nous ne ferons pas, nous verrions encore cette lueur étinceler parmi les rochers. Ce qui signifie, Jack, que lorsque nous avons emporté ce morceau de sel sans valeur, nous nous sommes trompé de cristal. Dans ces montagnes, il n'y a rien d'étrange à ce qu'un morceau de sel gemme puisse se trouver à moins d'un pied de distance d'un diamant. Il a accroché notre regard, nous étions très excités, et nous avons agi stupidement en laissant la bonne pierre derrière nous. Tu peux me croire, Jack, la pierre précieuse de la Sasassa n'a pas bougé du cercle de craie que j'ai tracé sur la paroi de cette falaise. Allons, camarade, allume ta pipe et reprends ton revolver, et nous serons déjà loin avant que l'ami Madison ait eu le temps d'additionner deux et deux.

Je ne me rappelle pas avoir manifesté un grand enthousiasme. J'avais déjà commencé à voir en ce diamant une terrible calamité. Cependant, plutôt que de refroidir les espérances de Tom, je me déclarai prêt à partir sur-le-champ. Quelle marche ce fut ! Tom avait toujours eu l'agilité d'une chèvre dans la montagne, mais, ce jour-là, l'excitation paraissait lui donner des ailes, et je dus m'accrocher pour rester sur ses talons. Quand nous arrivâmes à moins d'un demi-mile, il accéléra le pas et ne s'arrêta que devant le cercle blanc tracé sur la falaise. Pauvre Tom ! Quand je le rejoignis, son humeur avait changé : il se tenait les mains dans les poches, les yeux perdus dans le vide, la mine défaite.

— Regarde, dit-il en désignant la falaise, regarde !

Il n'y avait rien là qui ressemblât à un diamant. À l'intérieur du cercle, on ne distinguait que la paroi lisse de couleur ardoisée, avec un grand trou à l'endroit où nous avions extrait le morceau de sel gemme, et un ou deux creux de taille plus réduite. Aucune trace de la moindre pierre précieuse.

— Je l'ai examinée pouce par pouce, dit le malheureux Tom, elle n'est pas là. Quelqu'un sera passé par là, aura remarqué le cercle de craie et aura pris le diamant. Rentrons, Jack. Je ne me sens pas bien et je suis épuisé. Rentrons, Jack. Y a-t-il jamais eu un type plus poissard que moi ?

Je jetai un dernier coup d'œil à la falaise avant de faire demi-tour ; Tom avait déjà pris dix pas d'avance.

— Hé ! m'écriai-je. Tu ne remarques pas un changement dans le cercle depuis hier ?

— Qu'est-ce que tu veux dire ? dit Tom.

— Il n'y manque pas quelque chose ?

— Le morceau de sel gemme ?

— Non, la petite protubérance arrondie dont nous nous sommes servis comme point d'appui. Je suppose que nous l'avons arrachée en manœuvrant le levier. Voyons de quoi elle a l'air.

Et nous nous mîmes donc à chercher parmi les débris rocheux accumulés au pied de la falaise.

— Nous y sommes, Jack ! Nous avons réussi, enfin ! Notre fortune est faite !

Je me retournai et vis Tom, le visage rayonnant de joie, qui tenait un petit cône de roche noire dans sa main. À première vue, il ne semblait s'agir que d'un éclat de pierre, mais, près de sa base, saillait un objet que Tom me montrait avec enthousiasme. On aurait tout d'abord dit un œil de verre, mais il avait une eau d'une brillance et d'une profondeur qu'aucune sorte de verre n'aurait pu avoir. Cette fois-ci, il n'y avait plus d'erreur possible. Nous venions de mettre la main sur un bijou d'une immense valeur, et c'est le cœur léger que nous quittâmes la vallée, emportant avec nous le « démon » qui avait si longtemps régné dans ces lieux.

Voilà, monsieur. Je me suis un peu trop étendu sur les détails et je vous ai sans doute fatigué. Vous comprenez, quand je commence à parler de ces temps difficiles de ma jeunesse, je crois revoir la petite cabane, le mince ruisseau qui coulait près de là, avec le bush tout autour… Et il me semble encore entendre la voix du brave Tom. Mais je n'ai plus grand-chose à ajouter. La pierre nous apporta la fortune. Tom Donahue, comme vous le savez, s'est installé ici, il est connu de tout le monde en ville. De mon côté, je me suis pas mal débrouillé. J'ai une ferme : je fais de l'élevage d'autruches en Afrique. Nous avons intéressé le vieux Dick Wharton à nos affaires, c'est un de mes plus proches voisins. Si jamais il vous arrive de passer par chez nous, monsieur, ne manquez pas de demander Jack Turnbull, Jack Turnbull de la ferme de Sasassa.

Les Quatorze Enquêtes préférées de l'auteur*

Lorsqu'il fut question d'organiser ce concours, je m'y engageai d'un cœur léger, pensant qu'il n'y aurait rien au monde de plus facile pour moi que de sélectionner les douze meilleures histoires ayant Sherlock Holmes pour héros. Lorsque je dus me mettre à l'ouvrage, je découvris que ça n'était pas une petite affaire. Tout d'abord, je dus les relire toutes avec attention.

Je commençai par éliminer les douze publiées dans *The Strand* au cours des cinq ou six dernières années. Elles vont être prochainement réunies en volume sous le titre *Les Archives de Sherlock Holmes,* mais le public n'aurait pu se les procurer aisément. S'il en avait été autrement, j'aurais mis deux d'entre elles sur ma liste, à savoir : *La Crinière du lion* et *L'Illustre Client***. La première a le handicap d'être racontée par Sherlock Holmes lui-même, procédé que je n'ai utilisé que deux fois car il gêne incontestablement le récit. D'un autre côté, son intrigue est une des meilleures de toute la série, raison pour laquelle sa sélection s'imposait. L'intrigue de *L'Illustre Client,* en revanche, n'a rien d'extraordinaire, mais cette histoire a une certaine qualité dramatique et se déroule dans un milieu huppé, de façon très adéquate, raison pour laquelle je l'aurais aussi fait figurer sur ma liste.

---

* Titre original : *My Favourite Sherlock Holmes Adventures,* traduit par Maurice-Bernard Endrèbe.

** D'où le titre de ce texte. *(N.d.E.)*

Mais, ayant décidé de les éliminer, je me trouve maintenant confronté à quelque quarante histoires qu'il me faut estimer les unes par rapport aux autres. Il y en a certaines à propos desquelles des échos me sont parvenus de toutes les parties du monde ce qui, à mon sens, prouve qu'elles ont une qualité particulière. Il en va ainsi de la sinistre histoire de serpent, intitulée *Le Ruban moucheté.* Celle-là, je suis convaincu qu'elle figurera sur toutes les listes. Viennent aussitôt après, tant dans l'estime du public qu'à mon propre goût, *La Ligue des rouquins* et *Les Hommes dansants,* dans un cas comme dans l'autre pour l'originalité de l'intrigue. On ne peut pas non plus omettre l'histoire avec le seul adversaire qui ait jamais vraiment mis Holmes en échec, réussissant même à persuader le public – et Watson – qu'il était mort. Je pense également que la première de toutes ces nouvelles doit être incluse dans la liste, vu que c'est elle qui a ouvert la voie aux autres et aussi parce qu'une femme y joue un rôle plus prédominant que d'ordinaire... Enfin, il me semble que l'histoire qui entreprend la difficile tâche d'expliquer la prétendue mort de Sherlock Holmes et nous présente aussi un bandit tel que le colonel Sebastian Moran doit également figurer sur cette liste. Donc, *Le Dernier Problème, Un scandale en Bohême* et *La Maison vide,* ce qui nous donne notre première demi-douzaine.

Mais nous arrivons maintenant au plus difficile. Il y a un certain nombre de ces nouvelles qu'il est assez difficile de départager. Tout bien considéré, je pense que *Les Cinq Pépins d'orange* doit trouver place sur cette liste, car bien que ce soit une nouvelle relativement courte, elle a une intensité dramatique toute particulière. Et il ne nous reste plus que cinq places à meubler. Il est deux nouvelles qui se déroulent dans les milieux de la haute diplomatie, qui toutes deux comptent parmi les meilleures de la série : l'une est *Le Traité naval,* l'autre *La Deuxième Tache.* Il n'y a pas place pour les deux et, tout bien pesé, c'est la seconde qui me paraît être la meilleure et nous l'inscrirons donc à la huitième place.

Et maintenant, lesquelles ? *L'Aventure du pied du diable* se distingue par sa nouveauté et son caractère sinistre. Nous la mettrons à la neuvième place. Je pense aussi que *L'École du Prieuré* mérite d'être classée ici, ne fut-ce que pour le moment intensément dramatique où Holmes pointe le doigt vers le du. Il ne me reste plus que deux places. J'hésite entre *Flamme d'argent, Les Plans de Bruce-Parkington, Le Tordu, L'Homme à la lèvre tordue, Le Gloria-Scott, L'Interprète grec, Les Propriétaires de Reigate, Le Rituel des Musgrave* et *Le Pensionnaire en traitement.* Sur quoi me fonder pour sélectionner deux de celles-là ? Il y a dans *Flamme d'argent* des erreurs concernant les courses hippiques, et nous nous devons de disqualifier cette histoire. Entre les autres, il y a vraiment très peu de différence quant à la qualité. Il suffira d'un rien pour faire pencher la balance. *Le Rituel des Musgrave* comporte une note historique qui lui confère un petit attrait supplémentaire. Il s'y trouve aussi une réminiscence de la vie passée de Holmes. Et nous arrivons ainsi à notre tout dernier choix. Je pourrais aussi bien tirer ce titre d'un sac où je l'aurais fourré avec les autres, car je ne vois aucune raison de préférer celui-ci plutôt que celui-là. Quel que soit leur mérite – et je n'en tire aucune vanité – j'ai traité leur sujet aussi bien qu'il m'était possible. Dans l'ensemble, Holmes lui-même témoigne peut-être d'une plus grande habileté dans *Les Propriétaires de Reigate,* si bien que ce sera là le douzième homme de mon équipe.

Il est proverbial que c'est une erreur pour un juge de donner les raisons l'ayant guidé, mais j'ai tenu à m'analyser ainsi pour montrer aux concurrents que je me suis quand même donné un peu de mal en cette occasion.

La liste s'établit donc comme suit :

Le Ruban moucheté
La Ligue des rouquins
Les Hommes dansants

Les Cinq Pépins d'orange
La Deuxième Tache
L'Aventure du pied du diable
Le Dernier Problème
Un scandale en Bohême
La Maison vide
L'École du Prieuré
Le Rituel des Musgrave
Les Propriétaires de Reigate

Notes

Introduction

1. Holmésien : celui qui pratique l'holmésologie, l'étude des soixante aventures de Sherlock Holmes pour, entre autres, reconstituer la vie du héros. Cette science a vu le jour au début du XXe siècle en Angleterre avec le révérend Ronald Knox, et aux États-Unis avec le journaliste Christopher Morley. On compte aujourd'hui des milliers d'holmésiens dans le monde entier, souvent rassemblés en sociétés savantes. En Amérique du Nord, ils s'appellent « Sherlockians ». Le but de l'holmésologie est de conserver vivante la mémoire de Sherlock Holmes.

2. Pastiche holmésien : écrit reprenant Sherlock Holmes comme personnage, hors les soixante aventures originelles. Avant même la publication de la dernière de ces soixante aventures, en 1927, de nombreux pastiches holmésiens avaient vu le jour. Aujourd'hui, ce genre compte des milliers de titres, écrits dans toutes les langues. La production est actuellement de plus en plus importante.

3. Les holmésiens ont baptisé Canon les soixante aventures de Sherlock Holmes qui sont l'unique source de l'holmésologie. Il s'agit de quatre romans (*Une étude en rouge, Le Signe des quatre, Le Chien des Baskerville* et *La Vallée de la peur*) et de cinquante-six nouvelles (publiées dans les recueils intitulés *Les Aventures de Sherlock Holmes, Les Mémoires de Sherlock Holmes, Le Retour de Sherlock Holmes, Son dernier coup d'archet* et *Les Archives de Sherlock Holmes*).

4. William Gillette (1853-1937), comédien américain qui personnalisa Sherlock Holmes au théâtre. C'est lui qui imposa la casquette de chasse à double visière et la pipe courbe qui font aujourd'hui partie de la panoplie du détective, attributs dont elle est dépourvue dans les

textes du Canon. Il interpréta le rôle-titre dans la pièce *Sherlock Holmes* pendant trente ans, au cours de longues tournées aux États-Unis et en Angleterre.

5. La nouvelle *Mystère chez l'oncle Jeremy* (*The Mystery of Uncle Jeremy's Household*) a été publiée en français sous d'autres titres selon les traductions (*Notre-Dame de la mort*, *L'Oncle Jérémie et les siens*, etc.).

6. Conan Doyle n'a jamais souhaité que ce drame, *Les Anges des ténèbres*, soit publié. Le manuscrit fut découvert en 1945 par Adrian Conan Doyle dans les papiers de son père. Il y fait allusion dans sa biographie *The True Conan Doyle*. Le manuscrit fut présenté à Londres en 1951 pour l'exposition Sherlock Holmes dans le cadre du Festival of Britain. Par le jeu des legs et successions, l'original s'est retrouvé en 1992 la propriété de la Metropolitan Toronto Reference Library et fut longtemps consultable uniquement sur place. Ce texte a finalement été publié en 2001 par la société holmésienne américaine, les Baker Street Irregulars (voir note 9).

7. En fait, contrairement à ce qu'écrit l'auteur, le personnage de cette pièce s'appelle « John Watson », sans mention de l'initiale « H. » indiquant le second prénom du compagnon de Sherlock Holmes.

8. Il s'agit de Lucy Ferrier, l'un des personnages d'*Une étude en rouge*.

9. Baker Street Irregulars : première société holmésienne, créée en 1934 à New York par le journaliste Christopher Morley. Elle a donné naissance à des centaines de clubs dans le monde entier. Toujours très active, elle organise à New York, chaque année, pendant le week-end le plus proche du 6 janvier (jour de naissance de Sherlock Holmes), une série de manifestations holmésiennes dont le point culminant est un banquet sur invitation qui réunit tous ses membres et leurs invités. Le nom de cette société fait référence aux « irréguliers » de Baker Street, ces gamins des rues qui épaulent le détective dans plusieurs de ses enquêtes.

10. L'holmésien français Jean-Pierre Crauser, dans *Une étude en rouge : un texte en quête d'auteurs – Watson* vs *Conan Doyle* (texte à paraître aux éditions de la Société Sherlock Holmes de France), donne la théorie la plus sérieuse et l'explique : *« Les événements relatés dans la pièce sont incompatibles avec ceux du roman. Le John H. Watson, compagnon de Sherlock Holmes, est né dans les années 1850. Il ne devait pas avoir plus de dix ans lors de l'épisode américain commun aux deux*

récits. Dans Angels of Darkness, *Hope meurt en tentant d'accomplir sa vengeance, alors que, dans* Une étude en rouge, *on le retrouve à Londres près de vingt ans plus tard. De même, Lucy meurt dans un des récits et survit dans l'autre. Les chronologies et les événements des deux textes sont donc inconciliables. Baring Gould dans* Moi, Sherlock Holmes, *faisant écho à* Angels of Darkness, *décrit un séjour de Watson à San Francisco et un premier mariage. Cette hypothèse ne peut être que rejetée. Le John Watson de la pièce ne peut être identifié au compagnon de Holmes. Nous devons donc conclure à une homonymie, Watson étant après tout un nom de famille extrêmement courant.* »

11. En fait, le dernier recueil composant le Canon holmésien est *Les Archives de Sherlock Holmes*, publié en 1927. *Son dernier coup d'archet* porte ce titre car il contient la dernière aventure connue de la vie de Sherlock Holmes et elle se déroule en 1914. Cependant, en 1927, avec *Les Archives de Sherlock Holmes,* Sir Arthur reviendra sur des affaires menées par Holmes avant 1914. Nous touchons là à cette double chronologie qui crée parfois des quiproquos : celle de la parution des textes dans la vie de Conan Doyle et celle des affaires dans la vie de Sherlock Holmes.

12. L'auteur ironise ici sur l'intérêt porté par Sir Arthur au spiritisme.

13. On trouve actuellement la première partie de ces mémoires aux éditions Terres de brume. La version complète a été éditée par les éditions Encre en 1985.

14. James Edward Holroyd a été président et membre fondateur de la Sherlock Holmes Society of London. Il est l'auteur, entre autres, de *Baker Street By-Ways*, un recueil d'études holmésiennes.

15. *Sherlock Holmes Journal*: la publication de la Sherlock Holmes Society of London. Deux numéros par an.

16. Il apparaît dans *L'Aventure des hommes dansants.*

17. Sir James Matthew Barrie, l'auteur de *Peter Pan*, a écrit *The Adventure of the Two Collaborators*, dont le texte est reproduit dans les mémoires de Sir Arthur Conan Doyle, *Ma vie aventureuse*, éditions Terres de brume.

Bret Harte, auteur américain, père fondateur de la littérature « de western », a écrit *The Stolen Cigar Case.*

O. Henry, auteur américain de deux parodies holmésiennes parues sous les titres *The Adventures of Shamrock Jolnes* et *The Sleuths.*

Stephen Leacock, un des pères fondateurs de la littérature canadienne à qui l'on doit les parodies *Maddened by Mystery, The Defective Detective* et *An irreducible detective story.*

R. C. Lehmann, à qui l'on doit *The Adventures of Picklock Holes.*

Alan Alexander Milne, le créateur anglais de *Winnie l'Ourson*, a écrit *The Rape of the Sherlock.*

Mark Twain, le père américain des *Aventures de Tom Sawyer*, a signé *A Double-Barrelled Detective Story* (paru en français sous le titre *Plus fort que Sherlock Holmes*).

18. Christopher D. Morley (1890-1957), journaliste au *Evening Post* à New York. En 1934, il crée la première société holmésienne : The Baker Street Irregulars. En trois principes, il a résumé ce qu'est l'holmésologie : « *1. S'amuser avant toute chose, et ne jamais prendre ni vous ni n'importe qui au sérieux dans cette activité. 2. Les personnages des aventures de Sherlock Holmes ont existé. 3. Il vaut mieux penser que Sir Arthur est l'agent littéraire du docteur Watson pour protéger sa mémoire et laisser à ce bon vieux Watson la responsabilité de ses erreurs.* »

19. Edgar W. Smith, vice-président de General Motors. Il est admis en 1938 comme membre des Baker Street Irregulars. En 1946, il lance pour le club *The Baker Street Journal*, dont il fut le président. Ce trimestriel est encore aujourd'hui la référence en holmésologie et ses colonnes sont ouvertes aux chercheurs du monde entier.

20. Hesketh Pearson (1887-1964), comédien puis écrivain, auteur de *Conan Doyle, His Life and Art*, 1943. Il est l'auteur de nombreuses autres biographies (Gilbert & Sullivan, William Shakespeare, Charles Dickens, Oscar Wilde et George Bernard Shaw).

21. Edgar W. Smith ironise en utilisant le joker holmésien par excellence : la malle où le docteur Watson regroupa tous les documents relatifs aux enquêtes de Sherlock Holmes qu'il ne prit pas le temps de décrire en détail, en complément des soixante aventures du Canon. Cette malle, léguée à ses héritiers, conservée dans la cave de la banque londonienne Cox and Co, est une corne d'abondance pour tous les pasticheurs passés et à venir...

22. Peter Richard, holmésien, auteur de plusieurs études, membre de la société The Milvertonians of Hampstead, groupe holmésien aujourd'hui inactif.

23. Sir Henry Irving (1838-1905), grand acteur anglais de l'époque victorienne qui joua dans la pièce de Sir Arthur Conan Doyle *Waterloo* au Lyceum de Londres.

24. Sir Herbert Beerbohm Tree (1853-1917), comédien et administrateur anglais, directeur du Haymarket Theatre, puis du His Majesty's Theatre à Londres.

25. Charles Frohman (1860-1915), administrateur et producteur de théâtre américain.

26. Miss Ethel Barrymore (1878-1959), comédienne américaine. Fille de Maurice Barrymore et de Georgiana Drew-Barrymore, cousine de John Barrymore, grand-tante de Drew Barrymore, elle fit une grande partie de sa carrière sous la direction de Charles Frohman. Ses débuts sur la scène anglaise se firent grâce à William Gillette, en 1897, dans *Secret Service*. En 1905, elle interpréta le rôle de Gwendolyn Cobb dans *The Painful Predicament of Sherlock Holmes* (*Sherlock Holmes en fâcheuse posture*). Au cinéma, on a pu la voir dans le rôle de Ma Mott dans *None but the Lonely Heart* (*Rien qu'un cœur solitaire*), en 1944, avec Cary Grant, et dans celui de Lady Sophie Horfield dans *The Paradine Case* (*Le Procès Paradine*), en 1947, d'Alfred Hitchcock.

27. Dans son autobiographie, Charles Chaplin évoque ce rôle. Il joua Billy dans la pièce *Sherlock Holmes* et aussi dans *Sherlock Holmes en fâcheuse posture* quand elle fut présentée par Gillette à Londres en septembre 1905, avec Irene Vanbrugh dans le rôle tenu par Ethel Barrymore à New York. « *William Gillette, le créateur de la pièce* Sherlock Holmes *vint à Londres avec Mary Doro, pour jouer une pièce intitulée* Clarissa, *dont il était l'auteur. Les critiques ne furent pas tendres pour la pièce ni pour la façon de s'exprimer de Gillette, ce qui l'amena à écrire un lever de rideau,* Sherlock Holmes en fâcheuse posture, *dans lequel lui-même ne prononçait pas un mot. Il n'y avait que trois rôles, une folle, Holmes, et son groom. Ce fut comme un appel du ciel que de recevoir un télégramme de M. Postant, l'impresario de Gillette, me demandant si je pouvais venir à Londres pour jouer le rôle de Billy avec William Gillette dans ce lever de rideau. Dans* Sherlock Holmes en fâcheuse posture, *Irene Vanbrugh, une comédienne remarquablement douée, jouait le rôle de la folle, pendant que Holmes se contentait de rester assis et de l'écouter. C'était sa façon de se moquer des critiques. Je prononçais les premières répliques : j'arrivais en trombe dans l'appartement de Holmes et je me cramponnais aux portes pendant que la folle entrait ! Pendant vingt minutes, elle se répandait en propos incohérents*

concernant une affaire qu'elle voulait lui confier. Subrepticement, Holmes écrivait un mot, donnait un coup de sonnette et me glissait le billet. Un peu plus tard, deux robustes gaillards entraînaient la dame, nous laissant Holmes et moi en tête à tête, et moi de conclure : "Vous aviez raison, monsieur, c'était bien cet asile-là !" Les critiques apprécièrent la plaisanterie [...]. »

28. John Dickson Carr (1906-1977), écrivain américain de romans policiers. Avec Adrian Conan Doyle, le fils cadet de Sir Arthur, il est l'auteur d'un recueil de pastiches holmésiens intitulé *Les Exploits de Sherlock Holmes.*

29. Denis Conan Doyle (1909-1955), fils aîné de Sir Arthur.

30. *Some Piquant People* de Lincoln Springfield, chez T. Fisher Unwin Ltd, Londres, 1924.

31. *Completing the Canon* a été publié dans le *Sherlock Holmes Journal* 6, n° 1 Winter 1962, n° 3 Winter 1963, et n° 4 Spring 1964.

32. L'auteur fait ici référence à l'aventure *Les Propriétaires de Reigate,* parue dans le recueil *Les Mémoires de Sherlock Holmes.*

33. À la fin de l'aventure *Le Dernier Problème,* Conan Doyle, pour en finir avec son héros, précipite Sherlock Holmes et le professeur Moriarty dans les cascades du Reichenbach, près de Meiringen, en Suisse.

34. Henry Fielding (1707-1734), écrivain anglais, auteur de *Tom Pouce* et *Histoire de Tom Jones, enfant trouvé.*

35. Samuel Richardson (1689-1761), écrivain anglais, auteur de *Pamela ou la vertu récompensée* (1740) et *Clarisse Harlowe.*

36. Walter Scott (1771-1832), écrivain écossais, auteur de romans historiques comme *Ivanhoé.*

37. Charles Dickens (1812-1870), écrivain anglais, auteur des *Aventures de M. Pickwick, Oliver Twist, David Copperfield...*

38. William Makepeace Thackeray (1811-1863), écrivain anglais, auteur des *Mémoires de Barry Lyndon,* ami de la famille Doyle.

39. Les quatre volumes auxquels se réfère Conan Doyle sont : *Les Aventures de Sherlock Holmes, Les Mémoires de Sherlock Holmes, Le Retour de Sherlock Holmes* et *Son dernier coup d'archet.* Les douze dernières histoires réunies sous le titre *Les Archives de Sherlock Holmes* n'avaient pas encore paru.

La Vérité sur Sherlock Holmes

1. Sir Arthur parle ici de cinq livres, alors que dans son autobiographie, citée par Peter Haining en p. 30, il est fait mention de « quatre livres ».

2. M. Sharps ou M. Ferrets, que l'on pourrait traduire par MM. Rusé ou Furet.

3. Il semble que Conan Doyle se soit inspiré du nom d'un médecin, le docteur Sherlock, auteur d'un petit livre de médecine. L'exemplaire de ce livre ayant appartenu à Sir Arthur fait partie de la collection Lancelyn Green, le plus important fonds documentaire sur l'auteur avec vingt mille pièces, que la bibliothèque de Portsmouth a reçu en don en 2004.

4. Là encore, l'inspiration semble être venue du corps médical. Conan Doyle avait à Southsea comme confrère et ami un docteur James Watson.

5. James Payn (1830-1898), écrivain et, de 1883 à 1896, rédacteur en chef du *Cornhill Magazine*, où Conan Doyle publia sa nouvelle *Habakuk Jephson's Statement* en 1883.

6. Arrowsmith est l'éditeur anglais chez qui Sir Arthur publiera *The Great Shadow* en 1892.

7. Dans ses mémoires, Sir Arthur précise qu'il ne toucha jamais un « penny supplémentaire » pour son roman.

8. *Micah Clarke,* roman historique dans la tradition de Walter Scott. « Pierre angulaire d'une quasi-réputation d'écrivain », écrit Conan Doyle dans ses souvenirs

9. *La Compagnie blanche,* récit historique d'une aventure se déroulant pendant la guerre de Cent Ans, publié de janvier à décembre 1891 dans la revue *The Cornhill.*

10. En janvier 1904, Sir Arthur reprend ses recherches sur le Moyen Âge, interrompues par la guerre des Boers, pour rédiger *Sir Nigel*, un roman dont l'action se déroule avant celle de *La Compagnie blanche*, et qui sera publié en feuilleton dans *The Strand Magazine* en 1905 et 1906.

11. Bush Villa fut la résidence de Sir Arthur à Southsea, de 1882 à 1890.

12. En fait, dans cette version du texte, Sir Arthur ne va pas « *revenir sur d'autres événements de ces dernières années passées à Bush Villa* », comme il l'écrit. Le paragraphe suivant décrit sa situation à Londres, fin mars 1891, après son départ de Bush Villa.

13. 2, Upper Wimpole Street.

14. *Les Aventures de Sherlock Holmes* (juillet 1891 à juin 1892) et *Les Mémoires de Sherlock Holmes* (décembre 1892 à décembre 1893).

15. Lauterbrunnen : dans l'Oberland bernois, vallée des Alpes suisses qui compte soixante-douze chutes d'eau dont celle du Reichenbach, près du village de Meiringen qui est aujourd'hui un lieu de pèlerinage pour tous les holmésiens du monde.

16. Richard D'Oyly Carte (1844-1901), directeur de théâtre londonien.

17. Le Savoy Theatre est une salle de spectacle londonienne, près de l'hôtel Savoy sur le Strand.

18. Charles Lamb, connu sous le nom de plume Elia (1775-1834), essayiste anglais. Sir Arthur fait ici référence à une anecdote célèbre qui eut lieu lors de la première catastrophique, au Drury Lane Theatre, d'une pièce de Lamp, *Mr H.* De sa place dans la salle, l'auteur se mit à siffler sa propre pièce avec la foule des mécontents. Il expliqua plus tard à un ami qu'il avait eu trop peur qu'on le reconnaisse…

19. *Jane Annie or The Good Conduct Prize* : opérette en deux actes, musique d'Ernest Ford, créée au Savoy Theatre le 13 mai 1893. Jouée cinquante fois, jusqu'au 1er juillet 1893.

20. Durrant : l'équivalent de *L'Argus de la presse* français.

21. Conan Doyle vit à South Norwood (12, Tennison Road) depuis août 1891.

22. *Auld Licht Idylls* est le titre de la première œuvre de James Barrie (Écossais de naissance).

23. Dans cette version de ses souvenirs, Sir Arthur commet une erreur étonnante. Le dessinateur Paget se prénommait en réalité Sidney et non Arthur.

24. Nouvelle erreur de prénom : le frère de Sidney Paget se prénommait Walter…

25. Sir Arthur commet encore une erreur. Dans *L'Aventure du rituel des Musgrave*, le cas cité est celui de Ricoletti au pied-bot, et non Rigoletto. Ce lapsus nous éclaire peut-être sur sa source d'inspiration…

26. Cité dans *L'Aventure du Traité naval.*

27. Cité dans *L'Aventure des cinq pépins d'orange.*

28. Oliver Goldsmith (1728-1774), écrivain anglo-irlandais. Citation au sujet de Samuel Johnson (1709-1784) : *« If you were to make little fishes talk, they would talk like whales. »*

Table

Cet ouvrage a été composé
par Atlant'Communication
aux Sables-d'Olonne (Vendée)

Impression réalisée sur CAMERON par

BRODARD & TAUPIN
GROUPE CPI

La Flèche (Sarthe)
en octobre 2004
pour le compte des Éditions de l'Archipel
département éditorial
de la S.A.R.L. Écriture-Communication.

Imprimé en France
N° d'édition : 728 – N° d'impression : 26442
Dépôt légal : novembre 2004